U0118526

謎詭

日本推理情報誌 Vol. 2

ミステリー

獨步嚴選

帶著日本推理小說去旅行

——40本與「旅行」有關的日本推理傑作

獨步總編輯
陳蕙慧

編者序／

這一年來，屢次被問及《謎詭》第二號何時問世？當隔了半晌還嗅不出絲毫出刊氣息時，有些朋友以稱許創刊號編得很好作為鼓勵，有些則不甚諒解地發出責備。

這種情形不止見於台灣讀者，連日本出版社的友人也極為關切。

我想小聲地辯解一下，或許這正是獨步遲遲不敢隨便端出本刊的原因之一啊。

去年九月底，綾辻行人先生來台訪問，一天下午，我與講談社版權小田兄（即田村先生）、《挑戰者月刊》總編輯林依俐、既晴、小森、Clain、WJ等人約在永康街一家咖啡館閒聊，很大一部分時間便是在討論《謎詭》第二號的主題。

當時是從創刊號即已設定的幾個方向聊起：愛情與推理、旅行與推理、美食與推理、建築物與推理、運動與推理、歷史與推理、毒藥與推理……，由於受到東野圭吾《嫌疑犯X的獻身》甫出版即創下銷售佳績的興奮感染，最先想做的是從各種角度書寫的、和愛情有關的日本推理小說。

因為是跟「愛情」有關，大家的討論很熱烈，（但絕大部分又常常離題，扯出一些無關緊要的個人經驗）。我記得那天獨步的人和小田兄在傍晚先離開了，還留下林依俐與既晴。晚上九點多我在車上接到依俐電話，她興高采烈地說她與既晴一直聊到剛剛，關於《謎詭》「愛情與日本推理」專刊，她覺得可以怎麼做怎麼做……

但是主編人選始終難產。

十一月，Clain在眾望所歸下被推上第二號主編寶座，預計出版日期是二○○七年二月台北國際書展。

於是組織編輯委員，開始了幾次的討論會。卻發現「愛情」這個主題在日本推理小說裡的書寫分量不是那麼重、也不那麼明確，數量上也不如我們原先設定的45～50種那麼多。討論便陷入膠著。最後決定主題設定為與大家更為貼近、選材上更加豐富、地域涵蓋更加廣闊、單元設計上也可益顯活潑有趣的「旅行與日本推理」。

十二月之後眾人各忙各的，主編日常行銷業務繁重，雖曾說「如果能夠主編一本《謎詭》這樣的書，這輩子也覺得夠了！」，但編務一事終究擱了下來。

台北國際書展後，Clain繼續邀來這次的編委討論，後來並邀得我的好友，多年來始終在各方面大力協助我的資深編輯，關惜玉小姐，代替忙碌的Clain，接下後續的主編工作。

第二號的編輯委員除了創刊號奉獻無數心力的重度推理迷凌徹、遊唱、曲辰、小森、希映，另外邀請了夏空、紗卡、心戒、寵物先生和路那，共同規劃這本以「如果去旅行，你想帶哪一本有趣的日本推理小說？」為概念，推薦了40本書單。同時，也獲得傅博老師、詹宏志先生、藍霄、台北先生（玉田誠）等眾多前輩的寶貴意見和編輯協力。

旅行，是出發、移動、暫時的停駐，與歸來。

我們的誕生是一趟生命之旅，一旦降臨這世上，我們要在「旅程」之上，繼續不斷地飄移、航行。我們在旅行之中持續地旅行。直到終點。

推理小說引人之處除了謎團與詭計的設計與佈局，最終令人掩卷浩歎的往往是那深不可測的人心與詭譎多變的人性。這個特色在已另成一恢弘格局與獨立系統的日本推理小說更是顯而易見。

旅行所見的風景、人與事都會在我們每個人的心裡留下深深淺淺的痕跡，那裡面也往往隱含著無數的心靈之謎。

因而，旅行不單單是實際的到達某個風景名勝的見聞與體驗；旅行，也是一場精神與生命的尋思與探索。

跟旅行有關的六個子題

編輯委員們在這些深切的體會與對日本推理小說的廣博知識的基礎上，精心地為本刊「旅行與日本推理」這個主題，設計了兼及實際旅行、想像之旅與生命旅程的六個子題：「交通工具」、「異國之旅」、「尋找之旅」、「生命之旅」、「愛與背叛」，以及「幻想之旅」。

這樣的設計，除了彰顯日本推理小說在「旅行」這個概念下所發展出來的各種書寫是多麼地深刻迷人、具趣味性，同時也打破了「旅行與日本推理」即「旅情推理」此一子類型的既定印象，讓更多優秀的作品能被看見，也召喚出更多閱讀角度的可能性。

我們企圖廣納台灣讀者較為熟知的日本推理作家的作品，但不免要介紹到一些尚未引進國內的作家及其傑作，甚或仍很遺憾地會出現少數已然絕版的中譯本。然而，如同我曾在創刊號上表示，這些都是一個引子，我們期待未來台灣出版界相繼引介更多好看的日本推理作品，以嘉惠讀者。

而關於旅行，巧合的是，今年一月我因某種因緣驅使在極短的時間（六天）之內，走過了清張《零的焦點》、《砂之器》與《點與線》的故事舞台背景，旅程中，那奇妙的與作者心靈相通的領會（或者這是我一廂情願吧），在親臨當地的震撼之下，對小說內容另有一番更充滿理解的感動。不管是在列車上、小旅館中、尚未破曉的清晨街頭、薄暮的林道，或嘈雜的車站、冷清的月台！

出發吧。

帶一本日本推理小說，我們的驚異奇航即將展開。

謎詭

日本推理情報誌

ミステリー

Vol.2

目次

日本Japan
納沙布岬
釧路濕原
津輕海峽
十和田湖
日本海
仙台市
太平洋
能登金剛
谷川岳
金澤
白根山
輕井澤
小諸
霧積溫泉
松江市
諏訪湖
三鷹市
出雲大社
琵琶湖
青木原
高圓寺
清澄
姬路城
六甲山
橫濱市
心齋橋
伊勢
三浦海岸
博多
富士山
石鎚山
異人館
明石海峽大橋
那霸
屋久島

40作部分旅遊景點分佈圖

60 十大刑警超級比一比

名家推理之旅

129 《白夜行》特刊

土屋隆夫特輯
145

主題推薦

★★★

Recommend *for* Travelling

推理迷全力推薦

「帶著日本推理小說去旅行」獨步嚴選四十作

01

★ 主題推薦

Recommend for Travelling

點與線

清風拂面的社會派起點

文｜心戒

永不止息的大師傳奇

還記得《砂之器》改編之連續劇最後，由中居正廣飾演的和賀英良，在舞台上傾盡全力彈奏著鋼琴的段落嗎？隨著琴音流轉，搭配著秀夫對父親千代吉的思念及兒時流浪的回憶畫面，淚水是否也曾悄悄地滑過你的臉頰？或者，你對《黑革記事本》裡捲走一億兩千萬日圓的銀行女職員原口元子印象更為深刻，怎麼也想不到當銀行行長要求她返還全數金額時，她竟能不疾不徐地翻開記載著逃稅用空頭帳戶名單的筆記本，對行長說：「請用我挪用的金額，來購買這本記事本吧」。無論你仍陷溺在千住明那首時而宏大悲愴，時而婉轉低訴的鋼琴協奏曲《宿命》裡，因主人翁之一的××氏無奈的錯誤決定感嘆低迴；抑或是被米倉涼子在《黑革記事本》、《獸道》和《壞人們》中，一連串的惡女行徑嚇得冷汗直流，從二〇〇四年到二〇〇七年，這幾部叫好又叫座的日劇，背後的共同推手，正是掀起「清張革命」，徹底將日本推理引向另一個高峰，開創社會派先河者——松本清張！

離奇詭譎的雙重四分鐘詭計

獲得芥川獎不久後，一個還是個鄉巴佬模樣的四十多歲中年男子，辭去了地方報社的工作，從北九州搬到了東京。這時的他怎麼也想像不到，往後他將獨領日本推理文壇二十年風騷而不墜，成了傳奇的大師。而這個改變，正始於他一出手便驚豔四方，至今仍穩坐日本推理史上銷售量最高寶座的推理小說《點與線》。

日本高級料理店「小雪」的常客——機具商安田辰郎在宴請料理店的兩名女侍後，一臉落寞卻又半開玩笑似地希望兩人陪他到車站去搭車。三人登上十三號月台，恰巧望見十五號月台上，店裡的女侍阿時與一名男子狀似親密地坐上往博多的特快車。沒想到一個星期後，阿時竟離奇地陳屍在九州的香椎海岸邊！更令人不解的是，躺在她屍體旁的，竟是當時正身陷貪瀆案風暴的政府官員佐山憲一！在這麼關鍵的時

日文書名：点と線｜作者：松本清張
台灣出版社：獨步文化｜出版日期：二〇〇六年七月
日本出版社：光文社／新潮社文庫
出版日期：一九五八年／一九七一年五月

刻，貪瀆案的重大關係人竟與歡場女子雙雙陳屍海邊，這會是畏罪殉情嗎？如果是，為什麼佐山獨自待在飯店中五天之久，阿時才姍姍來遲並與之相偕自殺？又為什麼自殺路途上緩步徐行也只需七分鐘的路程，兩人卻花費了十一分鐘之久？難道這中間發生了什麼事耽擱了？還是說，這細微的四分鐘差距，正是凶手佈下的詭計之一？

隨著警方越加深入調查，原本鎖定的嫌疑犯，竟然同時擁有牢不可破的時間與空間雙重障壁！當天正搭著火車北上至北海道辦事的嫌疑犯，真能同時出現在日本最南端的九州，殺死兩人嗎？超過千里的反方向旅程、完美的不在場證明，警方該怎麼破除這堅不可摧的障礙，將真凶繩之以法呢？

敏銳的社會批判與解謎樂趣的完美結合

更令人驚訝的是，作為社會派的起點，如果你以為《點與線》是一本說教意味濃厚、既厚實又沉重的社會小說，那可就大錯特錯了。相反地，主張「與其追求文章的華麗，毋寧寫出真實的文字」的松本清張，在書中巧妙地安排了「時刻表詭計」與「不在場證明」等本格推理小說中常見的元素進行包裝，與現在動輒四百頁起跳的小說相比，中文版兩百五十頁不到的《點與線》輕薄得令人幾乎不敢相信。松本清張利用深具邏輯性的推理過程，一方面揭露人性中最深層的醜惡，另一方面更透過劇情的推演，藉由「反向思考」凶手為什麼一定要證明自己「不在什麼地方」的關鍵點，深入探究犯罪的社會根源。當讀者隨著劇情一步步由點到線地拼湊出事實的真相，察覺犯罪動機的同時，官商勾結的社會性結構問題也隨之浮現。《點與線》看似淡筆著墨，然簡潔平實的故事卻能令讀者在闔上書籍的瞬間震驚不已，餘味久久飄散不去。

屏棄了當時幾近妖野封閉的變格派風格，松本清張輕易地擺脫本格派推理小說容易流於遊戲性的窄化趣味，以高潮迭起的好看故事呈現，在縝密的佈局與社會問題揭露間取得了高度的平衡，為當時的推理文壇帶來一股拂面的清新之風，宣告著日本推理文壇另一個春天的到來。

旅遊資訊

博多：除了日本三大拉麵之一的博多拉麵，還有外國旅客與年輕人最愛的福岡運河城。每年七月十五日博多祇園山笠祭典中的「追逐山笠」，博多勇士扛著重達一噸的「肩扛山笠」在街頭飛奔，場面浩大，令人嘆為觀止。

作者簡介

松本清張

一九〇九年出生於北九州市小倉北區。因家境清寒，十四歲即自謀生計。經歷印刷工人等各式行業後，任職於朝日新聞九州分社。一九五〇年發表處女作〈西鄉紙幣〉一鳴驚人，並入圍直木獎；一九五三年以〈某「小倉日記」傳〉摘下芥川獎桂冠，從此躍登文壇。一九五七年二月起於月刊上連載《點與線》，引起廣大迴響。終其一生，創作作品數量驚人，被譽為日本昭和時代最後一位文學巨擘，社會派推理小說一代宗師。一九九二年去世。

02

★ 主題推薦

Recommend for Travelling

幽靈列車

不可思議的旅客消失事件

文｜凌徹

以火車為題材
赤川次郎的出道作

若提到旅行時所使用的交通工具，火車必然是最常被考慮的選擇之一。對於需要安排行程的旅人而言，火車有固定的上下車地點，又可掌握出發與抵達時間，在旅行的移動過程中，自然是最方便不過的。

而在推理小說裡，若要與火車做結合，相信一般讀者腦海中首先浮現的，應當會是「時刻表詭計」吧。犯人利用火車時刻表，在殺人之後搭上列車，並在途中以不同班次的列車做接駁，讓自己得到不在場證明。這樣的手法，在旅情推理中不勝枚舉，也是許多讀者耳熟能詳的推理小說類型。

但時刻表畢竟只是火車整體系統的一部分，運用火車作為謎團，也絕非只有時刻表可以使用。那麼，推理作家會如何以火車作為題材，寫出一個有趣的故事？比方說，如果火車不能將旅客安全運抵目的地的話，會是什麼樣的情況？

赤川次郎的出道作品，拿下第十五屆《ALL讀物》推理小說新人獎的短篇小說〈幽靈列車〉，就是以這樣的謎團發展鋪陳而出的精采故事。

日文書名：幽霊列車｜作者：赤川次郎
發表日期：《オール讀物》一九七六年九月號，收錄於《幽靈列車》
日本出版社：文藝春秋／文春文庫
出版日期：一九七八年一月／一九八一年一月

行駛中的列車
八名旅客憑空消失

八名旅客來到岩湯谷溫泉，停留一個晚上後，翌日清晨搭乘列車前往大湯谷溫泉。奇怪的是，八人明明搭上列車，卻沒有在大湯谷下車。從岩湯谷車站站長到列車車掌，都證明他們的確坐上列車，但大湯谷車站站長的說法則完全相反，列車抵達後，他並沒有看見車廂中有任何一名乘客。儘管車廂內有乘客坐過的痕跡，卻不見任何人影，八個人就這麼消失在列車中。他們是如何消失的？隱藏在背後的真相又是什麼？

一九七六年以《幽靈列車》出道的赤川次郎，至今已經寫出超過四百本的小說，創作量驚人。從本作開始，他的青春幽默推理席捲日本推理界，也創下了極佳的銷售成績。二〇〇六年，他獲頒第九屆日本推理文學大獎，這個獎項屬於成就獎，獲獎作家都是對推理文學發展有卓越的貢獻。赤川次郎這位創作不倦的大家，他的創作才能藉由這個獎項再次受到肯定。

本作是日後赤川次郎筆下最受歡迎的系列之一「幽靈系列」的第一部作品。由女大學生永井夕子與宇野喬一警部這對老少配搭檔，故事清新有趣，讀來輕鬆愉快，讓人印象深刻。

充滿魅力的謎團　出色的推理傑作

《幽靈列車》從一個非常有趣的謎團開始，八名旅客自列車中消失，充滿不可能的趣味，極具魅力。赤川次郎在小說起始時，安排了各方證言說明並強化這個謎團。不同的視點交織出不可思議的事件，讓讀者一翻開書頁就能立刻進入狀況，也緊緊抓住事件的線索。

當然，八人的失蹤，所要探討的絕非只是如何從列車中消失的詭計而已。在詭計這項技術性問題之外，更重要的是他們為什麼會消失？這一個不同的謎團面向，都能在最後的真相得到充分的解明，這樣的精采表現讓這篇小說歷久不衰，儘管已經是三十年前的作品，現在讀來仍然樂趣十足。

由於作品本身的名氣，《幽靈列車》也被改編成漫畫與遊戲。幽靈列車的外觀如何，八人消失的真相又是什麼，改編版本在視覺上對原作加以補足，也提供讀者另一個閱讀故事的途徑。

赤川次郎從《幽靈列車》開始他的創作生涯，一直以來都帶給讀者輕鬆又出色的推理故事。火車，這個在旅行時常被使用的交通工具，如何透過他的巧思運用在故事中？本篇作品就是最好的回答。

作者簡介

赤川次郎

一九四八年生於日本福岡，由於父親曾任職於滿洲映畫協會，因此赤川自小耳濡目染，看遍各國電影，也令他的文章風格帶著濃厚的影像味道。一九七六年以〈幽靈列車〉獲得第十五屆《ALL讀物》推理小說新人獎，輕巧幽默的內容和出色的詭計設計，讓日本推理小說進入了一個全新的階段。赤川執筆速度甚快，作品至今已超過四百部。二〇〇六年獲得第九屆日本推理文學大獎。雖然赤川以幽默推理出名，但在恐怖小說上的表現並不遜於推理小說，他的恐怖小說並不賣弄血腥，但在氣氛的營造上實為一絕。

名詞解釋

幽靈系列：以女大學生永井夕子及警視廳搜查一課的警部宇野喬一為偵探搭檔的赤川次郎作品系列。第一部作品是《幽靈列車》，後續如《幽靈候補生》、《幽靈同好會》等，書名都以「幽靈」作為開頭，因而被稱為「幽靈系列」。目前為止的最新作品為二〇〇五年的《幽靈包圍網》，是本系列作品的第十八部。此外，另有一本長篇外傳小說《知道太多的樹》，描述的是永井夕子高中時代的事件，而她也曾在〈三毛貓福爾摩斯的游泳教室〉中，和赤川次郎筆下另一個著名角色三毛貓福爾摩斯同時登場。

起點亦是終點

一群高中好友相偕到東京闖天下，分離前，七人推舉其中最有數字頭腦的宮本為負責人，約定每年匯一萬圓給宮本，七年之後，以這筆錢作為七人一同回故鄉的旅費。七年後，宮本信守約定，調查了久未聯絡的同學去向，並寄出各不相同的邀請函。然而到了當日，卻只有六人赴會。擔任公務員的安田並沒有趕上這班返鄉列車。

安田為何沒有遵守約定呢？身為召集人的宮本始終耿耿於懷。就在此時，又發現六人中的川島也消失不見了。這到底是怎麼一回事？

另一方面，刑警龜井前往上野車站接高中同學森下，並接受森下委託，尋找女學生，恰巧碰上車站廁所發現疑似他殺屍體的案件，並在屍體上找到了邀請一同回鄉的信件。身為同樣從鄉下到

03

★ 主題推薦

Recommend for Travelling

終點站謀殺案

東京上野車站的哀歌

文｜路那

首都闖天下的青森人，龜井刑警相當了解上野車站對東北人而言有什麼樣的特殊意義，因而義不容辭地參與了這起案件的調查。

上野車站位於東京都台東區，是東京通往東北地方的鐵路交通的起點站，素有「北大門」之稱。然而，起點亦是終點。在《終點站謀殺案》中，「終點站」非但以東北地方為本位視角，認為通往東京的終點車站是上野車站，更意味著「故鄉到此而終」──「上京」打拼的東北人到了這個車站便得展開新生活。由是之故，書中的東北人都對上野車站懷著一種異樣的感情。如龜井刑警所說，「上野車站深深地沾染了東北的氣味」，使東北人在疲憊時渴望靠近，又害怕靠近，而這不正是近鄉情怯的寫照嗎？

這樣「上京打拼」的場景，也曾出現在過去的台灣。閱讀本書

日文書名：終着駅殺人事件｜作者：西村京太郎
台灣出版社：志文出版｜出版日期：一九八七年二月十五日
日本出版社：光文社／光文社文庫
出版日期：一九八〇年七月／一九八四年十一月

時，若搭配歌手林強的《向前走》一曲，或許更能對那樣的心態產生共鳴吧！

列車之謎

《終點站謀殺案》以高中時代的「約定回鄉」為主題，令許多離鄉背井的遊子回想起屬於自己的青春年華與故鄉令人懷念的風景。然而，這樣浪漫的約定到頭來居然變調為血腥的謀殺慘劇，這是為了什麼？在「動機」解明開來後，其中所蘊含的回憶與惡意之間的連結，不禁令人感到愕然與強烈的惆悵。友情原來像是石蠟，堅硬卻又易碎，而每次的碎裂，都將在蠟模上留下深淺不一的紋路。隨著年歲漸長，紋路增多，有些人因此而堅強，有些人卻因此變得脆弱。

以列車作為謀殺場景，自「謀殺天后」克莉絲蒂以降層出不窮。以快速移動中的火車作為場景，本身便合理地限制了犯案空間與可能的嫌疑人數。此外，火車網路的複雜，更是推理小說作家與讀者鬥智的好題材。如英國推理大師克勞夫茲的《桶子》，便以其巧妙的設計成為此類推理小說的經典作品。

然而，若只是一味地在路線與路線間轉換，不僅讀者會失去耐性，更讓小說本身成了複雜版的「時刻表」。因而，交通工具所具備的「可動性」便在此時派上用場，使得場景能時時轉換，帶領讀者遊覽各地的名勝風光。由於日本的鐵路網密集、班次精準、著名的列車又多，因而這樣的推理小說在日本相當風行。由於能讓讀者在紙上便感受到各地的景色、更能夠以小說作為旅遊計畫的參考，故而被稱為「旅情推理」。西村京太郎正是引起這股潮流的重要作家。

除了《終點站謀殺案》外，西村屬於鐵道旅情推理小說的作品，尚有《東京車站謀殺案》（志文出版）、《夜行列車殺人事件》（林白出版）等等，國內有不少譯作，提供讀者參考。

旅遊資訊

津輕海峽：連接太平洋與日本海，因南部的津輕半島而得名。周邊著名的景點，除了世界最長的海底隧道青函隧道外，還有號稱「百萬夜景」的函館山夜景，可搭乘纜車至觀景台眺望。

作者簡介

西村京太郎

本名矢島喜八郎，一九三〇年生。在專事寫作前，擔任過公務員、私家偵探、卡車司機、保險推銷員、賽馬會職員及警衛等。一九六五年以《天使的傷痕》獲得江戶川亂步獎，之後嘗試過多種類型的推理小說。一九七八年，創作《臥鋪特快謀殺案》後開始一系列以列車為作品名的推理小說。一九八四年《東京車站謀殺案》後則寫作一系列以車站為主題的推理小說，曾獲第三十四屆日本推理小說作家協會獎的《終點站謀殺案》即屬於此一系列。

除了旅情推理以外，西村也有相當多不同面向的作品。如本格的《殺人雙曲線》、關注環保議題的《污染海域》、集合四位名探的致敬作《並不怕名偵探》等。

推理小說中，偵探可以說是相當重要的角色，特別是系列偵探，往往能以強烈的魅力成為讀者眼中的明星。只是仔細想想，這些偵探也都有一種相當特殊的「能力」，讓人實在不太想和他們做朋友，這種「能力」，我們大概可以用一個綽號概括形容，也就是「移動死神」。

是的，要成為系列偵探，基本的召喚死者的功力是一定需要的，舉凡逛街、畢業旅行、出差、唱KTV，甚至和人在咖啡店約會，偵探的身邊都會出現一大群死者（我不是說柯南喔）。

這次，由島田莊司一手打造出來的帥氣警探吉敷竹史充分地發揮了這種可以稱之為「神技」的操縱命運能力。話說此君不過剛辦完大案子，難得獲准請假，想輕鬆地回老家尾道、倉敷玩一趟，但是卻在鳥取車站準備轉車的時候，遇到了昔日警校友人，進而沾惹到分屍命案。

這真可以說是「移動死神」又一例證。

04

★ 主題推薦

Recommend *for* Travelling

出雲傳說7/8殺人

出雲神話行走人間

文｜曲辰

帶著屍體漂流的火車

不過移動死神再怎麼離奇，也比不上這次吉敷所遇到的「移動屍塊」。

大篠津車站的車掌率先在車廂內發現一個裝著右小腿屍塊的紙袋後，當天上午在日本山陰地區（註），陸續在各個車站——最遠到大阪——發現了被分屍的女子屍塊，屍塊中唯一欠缺的就是頭部，加上手指與腳趾的指紋均被塗上濃硫酸消除了，使得案情更顯疑雲重重。

吉敷所要面對的，不只是過去的「誰殺的」、「怎麼殺的」，還包括了「死者是誰」、「怎麼將屍塊分送到各車站的」等等問題，而在前兩個問題均被卡在「死者是誰」的狀況下，他需要

日文書名：出雲伝說7/8の殺人｜作者：島田莊司
台灣出版社：皇冠出版｜出版日期：二〇〇五年十一月八日
日本出版社：光文社／光文社文庫
出版日期：一九八四年一月／一九八八年四月

一心一意面對的，就只剩下「屍塊如何到站」一個。

於是偵探與讀者就面臨到火車的好朋友──「火車時刻表」的挑戰了，只是這次要解決的不是人怎麼突破看似不可能的時間障壁，而是凶手怎麼將屍體分屍後，還將屍塊分送到發車時間各不相同、地點同樣不同的各班列車上，這中間所要面對的時刻表，變得更為複雜。

島田莊司不負「幻想推理大師」名號，寫個時刻表詭計都要寫得盪氣迴腸，前前後後動用了起碼六張時刻表、三張路線配置圖，而且全都附在書中，讓想要和作者鬥智的讀者，能夠痛快大呼過癮，島田甚至不藏私地將整理過後的路線時間表也附在書裡，講究絕對的公平性。

雖然我對時刻表詭計一直沒有多做研究，但看到一個作者能夠花心思到如斯地步，也不免大為嘆服。只是這對時刻表迷而言或許是個美妙的過程，但對我而言，這本小說真正迷人的地方，卻是在前半段關於時刻表的調查告一段落之後的部分。

因為，這才真正展開一場關於神話與幻想的旅行。

旅遊資訊

出雲：位於島根縣東部簸川郡，是日本神話的故鄉。知名的出雲大社宏偉壯觀，參訪者絡繹不絕，其中神樂殿上有長13公尺，腰圍9公尺，重達3噸的稻草繩──「注連繩」，令遊客印象深刻。

神話降臨現世

島田莊司於一九八九年所寫的《本格 Mystery 論》中，曾說到他所寫的是「由幻想小說分支、屬於神話系譜的偵探小說」，將神話視為「小說的先驗構造」，如果以此將他所寫的推理小說定調，不禁讓我懷疑起他一九八四年的《出雲傳說7／8殺人》是否是這個概念的未完成試驗作。

裡頭將日本家喻戶曉的八岐大蛇神話與火車運送屍塊巧妙地結合，並透過五穀起源傳說成功地將神話體系與小說現實連結在一起。只是小說中搬弄了大量的神話學與民俗學論述，讓人讀來頗覺生硬，不像他之後所寫的《魔神的遊戲》那般，巧妙緊密地將神話與小說熔於一爐。

但在我看來，這種實驗之作反而更能透露作者創作意圖，並且獲得一種相當愉悅的閱讀經驗。畢竟，當你發現你喜歡的作者持續成長時，難道不會感受到一種如同看到小孩長大的暖流嗎？

只是，如今這個小孩長得忒高罷了。

作者簡介

島田莊司

一九四八年十月十二日出生於日本廣島縣，畢業於武藏野美術大學。一九八一年以《占星術殺人事件》踏入推理文壇，一九八五年以《被詛咒的木乃伊》獲日本夏洛克．福爾摩斯俱樂部特別獎。其作品以想像力豐富、充滿故事魅力見長。在以社會派推理小說為主流的八〇年代，島田另闢新徑，替本格派推理小說爭取了一片天地，在日本推理文壇具有舉足輕重的地位。代表作品有「占星師御手洗潔系列」、「刑警吉敷竹史系列」等。

註　本州西南部的狹長陸地，日本人稱作「中國」地區，又以中國山脈將其分為兩部分，山的南邊稱為「山陽」，山的北邊則稱「山陰」，包括鳥取縣及島根縣。

05 勁風下的彎道

從近鄉情怯到人事全非

★ 主題推薦

Recommend for Travelling

文｜紗卡

歸鄉，是人類心底最深的渴望。若不能衣錦還鄉，至少也要倦鳥知返。然而，近鄉情怯乃是難以排遣的情緒，遊子對歸鄉總會有既期待又怕受傷害的矛盾情愫。

為什麼要情怯？故鄉熟知的一切，魂牽夢縈的景物就在前方等待著歸人，何苦要情怯？就怕人事已非，眼前的故鄉比不上夢裡的故鄉，記憶裡的美好成為不可企及的追尋，甚至因此讓人對於歸鄉之旅感到後悔：還不如不要回來，至少在心田裡還能保有一方虛幻的期盼。

風馳電掣的返鄉遊子

芹澤顯一跨上他心愛的ZII機車，越過六甲山，從東京回到睽違八年的故鄉──神戶。對芹澤來說，機車就是他的一切：他是世界機車大賽專業攝影記者，青少年時期也是憑藉著對機車的喜愛，才習得一技之長，不至於誤入歧途。飆車，則是他最大的樂趣：「彎道的盡頭，將會出現什麼？」這種對於未來無可支配的徬徨心情，始終深埋在芹澤的心中；畢竟芹澤自小就覺得：自己的命是撿回來的。

遭母親遺棄，之後父親帶著他投海自殺；芹澤雖然幸運獲救，但也從此在這個世界孑然一身。在偶然的機會裡，得知一年前故鄉神戶發生一樁離奇的命案，死者很可能是自己同母異父的妹妹。這促成了芹澤的歸鄉之行，他希望能為自己來不及相認的妹妹做點什麼。然而，這趟歸鄉之旅，究竟會給芹澤帶來怎樣的結局呢？故鄉仍是自己熟知的樣子嗎？或者，正因為自己到處刺探，因而造成人事全非的連鎖反應？遊子返鄉，總免不了情怯；但是芹澤的這趟旅行，終究讓他悔不當初……

反映社會現象的本格推理獲獎佳作

《勁風下的彎道》是石井敏弘的作品，讓他拿下了一九八七年的江戶川亂步獎，當時他才二十四歲；也因此，整部作品難免有

旅遊資訊

神戶北有六甲山，南傍瀨戶內海，一八六七年開港。名列世界遺產的姬路城、號稱世界吊橋之最的「明石海峽大橋」及洋溢著異國風情的「異人館」都是神戶不可錯過的景點。

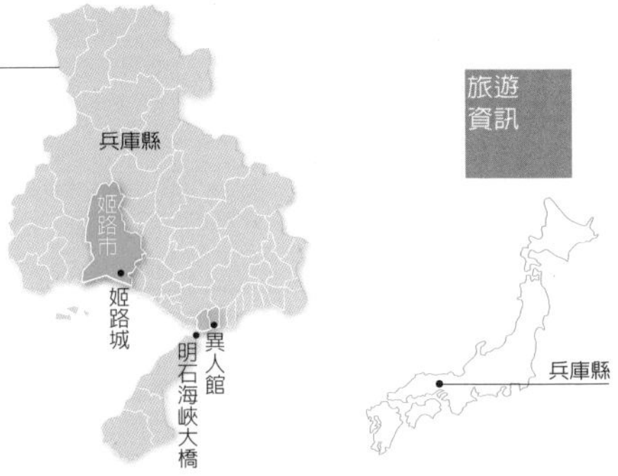

種「為賦新詞強說愁」的青澀氛圍。然而，這並無損於作品本身所呈現的創意以及豐富的故事性。不僅謎團詭計的安排頗具巧思，情節緊湊，而且人物描繪相當生動，對於飆車騎士的心情與反應刻劃深入，獲獎可說是實至名歸。

故事主軸在於芹澤顯二返鄉調查一樁一年前的命案，然而同時卻也誘發新案件發生。乍看之下，案情很可能牽涉到財團的權力鬥爭，但也可能只是私人感情恩怨。劇中主角芹澤就某方面來說，很可能正是當時日本年輕人的縮影：對未來茫然，對感情吝於付出，卻又有滿腔牢騷無從發洩。全書氛圍陰暗，直到結局才露出一線曙光，或許也暗示主角終於到了破繭而出的時候。

海港都市神戶 詭計的巧妙舞台

神戶，是日本知名海港，依山傍海，暨時尚又充滿異國風情。小說裡的主要場景，設定在一間具有古典情調的鋼琴酒吧。事實上，場景的選擇與故事中的詭計安排有著緊密的關係，因此酒吧中的裝飾與陳設，至關重要，而把這麼一家酒吧安排在神戶這個海港，也相當具有說服力。此外，故事中幾個角色的飆車地點——六甲山，則是神戶居民最引以為傲，親近大自然的最佳場所。時至今日，六甲山已是著名觀光景點，唯不知公路上是否仍有飆車騎士的身影？

石井敏弘近年較為沉潛，並無發表相關新作品，《勁風下的彎道》倒可視為石井敏弘創作力急速攀升時期的代表作之一，當時他甚至還得到了「摩托車小說家」的稱號。即使時隔二十年，這部作品讀來仍緊湊精采，值得讀者細細品味。

作者簡介

石井敏弘

一九六二年生於岡山縣，岡山商科大學畢業。一九八七年以《勁風下的彎道》獲第三十三屆江戶川亂步獎時才二十四歲，在當時被稱為「史上最年輕的亂步獎得獎人」。作品涵蓋多種類型，以青春、愛情、懸疑、冷硬派為主，擁有極多年輕讀者。筆下偵探為寺澤克彥，其助手是狹山元和及關山康子。

代表作品有《地獄之火》、《龍王傳說殺人事件》及《聖櫃傳說》等。興趣是摩托車，並長於占星術和氣功療法。

日文書名：風のターン・ロード｜作者：石井敏弘
台灣出版社：皇冠文化｜出版日期：一九八八年
日本出版社：講談社／講談社文庫
出版日期：一九八七年九月／一九九〇年七月

06

★ 主題推薦

Recommend for Travelling

有人不見了

歡迎光臨豪華密室

文｜曲辰

日文書名：そして誰かいなくなった｜作者：夏樹靜子
台灣出版社：林白出版｜出版日期：一九九八年
日本出版社：講談社／講談社文庫
出版日期：一九八八年十月／一九九一年七月

在旅行的概念裡，交通工具擔任的角色顯得相當有趣，基本上，所有規劃旅程的人，第一時間構想的就是如何在金錢與時間扞格的狀態下，找到最不傷荷包也最能節省時間的交通方法，而在規劃完閃耀著鑽石光澤的時刻表後，交通工具就成為一個「不得不」的過程。

或者說，交通工具是為了要成就旅行而存在。所以不管是飛機的頭等艙、二等艙，火車的軟鋪、硬座，其間只是舒適度的差別，對旅程不太構成影響。只有豪華遊艇（或者郵輪類似商品），這樣的交通工具本身就是旅程的目的，反而目的地是哪裡尚在其次，真正的關鍵還是這座海上的移動城堡所能提供的旅途享受。

對於遊艇旅客而言，「搭船」這件事就已經等同於旅遊了。

這當然是立基於遊艇的豪華度與設備都足以作為旅遊的據點，但是換個角度想，遊艇這類交通工具之所以需要無止境地追求內裝的完善，其實還是由於遊艇的移動過於緩慢，以致乘客需要長時間停滯在船上，加上交通工具原本就具備的密閉性，讓遊艇的移動性遊覽變成一大特色。

只是，這個特色在推理小說中，卻往往呼應了另外一個概念而讓遊艇成為許多推理作家眼中最佳的作案場景。

那就是密閉空間。

《一個都不留》的附身演出

《有人不見了》便是從主述者桶谷遙應日本大財閥宇野家的邀請，前往豪華遊艇準備進行日本近海為期七天的海上之旅。他上了船，才發現宇野家的人要到隔天才會在另一個港口上船。於是大家安適地在房間裡休息，直到晚餐時間，眾人吃得差不多時，原本悠揚的音樂聲，忽然變成一個高昂而咬字清晰的男聲，表明自己乃裁判官，並一一宣告船上所有人與某人之死有關。大家以為是惡作劇，逕自上床睡覺，隔天卻發現其中一人的屍體。於此同時，之前擺放在餐廳裡與各人生肖相符的動物玩偶，也少掉了一隻，那隻動物，剛好就是死者的生肖。

這是個相當緊張的開場，但是熟悉推理小說的讀者大概都會發現，這樣子的劇情安排，與阿嘉莎．克莉絲蒂的《一個都不留》相當類似，只是克莉絲蒂小說中的人物是搭火車轉渡輪到達小島上，而在小島上的宅邸中聽到了殺人宣告。

事實上，作者夏樹靜子並不諱言這本作品是向《一個都不留》致敬之作（台灣版的前言便有交代），並且還讓小說中的登場人物一一地尋找作者將這本英文名作「轉譯」到日本推理小說的痕跡。如《一個都不留》中的小黑人雕像變成了生肖陶偶、原著中的印第安島成了遊艇「印第安那號」、原作中邀請大家到島上玩的U．N．歐恩（為unknown之意）則日本化成了宇野家（宇野的日文發音為uno）。

讓人不禁莞爾的是，克莉絲蒂原作中相當重要的童謠附會殺人，在致敬作中並不存在，而作者竟藉書中的角色調侃道：「大概是日本沒有類似的童謠吧。真可惜！想東施效顰都不成。」

以海水為障壁的密閉空間

令人慶幸的是，本書並未單純成為《一個都不留》的日文版翻作而已，作者透過海洋既開放又封閉的感覺，帶給讀者深刻的心理壓力，並讓《一個都不留》在小說中多次出現，層疊傳遞出作者多方面的企圖。

以我看來，在運用《一個都不留》的基本架構素材上，本書或嫌不夠創新，但是與原著的貼合度、對於人物內心的描寫，可說功力精湛。有克莉絲蒂如此精采的展演在前，後起者夏樹靜子還可以寫出一本絲毫不遜的推理小說，且結局不落俗套，真可謂名家手筆。

Information

夢幻遊艇

遊艇在很多人心目中可是所費不貲的有錢人「玩具」，事實上最便宜的遊艇大概七十多萬新台幣即可買到，和一輛車差不多，只是保養維修費、船塢停泊費是一筆不小的開銷，因而購買遊艇多半還是有錢人的專利。

不過有錢人對遊艇的要求可和市井小民截然不同，真皮座椅、按摩浴缸、原木裝潢、高規格視聽設備、頂級寢具等等只是基本配備；造價逾一億兩千萬英鎊的「白金號」（為杜拜王儲所有），才真正是頂級中的頂級，這艘超級遊艇長六〇公尺，配有小型潛水艇、專屬直升機起降坪、小飛機機棚，與水上摩托車及四輪傳動車的車庫，堪稱世界之冠。

作者簡介

夏樹靜子

一九三八年出生於日本東京，本名出光靜子，慶應大學英文系畢業。作品兼具本格派風格與社會派內涵，一九六九年以《天使已消失》入圍江戶川亂步獎最終決選，隔年以本作正式踏進推理小說界。一九七三年以《蒸發》獲得第二十六屆日本推理作家協會獎；一九七八年發表的《第三之女》在一九八九年出版法文版，獲得了法國冒險小說大獎。與艾勒里．昆恩（佛列德瑞克．丹奈）私交甚篤，昆恩為其出版了不少英譯本，是日本早期少數享有國際知名度的女性推理作家。

有著獨特喜感的漫畫家佐佐木倫子，與小說洋溢著奇妙恐怖韻味的推理作家綾辻行人，向來給人背道而馳的感覺，事實上，兩人的創作題材與發表媒體，也幾乎是八竿子打不著，但是卻在二○○四年十二月到二○○六年四月間在《月刊IKKI》（註一）上發表了兩人首次合作的《月館殺人事件》。

熟悉兩人風格的讀者（包括我），其實對於這跨時代的合作大概都有些惴惴不安，不過兩個作家彼此卻都相當喜歡對方的作品（綾辻行人甚至還為佐佐木倫子的名作《愛心動物醫生》文庫版第七集撰寫解說），因此在協調性方面應該不需要太擔心，至於故事本身，則一直到我翻開單行本的那一刻，心頭那股莫名的擔心才煙消雲散。

兩位名家聯手打造列車「幻夜號」上的奇案

07

★ 主題推薦

Recommend for Travelling

月館殺人事件

一群怪人奔馳在雪夜的原野上

文｜曲辰

日文書名：月館の殺人｜作者：綾辻行人・佐佐木倫子
台灣出版社：東立｜出版日期：二○○七年一月
日本出版社：小學館
出版日期：二○○五年八月（上）／二○○六年七月（下）

故事以高中女生「空海」為主角，從小與媽媽相依為命，住在沖繩的她，由於媽媽的阻攔，自小到大從未坐過電車或火車之類的交通工具。媽媽去世之後，忽然出現一位律師告訴她，說她並不像自己以為的那樣孤單，還有一個外祖父等著要和她一起生活，於是空海生平第一次離開沖繩，前往遙遠的北海道。

由於從一出機場就發生一連串的意外，最後本來應該帶空海去見外公的律師只得匆匆將一些必需品交給空海，把她托給路上攔到的便車司機，交代她前往「稚瀨布」搭乘前往「月館」的列車「幻夜號」。上了列車後，空海發現列車上的乘客似乎都怪怪的，而且第一次到寒冷地帶的她又好像感冒了，因此旅程顯得朦朦朧朧，直到發生凶殺案，一連串的驚奇也隨之而來。

由於我們不太知道兩位作者本來各自對這本漫畫的想法——綾辻在某次訪談中表示，前後他（京都）與佐佐木倫子（北海道）還有責任編輯（東京）三地彼此用電子郵件聯絡達幾千次……，所以只能以最後呈現出的作品來猜想，關於作畫與一些和劇情無關的笑點或許是佐佐木倫子的手筆，而劇情與人物設定則出自綾辻之手（特別是那群個性都不太好的乘客）。

怪異鐵道迷群聚

簡單來說，在推理情節的展現上，本作只能說是不過不失，畢竟凶手就是一臉凶手樣，也很難會被誤導到哪裡去，但是在急馳的火車上發展出的殺人謎團卻極具魅力，特別是在第一部結尾處留下的奇妙懸疑感，讓整部漫畫綻放異彩。

但是真正引人注目的，卻是漫畫中提到，而台灣人或許不甚熟悉的「鐵道迷」（註二）。

用最簡單的話來說，如果ACG迷的最高等級我們稱之為「御宅族」（otaku，請別與宅男弄混了，這邊指的是那些對動漫畫遊戲知之甚詳、入迷甚深的人們），那對於鐵道著迷的最高等級就是「鐵道迷」。甚至其中還分為模型鐵道迷、搭乘鐵道迷、攝影鐵道迷、時刻表鐵道迷與考古鐵道迷等，而這些類別的代表人物，全都上了「幻夜號」。本書的最大笑點也在於此，你一邊看著他們對火車老式懸吊系統狂嚎、卻又不承認自己是鐵道迷，各種出人意表的舉動紛紛出籠。

這讓本書成為交通工具推理小說類型中相當特殊的一部，竟然以交通工具為背景，但重點卻不是放在交通工具本身的封閉性、便利性或工具性，而是讓登場人物蓋過了交通工具本身，甚至可說是交通工具是為了成就人物而誕生的。

或許在推理部分，綾辻並沒有做出令人驚奇不已的表演，但就推理漫畫而言，他卻讓原作與作畫的結合展現出另外一種可能，不管讀者是喜歡綾辻行人或是佐佐木倫子，都相當值得一看。

作者簡介

綾辻行人

一九六〇生於京都，出身京都大學推理小說研究會。一九八七年以「館系列」首部作品《奪命十角館》出道，大受歡迎，擁有「新本格旗手」的稱號。一九九二年以洋溢端整人工美感的「館系列」第五作《殺人時計館》獲得第四十五屆日本推理作家協會獎。除了推理小說之外，綾辻在恐怖小說上也屢有佳作，號稱「一手寫推理、一手寫恐怖」。代表作除「館系列」之外，尚有《童謠的死亡預言》、《殺人方程式系列》與《殺人鬼系列》等。

作者簡介

佐佐木倫子

出生於北海道旭川市，一九八〇年在《花與夢》夏天增刊號以《圍裙情結》出道。佐佐木的作品風格向來以冷調的笑點見長，登場人物充滿獨特個性，每部作品都是品味極佳的怪人群像劇。

沒有愛恨交織的戀愛元素以及推理小說式的劇情鋪陳，是佐佐木作品的重要特徵。

雖然出道多年，但是作品不多，近年來多活躍於青年漫畫雜誌。

代表作有曾經造成日本大學獸醫系報考風潮以及哈士奇犬廣受歡迎的《愛心動物醫生》（一九八七－一九九三），最新作品為和推理小說家綾辻行人合作的《月館殺人事件》（二〇〇四－二〇〇六）。

註一　《IKKI》發售都比該月刊提早兩個月，所以連載的期數是從二〇〇五年二月號到二〇〇六年六月號，中間還曾暫停連載三個月。

註二　原文為てっ，意即「鐵子」，是對鐵道御宅族的暱稱。

讓旅行更有味道——旅途上的推理小說

兼談泡坂妻夫名作「亞愛一郎三部曲」

文／傅博

推理小說是旅遊良伴

如果你去日本旅遊，一定會發覺日本的讀書風氣旺盛，日本人出遊或出差，不管是短期或長期，其行李裡都藏有一兩本書，大多是漫畫或小說之類的消遣讀物。

出遊或出差時帶著書出門，不管是在車上、在飛機上或在船上都可成為最好的伴侶，尤其是一個人出遊時。

根據日本專家的研究，要閱讀一萬四千四百字的文章需要一小時，而這段時間必須一心不亂，不可中途休息。這種讀書法大多數的人是做不到的，何況讀書的樂趣是一邊讀一邊思考，同時也要像學校上課一樣要稍事休息，所以筆者認為一小時讀一萬字最適當。

你可以此為基準選擇旅途良伴，一兩萬字的短篇小說，一兩個鐘頭可讀完，適合短途車程。

同樣是小說，那麼帶什麼類型的小說為宜呢？這是見仁見智的問題。筆者推薦推理小說，而長途旅遊最好帶與旅遊地有關的「旅情推理小說」。

在日本，有一種推理小說，視其題材被歸類為「旅情推理小說」。內容大多是被害者在旅途的列車內，或是旅遊地被殺，其被殺原因往往與旅遊地點之以往事件或人物有關，屬於不在犯罪現場型推理長篇居多。作者藉偵探到處查訪的機會，向讀者介紹該地的名勝古蹟、人情物產等。除了享受推理解謎之外，還可當作旅遊指南使用。現在專門撰寫旅遊推理的作家有十多位，其中最具代表性的是西村京太郎和內田康夫。

另外有專門以登山者在登山行程中被殺為題材的「山岳推理小說」；又有以溪流與釣魚者命案為題材的「溪流推理小說」；還有專門以歷史悠久的地方都市為命案舞台的「小都市推理小說」。廣義旅情推理小說往往納入這幾類作品。寫這些特殊題材的推理作家不多，較知名的只有梓林太郎（山岳）、太田蘭三（溪釣）和山村美紗（以京都為背景）等。

泡坂妻夫與《亞愛一郎之狼狽》

這次獨步文化給筆者的主題是「旅遊時會帶哪一本推理小說？」。筆者考慮上述條件，向讀者推薦一本日本推理小說史上的短篇集經典。這本書就是泡坂妻夫的《亞愛一郎之狼狽》。

泡坂妻夫本名厚川昌男，一九三三年五月九日出生於東京。九段高中畢業後在自家從事「紋章上繪」（在高級和服畫上家紋）的工作，又是著名的業餘魔術師。

一九七五年，泡坂妻夫以〈DL2號機事件〉獲得第一屆幻影城新人小說部門佳作獎，一九七

一九七六年三月號
《幻影城》

刊載於一九七六年三月號
《幻影城》雜誌的〈DL2號機事件〉

七年處女長篇《11張撲克牌》和短篇《彎曲的房屋》，分別入圍日本推理作家協會獎之長篇和短篇兩部門獎。翌年以第一長篇《撩亂的詭計》獲得第三十一屆日本推理作家協會長篇部門獎，確立推理作家地位。

其後，一九八二年以《喜劇悲奇劇》獲得第九屆角川小說獎。一九八八年以《折鶴》獲得第十六屆泉鏡花文學獎。一九九〇年以〈蔭桔梗〉獲得第一〇三屆直木獎。

泡坂妻夫在處女作〈DL2號機事件〉塑造了名探亞愛一郎，年齡約三十五歲，容貌端正、身材高，平時談吐有點含糊，但是遇到事件時，宛如換個人似的，往往以明晰的頭腦快刀斬亂麻地解決事件。

亞愛一郎不是公家偵探，也不是私家偵探，也不是業餘偵探，他所解決的事件都是他偶爾在犯罪現場遇到，而以其智慧幫助當局破案而已。所以亞愛一郎系列沒有固定的刑警配角，也沒有助理替他收集資料或做記錄。故事由作者的第三人稱多視點記述。

亞愛一郎探案，一共有二十四篇短篇，沒有長篇，分為三冊出版，每冊收錄八篇。

《亞愛一郎之狼狽》是「亞愛一郎三部曲」的第一集。一九七八年五月由筆者主持的「幻影城」出版。之後兩次文庫化，分別由角川文庫與創元推理文庫出版，後者在市面上尚可買到。本書三十年來一直獲得不同世代的推理小說讀者支持，誠屬難能可貴，堪稱為名著。

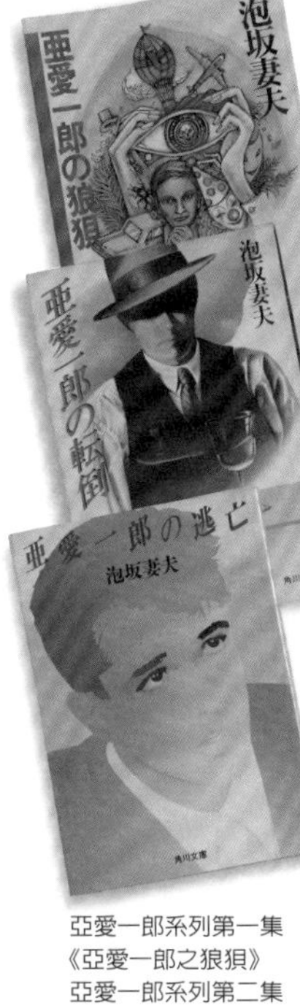

亞愛一郎系列第一集
《亞愛一郎之狼狽》
亞愛一郎系列第二集
《亞愛一郎之轉倒》
亞愛一郎系列第三集
《亞愛一郎之逃亡》

本書收錄的八篇短篇如下：

〈DL2號機事件〉：一名飛機乘客，在事前接到該飛機將遭到炸毀的預告電話，他卻依然搭上此班機且安然抵達目的地，這究竟是怎麼回事？亞愛一郎初次探案。他在本篇展開其一而二、二而三、三而四的奇妙邏輯而破案。亞愛一郎從一個人的行動習慣去推理事件真相的偵探法，是泡坂妻夫獨創的形式。以下各篇也都是靠著這種逐步推演的推理而破案。

〈右腕山上空〉：製餅公司進行宣傳活動時，空中氣球內的小丑被射殺。稀有的空中密室殺人

“亞愛一郎系列最好從第一話按照順序閱讀。除了「亞愛一郎三部曲」之外，作者還為「亞迷」準備一本愛一郎祖先探案的作品《亞智一郎之恐慌》，是時代解謎推理的傑作。”

的傑作。

〈彎曲的房屋〉：建於濕地上的公寓因豪雨而傾斜，公寓四〇二號室赫然發現死亡月餘的腐爛屍體……，不可能犯罪型解謎推理傑作。

〈掌上的黃金假面〉：在地方的新興都市，兩財閥隔著公路較勁：千賀井財閥興建箱型飯店，向井財閥建造了一尊高三十八．五公尺、寬二十二．九六公尺的巨大彌陀菩薩。某天，彌陀菩薩掌上落下大量鈔票。不可能犯罪型推理傑作。

〈G線上的黃金鼠〉：下雪的深夜，歹徒在G公路上搶劫計程車，司機趁隙逃逸，但當他帶刑警回到犯罪現場時，強盜已遭到殺害。不可能犯罪型推理傑作。

〈被發掘出來的童話〉：大公司社長在慶祝七十六歲生日壽宴上，送給來賓有錯字的豪華童話集，其目的為何？密碼小說的傑作。

〈荷露波之神〉：本書唯一以南洋小島為舞台的短篇，充滿南國情調、奇妙風俗的密室殺人小說傑作。

〈黑霧〉：小城市的大街在某天早上突然黑霧大起，散佈大量炭粉的嫌犯動機為何？一篇著重犯罪動機的推理傑作。

以上八篇皆刊載於《幻影城》（一九七六年三月～一九七七年七月），筆者是頭一名讀者，屢屢驚嘆於其新穎的構思。三十年後，為了撰寫本文，重新閱讀《亞愛一郎之狼狽》，不管是作品內容、詭計謎團或推理邏輯依然相當出色，經得起當今讀者的考驗。

《11張撲克牌》
《喜劇悲奇劇》
《撩亂的詭計》

如果本書沒有讓你失望的話，再次旅遊時，繼續帶著亞愛一郎系列第二集《亞愛一郎之轉倒》和第三集《亞愛一郎之逃亡》，相信一樣不會讓你失望。

書中，作者始終沒有記述亞愛一郎的身世，成為一個謎。雖然有讀者要求作者多提供亞愛一郎的訊息，但作者始終保持沉默，但在最後第二十四話〈亞愛一郎之逃亡〉裡，終於揭露其身世。

亞愛一郎系列最好從第一話按照順序閱讀。除了「亞愛一郎三部曲」之外，作者還為「亞迷」準備一本愛一郎祖先探案的作品《亞智一郎之恐慌》，是時代解謎推理的傑作。

遺憾的是，本書目前在台灣還沒有翻譯本，筆者期待本書可以早日在台灣和讀者見面。

《亞智一郎之恐慌》

《亞愛一郎之狼狽》三十年來評價

以上的內容簡介或許還不能看出名著的真面貌。偵探進行推理須講求證據，筆者在此也拿出證據來證明《亞愛一郎之狼狽》的確是一部名著。證據有二。

第一是《1975-1994本格推理小說BEST 100》（偵探小說研究會編著，東京創元出版社於一九九七年九月出版）。

顧名思義，本書是由歷屆創元推理評論獎得獎者為主體，組織而成的推理小說研究會，由十多位成員主編。從一九七五年至一九九四年這二十年間出版的解謎推理小說中，選出一百篇傑作，依傑作度排行，並對入選作品加以評介。

《亞愛一郎之狼狽》排行第六位，前五位都是長篇，因此可說是短篇集第一位。第十一位又是泡坂妻夫的第一長篇《擾亂的詭計》。不但如此，泡坂妻夫的處女長篇《11張撲克牌》還榮登第二十一位。

排行榜前二十一本中，只有泡坂妻夫一個人獲選三本，島田莊司獲選兩本，其他十六本出自十六位作家。由此可知泡坂妻夫是一九七五年以來最具實力的解謎推理作家，因此，《亞愛一郎之狼狽》值得推薦。

如果你說，這是解謎推理小說圈內的排行，不代表日本推理小說全體的話，我們可以再看另一本排行榜書籍《推理小說BEST 201》（池上冬樹主編，新書館於一九九七年十一月出版）。

本書是由七位非本格派推理評論家，自一九七五年至一九九七年這二十三年間，在日本出版的推理小說中，挑選二〇一本加以評介。本書與前書最大不同之處在於不做順位排行，而是把二〇一本分為三級──超A級、A級、B級。然後每級再按出版日期先後排序。屬於超A級作品有二十八本，A級六十本，B級一百一十三本。

《亞愛一郎之狼狽》獲選超A級作品，一名作家同時有兩本作品獲選超A級，除泡坂妻夫外，只有冒險小說家船戶與一（無人獲選三篇以上），而島田莊司只獲選一本。

由上述兩本傑作排行榜，可看出不管是本格派或非本格派推理評論家的選擇基準是一致的、可信的，所以筆者特別推薦《亞愛一郎之狼狽》給讀者作為旅途上的伴侶。

作者簡介

傅博

文藝評論家，另有筆名島崎博、黃淮。早年赴日留學，於早稻田大學研究所專攻金融經濟。旅日二十五年以島崎博之名撰寫作家書誌、文化時評等，曾任日本推理雜誌《幻影城》總編輯。一九七九年回台定居，推介日本推理小說不遺餘力。

08

★ 主題推薦

Recommend for Travelling

被詛咒的木乃伊

福迷必讀的第61篇

文｜寵物先生

大文豪漱石留學英倫的驚魂之旅

西元一九〇〇年，夏目金之助（即後來的夏目漱石）以公費留學前往英國倫敦。在寄居的住處房間裡，每晚都會聽到幽靈的聲音，不堪其擾的他前往貝克街求助於名滿天下的偵探夏洛克·福爾摩斯。幽靈事件平息後，福爾摩斯卻又遇上一件密室奇案：寡婦林奇夫人失蹤歸來的弟弟，某日於門窗上鎖的房間內受到東方法術的詛咒，全身脫水而死，成為一具乾枯的木乃伊。

由於牽涉到福爾摩斯創作的維多利亞時代，因此書中對當時的英國社會與文化也有些許著墨。如當時的西方人裝扮，紳士們經常戴大禮帽，女士們也有多樣化的頭飾、面紗、寬長裙等行頭。除服裝外，東西方的人種、氣候與國情等差異，也藉由漱石這位東方人的觀點，以一種身處異地的不安情緒，或是懷鄉之情展現出來。

對讀者而言，這種因時代與文化的陌生引發的神祕感，與解謎推理的故事相結合，往往是極具魅力的。

仿作與贗作的典範

從柯南·道爾發表福爾摩斯56篇短篇與4篇長篇之後，許多作家紛紛起而效尤，模仿其創作形式，塑造類似性格的偵探；也有些乾脆自己擔任道爾的後繼者，延續其創作風格，寫出福爾摩斯的「第61篇」，甚至系列化成為第62、63篇。

本書分成兩個敘述觀點交互進行，也就是主角夏目的觀點，以及一向於福爾摩斯小說中擔任敘述者的，助手華生的觀點。不論是哪一種觀點，作者島田對於書寫方式下了很大的功夫，常讀福爾摩斯與夏目漱石作品的人或許可以試著比較，看看書中的語感與劇情走向，與原作的相似度有多少。

日文書名：漱石と倫敦ミイラ殺人事件｜作者：島田莊司
台灣出版社：皇冠出版｜出版日期：二〇〇四年九月十三日
日本出版社：集英社／集英社文庫
出版日期：一九八四年九月／一九八七年十月

旅遊資訊

福爾摩斯紀念館：位於倫敦貝克街221號B座，完全按照小說中的情景佈置，甚至還有許多福爾摩斯的用品，是推理迷心中的聖地。

康瓦爾半島（Cornwall）：位於不列顛島西南角，半島西邊的尖端又稱為「地角」（Land's End），為有名的觀光景點。

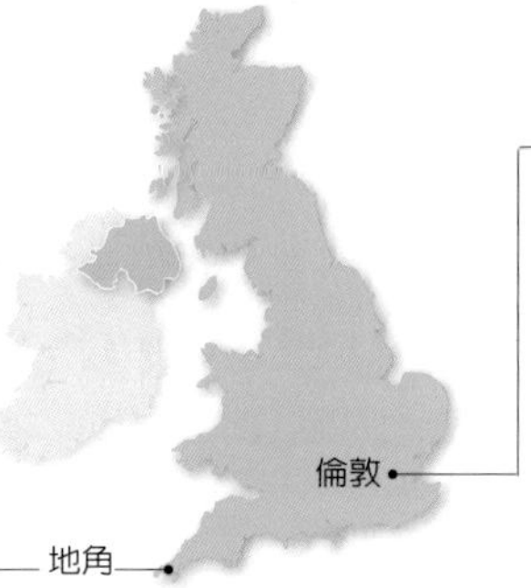

就以上特點觀察，或許本作較偏向於力求相似的「贗作」（Pastiche）形式，然而作者為了增加娛樂性，添加了一些幽默元素，徹底改變讀者對福爾摩斯的印象，這又讓「仿作」（Parody）成分加重了一些。《被詛咒的木乃伊》可說是一部巧妙結合趣味性與正統性的福爾摩斯模仿傑作，是福迷必讀的「第61篇」。

調侃的極致 致敬的極致

除了完成度極高的書寫模仿外，本書最為人津津樂道的部分，就是島田式的幽默了。夏目觀點與華生觀點的交錯敘述，其主要目的與其說是為了藉視點轉換讀者的心情，不如說是為了幽默元素而採取的佈局。讀者可以看到，情節之中屢屢出現夏目與華生對於福爾摩斯天差地別的描述，在傳統的道爾作品裡，福爾摩斯是位擅於易容術、且洞察力明快的紳士。但留學生夏目親眼看見的事實又是如何呢？作者除了藉著極大的差異性製造出令人捧腹的效果外，也召喚出一些他所慣用的幽默壓箱寶強壓在這位鼎鼎大名的偵探身上。看過其短篇〈紫電改研究保存會〉（收錄於短篇集《御手洗潔的問候》）的讀者，或許可以比較這一長一短兩篇之中，島田重複使用了哪些幽默元素。

如此顛覆世人心目中的福爾摩斯印象，也難怪有些人在閱讀後會說出「福迷看了，想必會血壓上升吧」，「這是對福爾摩斯的諷刺」如此評斷。然而，在案件水落石出，夏目即將歸國之際，島田卻又賦予這位被自己百般揶揄的名偵探無比的敬意。讀者看到此段時想必都會由衷地相信，御手洗潔（也可說是島田自己）在《占星術殺人魔法》一書中，回答助手石岡所說「我並非討厭福爾摩斯，而是非常尊敬他」的那番話吧！

名詞解釋

福迷：Sherlockian（英稱Holmesian），泛指深入鑽研柯南·道爾所著六十篇「正典」福爾摩斯系列小說的狂熱書迷。舉凡福爾摩斯究竟是男是女、收入、故事年代、助手華生的全名和婚姻生活，甚至是福爾摩斯墜落瀑布至歸來這段空白時期等細節，都是福迷的研究材料，統稱「福學」。著名的科幻作家艾西莫夫與美國第三十二任總統羅斯福，都是有名的福迷。世界性的福迷組織中，最早的是一九三四年於紐約成立的The Baker Street Irregulars（簡稱BSI），日本也有類似的組織「日本夏洛克·福爾摩斯俱樂部」。

作者簡介

島田莊司

作者簡介詳見P.17

09

★ 主題推薦

Recommend for Travelling

卡迪斯紅星

暴政下的西班牙風光

文｜紗卡

聞名於世的西班牙佛朗明哥舞，融合了重要的三元素：舞蹈、歌唱以及吉他伴奏；而逢坂剛筆下的一九八七年直木獎得獎作品，冒險解謎小說《卡迪斯紅星》，同樣也結合了三項奇妙的特色：鮮明有趣的人物設定、佈局廣闊且詭奇曲折的豐富情節，還加上很特別的一點：西班牙的風土民情，尤其是佛朗哥暴政時期下的種種過往。

故事從一把名為「卡迪斯紅星」的吉他開始……

小說主角漆田亮是廣告公司的企劃顧問，由於其雇主日野樂器社從西班牙請來吉他製作大師拉墨斯訪日，漆田也受拉墨斯請託代為尋人。然而，隨著樂器社之間的競爭日趨激烈，尋人一事也牽涉到一把吉他「卡迪斯紅星」，吉他背後還有一段歷史故事。此外，拉墨斯的孫女佛羅娜來到日本之後，居然和激進組織牽扯上關係。追究這幾起事件的背後原因，都指向當時的西班牙獨裁者佛朗哥。

在故事上半部的尋人以及業界的勾心鬥角暫告一段落後，曾被派駐西班牙的作者筆鋒一轉，將主角的冒險舞台變換到千里之外的遙遠國度，故事就此起飛，波瀾壯闊。

洞穴、地道出生入死

為了尋人與吉他，漆田前往西班牙，在馬德里稍作停留之後，立刻趕往西班牙南部的回教王朝遺址所在地，格拉那達。自此，一段精采刺激的冒險故事，就在有名的阿爾汗布拉宮以及目前已被登錄為世界遺產的阿爾貝辛街道間展開。阿爾貝辛區是古老的回教時代舊市街，部分地區時至今日仍可看到吉普賽人的洞窟聚落遺址。本區散佈於丘陵上，穴穴相連且巷弄狹窄，連旅遊手冊都勸人不要在午休時段及夜間前往，以免遭遇不測。主角漆田也的確在此吃了大虧，差點小命不保。

緊接著故事舞台來到大西洋側

旅遊資訊

卡迪斯：位於直布羅陀海峽西側，為擁有漁港的灣岸都市。黃色圓頂的大聖堂，是卡迪斯的必遊景點。卡迪斯博物館中有腓尼基人大理石石棺，值得一看。當地海鮮相當有名，蒸蛤仔和蒜頭炒蝦絕對不可錯過。

的光之海岸，南方的灣岸都市卡迪斯。擁有黃色大圓頂的大聖堂，是卡迪斯熱門景點；大聖堂的地下墓穴裡，長眠著在當地出生的名作曲家馬魯耶．法利亞。有趣的是，作者居然讓筆下的恐怖組織在此建立巢穴，還由於投鼠忌器不敢毀損古物，讓漆田爭取到寶貴的活命機會。此外，作者煞有介事地描述傍海而立的大聖堂中，建有通至海邊的祕密通道，這當然也成了漆田死裡逃生的關鍵轉折。

之後，漆田再度回到馬德里，冒險也在奧利因德廣場劃下句點。綜觀全書，作者不時巧妙利用西班牙的名勝與歷史建築，配合小說人物創造出融合地理特色的生動情節；至於作者對當地居民的深刻描寫，鉅細靡遺，更是不在話下。逢坂剛不愧是最會描寫西班牙的日本作家。環遊西班牙後，漆田回到了日本；所有伏筆也在終章獲得解答。整部小說一氣呵成，讀來非常過癮。

別具用心的取材與精心設計的議題

作者選擇將西班牙獨裁者佛朗哥寫進書中，並將整個冒險故事建立在西班牙的極權統治背景之上，可說在取材的選擇上頗堪玩味。作者提到，儘管大多數的西班牙人不滿意當時的極權統治，但是他們更厭惡列強勢力介入。西班牙人希望自己改變現況，而不是任由一些不了解西班牙、不認識當地歷史的外來者，片面自以為是地代替他們做出選擇。

就歷史的演變來說，西班牙人相當幸運。佛朗哥的繼位者卡爾羅斯較為開明，實施君主立憲；時至今日，西班牙已經是一個成熟的民主國家了。回頭看看這部寫於一九八八年的有趣小說，再對照一下今日的國際局勢，我們不禁要問：人類真的可以從歷史學得教訓嗎？令人喟嘆的是，歷史似乎正不斷地重演，彷如早已預知的悲劇一樣。

作者簡介

逢坂剛

本名中浩正，一九四三年十一月一日生於日本東京，畢業於中央大學法學院，父親是插畫家中一彌。畢業後他進入博報堂工作，並同時進行創作活動。一九八〇年以〈暗殺者死於格拉那達〉獲《ALL讀物》推理小說新人獎，八七年以《卡迪斯紅星》連獲直木獎與日本推理作家協會獎。作品風格涉及冷硬、懸疑、冒險、間諜等各類小說，以人類心理的刻劃見長。

九七年辭去工作後，專職寫作。他熱愛吉他與佛朗明哥舞，被認為是最擅長描寫西班牙的日本作家。作品有《背叛的日子》、《百舌吶喊的夜晚》與《十字路口的女人》等。

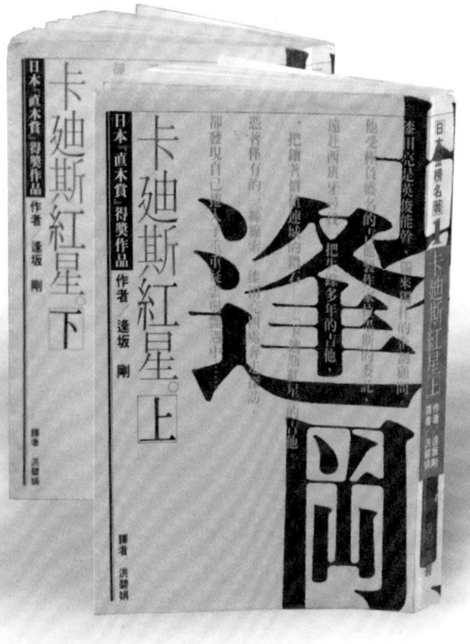

日文書名：カディスの赤い星｜作者：逢坂剛
台灣出版社：皇冠出版｜出版日期：一九八七年九月
日本出版社：講談社／講談社文庫
出版日期：一九八六年七月／一九八九年九月

10

★ 主題推薦

Recommend for Travelling

恐怖的人狼城

滿載不可能犯罪的古城殺人事件

文｜凌徹

世界最長的本格推理小說

二階堂黎人的《恐怖的人狼城》，是名偵探二階堂蘭子系列的第五部長篇。全書共分為四冊，分別是「德國篇」、「法國篇」、「偵探篇」與「完結篇」。篇幅相當可觀，中譯本合計超過二千頁，號稱是世界最長的本格推理小說。在規劃上，前兩部描寫事件發生經過，也就是問題篇，「偵探篇」敘述搜查的過程，「完結篇」則解開事件謎團。

故事主軸相當明確，就是發生在歐洲古城人狼城中的殺人事件。人狼城是位於德法邊境的雙子古城，德國境內的是銀狼城，法國境內是青狼城。前往銀狼城觀光的，是接受某大製藥公司招待的旅行團，而來到青狼城的則是法國亞爾薩斯獨立沙龍的成員。進入古城之後，兩組旅行團同樣遭到殘酷的殺戮，也不斷遇到不可思議的不可能犯罪。觀光客們在城內一個接著一個死去，人狼城彷彿化為人間煉獄。

遠在日本的二階堂蘭子，在報紙上的一角發現了德國觀光客集體失蹤的新聞，就從這個蛛絲馬跡，嗅到不尋常的氣息。由於事件發生在國外，二階堂蘭子也因而必須離開日本，前往德國與法國，進而解開這場規模驚人而且慘絕人寰的犯罪事件。

名偵探前往德法進行搜查

這並不是二階堂蘭子探案中，唯一一部將場景設定在國外的作品，在中篇小說〈我羅斯館之謎〉裡，故事背景就是在西伯利亞的雪原上。只不過在〈我羅斯館之謎〉中，二階堂蘭子扮演的是安樂椅神探的角色，她並非親自前

日文書名：人狼城の恐怖｜作者：二階堂黎人
台灣出版社：小知堂出版｜出版日期：二〇〇六年～二〇〇七年
日本出版社：講談社／講談社文庫
出版日期：一九九六年～一九九八年／二〇〇一年

往西伯利亞，而是在聽取別人說明事件之後，便以過人的智慧解開謎團。反觀《恐怖的人狼城》並非如此，由於在日本無法得到太多線索，蘭子必須親赴德法進行搜查，才有機會逐步解開人狼城殺人事件的真相。

當然，離鄉背井來到異國與待在日本，對偵探而言，事件搜查的環境即有著不小的差異。二階堂蘭子系列是典型的業餘神探類型，名偵探本身並非執法人員，理當無法介入命案的偵查。但由於偵探本身與警方關係良好，所以警方通常會協助偵探進行搜查並提供線索。蘭子正是如此，她的養父二階堂陵介是警視廳的警官，階級是警視正，這層關係讓蘭子得以參與警方的搜查，也更容易獲得線索。

這樣的方便性，在來到德法之後自然有所改變。當地警方並不信任蘭子，更何況對他們而言，這位外地來的業餘偵探只會干擾辦案而已。蘭子必須先展現她的推理才能，以智服人，才可能得到警方的協助。相較於日本警察理所當然的支援，蘭子與外國警方之間的角力過程也成為系列裡較為特殊的部分。

旅遊資訊

德國三大古堡

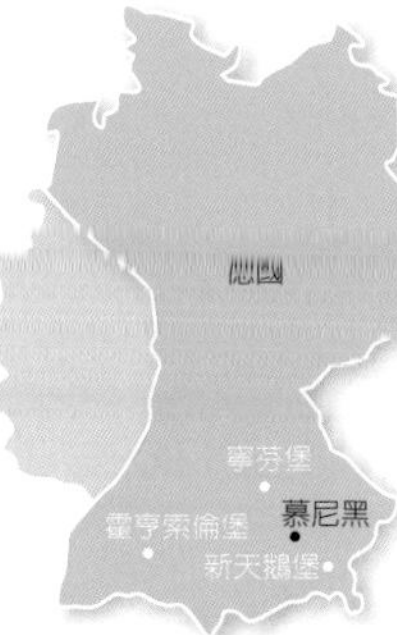

新天鵝堡：位於巴伐利亞西南方，由巴伐利亞國王路德維希二世下令建造，華麗夢幻的外型，宛如童話中的城堡。

霍亨索倫堡：位於圖賓根南方二十公里處，為霍亨索倫家族發源地，現今的古堡興建於一八五〇～一八六七年間。

寧芬堡：座落於慕尼黑西北郊，為德國古堡中規模最大的一座，建於一六六四～一七二八年間。

二階堂黎人的代表作

二階堂黎人是個相當注重詭計的作家，因此即使舞台設定在異國，但他最常使用的不可能犯罪，仍然是故事中非常重要的謎團。人力所不能及的犯罪行為，再加上古城的詭異傳說，都讓人懷疑將事件原貌回歸現實的可能性。而這一切，在偵探出現之前，彷彿是一部超自然的恐怖小說，本長篇故事構思出色，由此可見一斑。

《恐怖的人狼城》從一九九六年出版的「德國篇」開始，直到一九九八年的「完結篇」，作者用了超過兩年的時間才完成這部鉅著。古城殺人的恐怖氛圍，不可能犯罪的超現實演出，詭異的人狼傳說，《恐怖的人狼城》已成為二階堂黎人筆下最重要的代表作品，是值得本格推理愛好者一讀的大作。

作者簡介

二階堂黎人

一九五九年出生於東京，本名大西克己，中央大學理工系畢業。一九九〇年以《吸血之家》入圍第一屆鮎川哲也獎佳作，一九九二年發表首部以二階堂蘭子為主角的作品《地獄的奇術師》，於一九九五年成為專職作家，為新本格推理的中流砥柱。

主要著作是以名偵探二階堂蘭子為主角的系列作品，更在一九九六年至一九九八年間，完成世界最長的本格推理小說《恐怖的人狼城》，並在一九九八年榮獲「喜國雅彥偵探小說獎」，擁有廣大的讀者群。

11

★ 主題推薦

Recommend for Travelling

夜光虫

光芒雖微弱，但聚少成多仍可驅趕黑暗

文｜紗卡

故事從職棒放水開始

台灣曾是日本的殖民地，在此歷史背景影響之下，台灣的棒球運動也在日治時期扎下良好的基礎，當時甚至還派出棒球隊前往日本甲子園出賽。就職業棒球運動的角度來說，全世界最高的殿堂當然是美國大聯盟；而稱霸亞洲的，則是曾在世界棒球經典賽獲得冠軍的日本。至於台灣職棒，儘管偶爾有驚鴻一瞥的頂尖好手出現，但大體上來說，台灣的水準遠遠不及日本。一個在日本職棒走下坡的選手，來到台灣卻可能繼續獨霸聯盟。

加倉就是一個典型的例子。在日本職棒曾經叱吒風雲的他，面對運動生涯可能結束的壓力，選擇加入台灣職棒球隊美亞鷲隊，開啓事業第二春——他靠的不是職棒運動，而是放水。暗黑小說名家馳星周，以台灣職棒的放水事件為題材，創作了這部《夜光虫》。以一個日本作家的角度，保持適度距離地描寫台灣黑道與職棒簽賭及放水之間的糾纏不清，同時亦針砭黑金政治，以及警界的敗德。

日本與台灣的微妙關係

儘管封底標上「純屬虛構」四個大字，但是作者對於台灣政商黑金勾結以及黑道勢力無所不在的描寫，鞭辟入裡，取材功夫相當到家。事實上，台灣與日本之間的關係頗為微妙。對日本人來說，曾經在台灣殖民，日本文化也深深影響著台灣，因此日本話在台灣相當常見，日本人來台也多半能夠得到親切的對待。這是台灣與香港、甚至是中國大陸最大的不同。對台灣人而言，面對國力強大的日本，其實感覺仍比對其他國家來得友善。

然而，由於小說題材的關係，馳星周筆下的台灣極其糜爛，就連警界也非常腐敗。主角加倉身處的職棒圈，更是罪惡的淵藪，打放水球幾乎是公開的祕密，差別只在於價碼的高低而已。不過非常諷刺的是，書裡壞事做絕，殺人不眨眼的最墮落角色，反倒是身為日本人的主角加倉。馳星周默默地寫下一個又一個黑道的嘴臉，一樁又一樁墮落的情事，卻完全不加以評論。或許對於這些身不由己、載浮載沉的可憐角色，作者心底仍保留著一絲憐憫之情吧。

無所不在的黑暗勢力

故事雖以台灣為舞台，但是對於場景的描寫，並沒有特別的針對性。台北是幾個主要角色活動的地方、基隆河畔被安排成為命案現場、高雄的港都特色在作者筆下稍嫌誇大，黑道勢力在高雄似乎也顯得過於龐大、嘉義則有另一個黑道想分杯羹，縣議長的背景身分或許也是種故意的巧合。地理場景的安排雖然隨興，但作者仍成功地塑造出一種氛

圍：台灣的黑道無所不在，不管是政壇、商場，或是警界，到處都是自甘墮落的人。在美國、日本可能享有較高社會地位的職棒球員，在台灣卻只是個受到各方擺佈卻求助無門的可憐百姓而已。

聚少成多，衝破逆境

「浮沉中的夜光虫，雖然只能綻放微弱的光芒，但是只要它們聚少成多，仍然可以驅趕黑暗。」只能隨波逐流，任由命運擺佈的主角加倉，在面對台北夜景時，發出如上的喟嘆。儘管在小說裡他有許多回頭的機會，但是加倉卻自我放逐般地一再墮落下去，越陷越深，終至無法挽回。小說裡其實仍有單純善良的好人，只是一旦稍不留意，讓邪惡的念頭漫上心間，他們瞬即就會被黑暗給吞沒了。

人人都是夜光虫，亮度雖微弱，但仍應努力地發光發熱；一旦光亮得以聚集，驅趕黑暗便不再遙不可及。馳星周在這部暗黑小說裡，終究給讀者保留了一絲光明。

作者簡介

馳星周

本名坂東齢人，一九六五年二月出生於北海道，畢業於橫濱市立大學文理學系。因為欣賞香港影星周星馳，他把周星馳的名字顛倒，作為筆名。曾任職於出版社，在專事寫作前，曾從事自由創作，發表書評、文藝創作等。首部作品《不夜城》，以黑社會之間的恩怨情仇為背景，推出時高居一九九六年年度各類推理小說的暢銷書排行榜冠軍，並舉獲第十八屆吉川英治文學新人獎。一九九八年以《鎮魂歌—不夜城 II》獲得第五十一屆日本推理作家協會獎。

information

球場花絮

《夜光虫》一書著於一九九八年，當時書裡職棒聯盟的幾個主要比賽球場，時至今日已經時移事改。南京東路上的台北球場已經拆除，現在北部的主要比賽場地為新莊球場與天母球場，書中角色如在今日要出入那些複雜場所，可能得多費周章。高雄縣新建了澄清湖球場，可容納兩萬名觀眾，為目前國內最大棒球場，並由LaNew熊隊選為主場。而原本的高雄市立德棒球場，則因為設備與周邊環境問題，目前暫時不作為例行賽場地。書中主角如要到七賢路去打聽情報，路程便遠得多了。台南球場歷史悠久，一直是老牌球團統一獅的大本營。嘉義球場則於一九九八年改建完成後，也成為例行賽場地。若在今日，書裡的嘉義黑道就不必大老遠跑到台北去威脅棒球選手了。

日文書名：夜光虫｜作者：馳星周
台灣出版社：台灣角川｜出版日期：二〇〇四年五月
日本出版社：角川書店／角川文庫
出版日期：一九九八年八月／二〇〇一年十月

12

★ 主題推薦

Recommend for Travelling

假面之島

在虛構與現實間的擺渡者之歌

文｜曲辰

說到威尼斯，亨利・詹姆斯（Henry James）曾經發出一句相當有名的喟嘆：「我們再也沒有什麼可以說的了。」這是他在一九〇九年寫於《義大利時光》（*Italian Hours*）一書中的名句，但是包括說這句話的亨利・詹姆斯自己，仍然不厭其煩地談論著關於「威尼斯」這個城市。（因為好奇，所以我查了一下，沒錯，距離亨利・詹姆斯說了那句話的近百年後，韓良憶很巧地在二〇〇七年四月也出了本《地址：威尼斯》，為眾多威尼斯書寫又添一筆。）

事實上，關於書寫威尼斯這件事，就足以成為支撐一整本書的材料了，亨利・詹姆斯、湯瑪斯・曼等現代主義名作家，紛紛爭先恐後為這個城市寫下最美好的一頁。至於推理小說也不乏例子，Donna Leon以警察局長Brunetti為偵探的系列推理小說，就是將威尼斯作為背景與主題；伊恩・麥克尤恩（Ian McEwan）的《*The Comfort of Strangers*》藉由一對男女在威尼斯與另一對陌生男女的邂逅，拉扯出人性的脆弱與懸疑感。

日文書名：仮面の島｜作者：篠田真由美
日本出版社：講談社／講談社文庫
出版日期：二〇〇〇年四月／二〇〇六年十二月十五日

而號稱全世界最愛威尼斯的日本人（據說威尼斯所有商業飯店的背後都有日本股東），當然也不會放過這麼個融合了幻想、浪漫、迷離、不可界定的知名場景，篠田真由美於是在二〇〇〇年讓她筆下的建築偵探櫻井京介出差到威尼斯去，寫出了《假面之島》這部長篇小說。

遊記與小說交錯之必要

在《假面之島》中，櫻井京介與他的指導教授神代宗到威尼斯來，是為了幫某日本公司勘驗預定要購買的一座小島上別墅的狀況是否大致良好，但到了威尼斯後，才發現那小島的日本女主人並無意出售小島，並懷疑是過去追求過她，同時是她的富豪亡夫與前妻所生的兒子從中作弄。正當二人打算稍作遊歷便回日本的時候，之前因為某些原因留在日本的系列主角深春與蒼也到了威尼斯，並展開一連串的精采推理情節。

本書除了維持篠田真由美推理小說一貫的特色，情節與氛圍巧妙地融合、層出不窮的謎團（有兩樁凶殺案、一件失蹤案以及登場人物不為人知的過去）外，大概因為寫到的是威尼斯，還夾雜有大量的遊記風格。

作者的筆調雖然浪漫而富於幻想，但在關乎細節的部分卻相當寫實而細膩，因此威尼斯的種種「觀光須知」躍然紙上，其中有資料條列式的「文藝復興時期威尼斯因貿易而繁榮，享有東地中海的女王之名，因其財富及安定的政治而受到讚嘆」、有旅途指南式的「兩人乘坐計程船橫跨夜晚的潟湖，來到許多日本觀光團住宿的四星級旅館Hotel Splendid Suisse」，也有經驗談如「哇，不愧是一流名店（指Caffè Florian）的價格，濃縮咖啡是立飲店（註一）的六倍」等等文字。

這些近乎白描式的語言，與小說中的虛構搭織在一起，讓威尼斯這座城市彷彿在幻想的光芒中閃爍搖曳不定。也讓這本小說除了閱讀推理案件本身的樂趣外，增添了神遊異地的可能，甚或是作為觀光導覽按圖索驥一遊。

飄移在威尼斯之必要

沒到過威尼斯的人很難想像，身處在那兒會是怎樣的感受，隨處所見到的景象活脫是在魔術時刻（註二）拍攝而成、搭船比搭車方便甚多（所以威尼斯影展的星光大道架設在水上並不是要附庸風雅，而是別無他途）、整座城市是古老的卻有新潮的旅客。

恰好到了威尼斯來的櫻井京介一干人，每個人都有或多或少的心事，心中的憂慮就好像錯綜複雜的運河一樣，無法一眼望穿。但是這樣的氣氛似乎也適合書中人物的心情，在一個充滿了幻想視野的空間做出人生的選擇，就算未來稍有後悔，只要想到此時此刻的威尼斯風景，或許就不會有遺憾了吧。

不知道是不是這個原因，讓《假面之島》的主角們，忽然有了過去系列不曾有的流動感，儘管過往也一樣在旅行，但是往往覓得定點就不再移動。而在威尼斯，他們彷彿找不到定點，只能漂浮在島與島、河與河、空間與空間之間，就好像是一曲擺渡者之歌一樣。

這是旅行的魅力，也是威尼斯的魅力。

旅遊資訊

聖馬可廣場．全球最知名廣場之一，威尼斯的心臟，興建於九世紀。因靠近潟湖，每逢大雨必定淹水，不過依然不減遊客興致；數量驚人的鴿群也是廣場一大特色。

作者簡介

篠田眞由美

一九五三年出生於日本東京，畢業於早稻田大學第二文學系，專攻東洋文化。一九九一年以《琥珀城命案》獲選為第二屆鮎川哲也獎決選作品，並於此年正式進入日本文壇。九四年，發表建築偵探櫻井京介系列第一部《未明之家》。將建築知識與謎團結合，每集都以不同建築物為場景，嶄新的創意使該系列人氣不墜。作品另有《黎明之家》、《魔女死之屋》等。

註一 日本由於寸土寸金，有許多餐飲店沒有座位，顧客須站立飲食。

註二 魔術時刻（magic hour）指白天與夜間的過渡時段，天色將暗未暗，此時是拍攝照片的最佳時機。

13

★ 主題推薦

Recommend for Travelling

馬來鐵道之謎

充滿異國情趣的得獎作品

文｜凌徹

親赴馬來西亞取材 洋溢南國風光

創作風格繼承艾勒里·昆恩的日本推理作家有栖川有栖，其筆下最著名的作品，就是被稱為「國名系列」的臨床犯罪學家火村英生系列。這個系列的命名規則仿自昆恩的國名系列，篇名中同樣出現國家名稱。

雖然是國名系列，但是火村探案其實都是在日本國內的犯罪事件，一直到了本作《馬來鐵道之謎》，火村與助手有栖川才有機會離開日本，前往馬來西亞。在提筆創作前，有栖川有栖曾經前往馬來西亞取材，因此故事宛如作者本人的遊記，真實呈現出他的觀光紀行，讀者也可以從文字中體驗馬來西亞的南國風光。

故事中，火村與有栖川並不是第一次來到馬來西亞，十二年前兩人就曾經到這裡觀光旅行，多年後舊地重遊，卻遇上了殺人事件。兩人大學時代的友人，在馬來西亞的金馬崙高原開設度假旅館。在當地一位日本僑民的車屋中，發現了一具被刀刺殺的屍體。車屋裡所有房門與窗戶的縫隙，都由室內被貼上了膠帶，從外側無法打開門窗，現場呈現密室狀態。

熟悉的密室場景 邏輯推理的發揮

熟悉古典推理的讀者們，對於故事中的密室場景應當並不陌生。正如有栖川有栖在小說中提到的，過去的作品包括美國推理作家約翰·狄克森·卡爾的《*He Wouldn't Kill Patience*》與克雷頓·羅森的〈*From Another World*〉，這兩位作家都挑戰過同樣的情景，以用膠帶從室內封住所有縫隙的密室謎團來建構故事。而除了這兩篇小說之外，漫畫《名偵探柯南》中也出現過類似的密室場景。

就密室的角度而言，由內部貼上膠帶，與單純地將門窗上鎖，這兩種構成密室的方法明顯不同，思考方向也必須加以調整。不同於傳統由鑰匙與鎖所構成的密室，用膠帶從室內封住縫隙，意謂的是更為絕對與完全的密室狀態，過去的密室詭計已經不太可能會是解決方法。再加上這種

旅遊資訊

馬來西亞，金馬崙高原

金馬崙高原位於馬來西亞彭亨州，海拔約1,500公尺，為避暑勝地。土地肥沃，除了是茶業中心，並有仙人掌園、玫瑰花園、草莓園及蝴蝶園。

密室已有先例，作者必然不能與前人的解法相同，讀者理所當然地會期待不同以往的密室詭計。因此，觀看作者如何解開這個密室，是閱讀時的一大樂趣。

有栖川有栖之所以被稱為日本的艾勒里．昆恩，就在於他和昆恩相同，非常重視邏輯解謎。故事進行中，讓關係人在搜集了相關的線索之後，從中推導出事件的真相，是他的拿手技巧，也是最大的特色。《馬來鐵道之謎》中不但維持著邏輯解謎的一貫風格，更發揮得十分出色。本作中，密室的真相與推導出凶手的線索之間有著重要的關聯，線索依賴於密室詭計明朗化，之後邏輯推理才能夠發揮作用。解開了密室詭計，再以邏輯鎖定真凶，是非常精采的設計。

精采的詭計與解謎深獲肯定

另外，由於故事中是讓火村與有栖川前往馬來西亞，因此不但過去在日本時的警方人脈無法運用，更重要的是語言障礙造成不小的影響。來到馬來西亞，英語成為必備的溝通語言，要詢問相關者證詞，在許多情況下都必須使用英文。只是偵探助手有栖川有栖的英文能力尚未達到流利的水準，因此對話中不時出現「×××」字樣，代表他聽不懂某些單字，必須靠著猜測語意讓對方的說詞得以完整，這種在過去作品中未曾見過的故事發展，也從另一個角度更加強化了異邦人的印象。

充滿異國情趣的綺麗風光，以及向古典推理致敬的密室詭計，再加上出色的邏輯解謎，構成了《馬來鐵道之謎》這部精采的作品。有栖川有栖以本作拿下二○○三年第五十六屆日本推理作家協會獎，可說是將他的國名系列一舉推上最高峰，有栖川作品所受到的肯定，也再度由此書得到證明。

日文書名：マレー鉄道の謎｜作者：有栖川有栖
台灣出版社：小知堂出版｜
出版日期：二○○五年七月十日
日本出版社：講談社／講談社文庫
出版日期：二○○二年五月／二○○五年五月

作者簡介

有栖川有栖

本名上原正英，一九五九年出生於日本大阪，畢業於同志社大學法學系，大學期間即加入推理小說研究會，一九八九年發表處女作《月光遊戲》。作品風格受到艾勒里．昆恩相當程度的影響，自稱「九○年代的昆恩」，因此有不少向讀者提出挑戰書的作品。二○○三年以《馬來鐵道之謎》獲得第五十六屆日本推理作家協會獎。代表作品有《第46號密室》、《魔鏡》，國名系列《俄羅斯紅茶之謎》、《瑞典館之謎》及《英國庭園之謎》等，曾任本格推理作家俱樂部第一任會長。

讀推理遊日本——旅行即推理，推理即旅行

文／劉黎兒

作者在輕井澤雲場池邊探尋許多作家走過的路

我來日本之後，最先開始閱讀工作以外的書籍就是推理小說，尤其是每次要出差或出門旅行時，手裡就會拿了幾本預定去處的相關推理，像去長崎，就放一本內田康夫的《長崎殺人事件》，到岡山就丟了西村京太郎的《竹久夢二殺人之記》、內田康夫的《倉敷殺人事件》到行李箱裡，以及木谷恭介的《倉敷美術館殺人事件》。這樣就算沒帶旅遊指南，對整個地區的全盤知識、形象也會有起碼的認知。下了新幹線後還不斷對照小說中的情景，甚至到殺人現場一遊，化身為名探或名警探到燈塔、懸崖邊去會見犯人等，旅行本身又多了一重刺激，而對於作家的推理也有親身體驗的效果。我對這樣的模式屢玩不厭，沒有去過的地方，尤其是幾處名山，我則靠山岳推理小說來滿足，除了梓林太郎的作品外，像是長井彬的《槍岳殺人行》也激勵我，讓我打算找一天去征服槍岳。

靠著閱讀日本的推理小說，我憑想像早已遊遍了日本，也爬過了所有的山，並且搭過所有的火車了。當然，我在日本實際旅遊過的地方非常多，不過這類旅情推理或鐵道推理、山岳推理等看太多，也讓我自己多少幾乎分不清虛擬和現實，沒去過的地方還錯以為已經去過，我的朋友說：「是呀！妳是去過沒錯，去辦案過了！」我去溫泉旅行，同行的伴侶去泡湯半天回來時，都會問：「妳又殺了多少人了？」

旅情推理的元祖：清張

比較難忘的推理與旅行的一次殊異的關係，是去年夏天我到北九州市（亦即改制前的小倉市）去住了幾天。那裡是推理大師松本清張的故鄉，他的紀念館以及森鷗外小倉時代的故居也都在我下榻的飯店附近。我到松本清張紀念館悠閒地看了描述松本清張與戰後的一部九十分鐘的紀錄片，才了解松本清張對描寫戰敗國日本戰後種種悲劇為何如此執著的原因。原來，小倉是他創作

輕井澤茜屋咖啡屋曾在許多推理小說中登場

輕井澤四季現代美術館是推理小說中殺人陳屍的好地點

的原點，他最初拿了芥川獎的《某「小倉日記」傳》也是一個追蹤的主題，和他往後的作品一樣，對於出現在作品中的地方城市，都有非常鮮明的描寫，但都飄盪著一股獨特的哀愁，這樣的哀愁也出現在《點與線》、《砂之器》和《零的焦點》等作品裡。

以前我雖然也覺得松本清張除了是社會推理大師外，但亦是旅情推理能手，尤其像能登半島的東尋坊、巖門或伊豆天城等許多風景名勝地點，不時成為他的作品的舞台，而他最初的長篇推理《點與線》可說是元祖級的旅情推理小說，這或許和清張是為了雜誌《旅》的連載而寫有點關係，本篇甚至積極而巧妙運用了鐵道時刻表的詭計，亦即一九五七年當時的東京車站從第十二、十三號月台有四分鐘的空檔看得見十五號月台的列車等。加上最近幾年他的《砂之器》等再度改拍，讓我錯覺這是因為日本國內旅行日常化的結果。

但去了松本清張紀念館，很幸運地看了紀錄片後，才慢慢回憶起他的推理，雖然充滿社會批判，像真相常是日本女人戰後靠著美軍賺取皮肉錢的過去等。但在此之前，他對成為小說背景的城市都賦予了非常鮮明的形象，雖然有些形象過了昭和三〇年代全都消失了，現在已經成為非常熱鬧喧囂的觀光勝地，但是就如小倉般，當時這些地方城市都有不堪回首的過去。

松本清張在小倉

雖然當時我尚在旅行中，卻因突然發現我對松本清張的理解有限，便就地蒐羅了大批松本清張的小說來看，開始對清張本人的思想脈絡進行推理；才知道原來他在戰後對日本政治、社會的諸多質疑，也是從小倉開始，因為小倉是韓戰時美軍的重要補給基地，許多美國大兵都是經由此地，被送到朝鮮半島的戰場去。當時美軍在韓戰傷亡慘重，許多美軍懼戰遁逃，便在小倉逃出兵營，最為著名的是一九五〇年七月十一日發生的「小倉黑人美軍集體逃兵事件」，共有二五〇名黑人大兵攜械逃亡。他們甚至侵入小倉鬧區以及民宅，犯下搶奪、傷害以及強姦的惡行，雖然駐日美軍的憲兵在翌日即加以鎮壓，但街頭戰據說到十五日才鎮壓住；這雖是非常大的事件，但是戰後因為駐日盟軍（ＧＨＱ）對於資訊管制相當嚴厲，他們一手遮天，使得這起軒然大波幾乎未被披露；當時人在小倉的松本清張因為親眼目睹這樣的悲慘事件，又發現報紙幾乎隻字未提，讓他對於戰後受ＧＨＱ統治的日本產生許多懷疑，遂將小倉黑人逃兵事件寫成《黑地之繪》。後來他寫了《小說帝銀事件》，便是把現實的事件大翻案，因為他懷疑帝銀事件、下山國鐵總裁謀殺事件、松川事件等等許多涉及國際謀略、冤獄怪案的真

除了一般文藝小說之外，推理小說中，大概有八十位作家、兩百件作品都與輕井澤有關，也就是說有這麼多種觀點來檢閱輕井澤還有哪些沒人注意到的場所，或可以用作懸疑詭計之處。

正凶手是進駐的盟軍，卻栽贓給日本人，這便是他的「日本黑霧」系列，也是描述日本戰敗的悲哀。或許因為如此，清張一生都是反美的。不過即使時至今日，美日安保體制還不斷加強，許多歷史真相要見諸天日或許很不容易，但等到那些公文檔案公開時，或許便可證明清張的質疑沒有錯。

原來，清張的各種原點都在小倉，清張生前對自己作品的改拍要求非常嚴厲，尤其《黑地之繪》幾度都未獲通過，因為這其實是他最為執著的作品，小說描述遭黑人美軍強姦的女人的男人的復仇過程，但也訴說戰爭讓人瘋狂，而且一般良民全然無力反抗。男人想要復仇，對象呢？怎麼復仇呢？那種痛楚是無法救贖的；清張因為對這起事件產生質疑，接著質疑整部昭和史，進而質疑古代史。我突然發現自己所在的小倉的重大意義，整個人都興奮起來，發現小倉是讓清張開創出「社會推理小說」全新領域的原點中的原點，

舊輕井澤銀座，推理小說中必經的老商店街

輕井澤歷史悠久的萬平飯店曾出現在推理小說中

這是我因旅行而獲得一個鳥瞰日本推理小說史的契機，而且也開始回顧清張小說中描述的一些城市的意義，就像是遁入時光隧道，回到昭和三十年之前的日本。

旅行讀推理之必要

當然大部分的旅情與推理的結合是較為輕鬆的，例如去輕井澤、蓼科等地旅行，那行囊就會塞滿了內田康夫、小池真理子及其夫婿藤田宜永、阿刀田高、土屋隆夫、有栖川有栖和野澤尚等人的推理小說。曾以輕井澤為舞台而寫作的作家、作品非常多，輕井澤文學沙龍甚至蒐集到五四〇人、一六六六件作品，幾乎所有曾吸引我去閱讀的作家都寫過輕井澤，輕井澤前半世紀是靠洋人帶來的文明開化的摩登色彩以及自然發展起來的，而近半世紀，可說是靠作家讓輕井澤的身價越來越高。

除了一般文藝小說之外，推理小說中，大概有八十位作家、兩百件作品都與輕井澤有關，也就是說有這麼多種觀點來檢閱輕井澤還有哪些沒人

作者在那須高原的住處

注意到的場所，或可以用作懸疑詭計之處。因為太多人寫過輕井澤，寫輕井澤已經成為日本作家的最大挑戰，尤其是推理小說家，一定要安排一個不同於前人的殺人方式、典故，輕井澤是連松本清張、森村誠一、橫溝正史乃至赤川次郎、鮎川哲也、二階堂黎人、志水辰夫、服部真由美、大澤在昌、東野圭吾、北村薰及高木彬光等，幾乎喊得出名號的作家都爭相下筆之處，不但非常適合旅行，更是推理百花齊放的舞台，因為有這麼多的推理小說，讓我無論到輕井澤哪個角落，都同時能精確印證小說中的情節，增加無限附加價值。

我十幾年前在與輕井澤景觀有些類似的那須高原建置了一個窩，這幾年較少去輕井澤，但是因為只要讀推理小說，提到輕井澤的機率很高，從去年起又常往輕井澤跑，作品逼人去旅行的力量實在很大。那須高原或許因為有天皇別墅坐落在此，因此沒有《那須（高原）殺人事件》的推理小說誕生，只有兩齣單元推理劇：〈那須高原殺人事件〉以及〈那須鹽原湯煙殺人事件〉。我很期待熟悉的那須將來也會成為無懈可擊的推理小說的舞台，至少情節的設計不要讓我這個老那須覺得用這樣的景點作為殺人現場未免太荒謬了。

日本幾乎所有的景點、城市都有相對應的推理小說，讓我從未為了旅行沒有推理小說可看而發愁。我今年夏天計畫到沖繩大旅行幾天，行李除了各類沖繩文化歷史導遊書外，還要擺進山村美紗的《京都．沖繩殺人事件》以及內田康夫有關沖繩的異色作品《ユタが愛した探偵》；前者是到沖繩不倫旅行而發生、與兩地相關的殺人案，雖然我對山村美紗的推理不很期待，但對於她如何將兩個我最愛的觀光地連在一起，非常感興趣，倒是我的另一半瞄到有這樣的推理，問我：「妳希望這次是蜜月旅行？還是不倫旅行？」

內田的這本作品或許將可延伸我到首里城等處新的琉球文化的觸角，尤其內田系列作品的淺見光彥與我的另一半一樣，都是討厭飛機的傢伙，我可以體會沖繩必定有什麼力量足以吸引他們前往一遊。《ユタが愛した探偵》是為了二〇〇〇年沖繩G8寫的，那年為了採訪G8我在沖繩待了一陣子，但當時錯過沒讀，因此這次沖繩行將會是有推理小說相伴之旅。至於辻真先的《沖繩縣營鐵道殺人事件》是九〇年最差的推理小說，因此就省略不帶，以防有時推理小說破壞我對某個城市印象的悲劇發生！

作者簡介

劉黎兒

旅日作家，曾任《中國時報》駐日特派員，目前專事寫作，著作有小說、散文集等多種，目前在各報章雜誌撰寫兩性關係以及有關日本時事、趨勢的專欄。

14

★ 主題推薦

Recommend for Travelling

五十萬年的死角

書寫歷史懸案，江戶川亂步獎得獎作

文｜凌徹

在一九七六年以《五十萬年的死角》榮獲第二十二屆江戶川亂步獎的伴野朗，筆下作品結合歷史推理與冒險小說，風格獨樹一幟。這部得獎作，即是以北京人頭蓋骨化石失蹤的歷史謎團為題材的長篇小說。

由於《五十萬年的死角》一書是以真實的歷史事件為背景，所以在談這本書之前，應先回顧北京人化石的失蹤事件，了解整起歷史懸案的來龍去脈，將有助於在閱讀小說時更容易進入書中的世界。

中日戰爭爆發 北京人化石失蹤

北京人，也稱為北京猿人，是一九二九年在北京市周口店發現的直立人化石，原被保存在北平協和醫學院。後因中日戰爭爆發，化石有可能遭到戰火波及，為了避免這項珍寶在戰爭中被奪走，研究人員急著想將其移往安全之處保藏。只是遷移北京人化石茲事體大，必須經過政府同意才可以行動，因此北平協和醫學院在一九四一年三月，發送電報到國民政府所在地重慶，請示政府對於北京人化石處置的意見。

然而北平與重慶距離遙遠，取得聯絡曠日廢時，再加上戰爭中事務繁多，化石遷移的許可一再延宕。直到一九四一年十一月，北平協和醫學院終於得到通知，獲准將化石遷往美國紐約自然歷史博物館，待戰爭結束後再運回中國。得到政府的許可後，院方再與美國公使館進行交涉，經過不少波折，北京人化石終於得以轉移，準備運往美國。

北京人化石被裝成兩箱，之後交由美方進行運送工作，從此行蹤不明。據說原本的計畫是將裝有化石的兩個箱子運抵秦皇島港，等待從上海駛來的「哈里遜

日文書名：五十万年の死角｜作者：伴野朗
台灣出版社：台英社｜出版日期：一九九八年
日本出版社：講談社／講談社文庫
出版日期：一九七六年／一九七九年

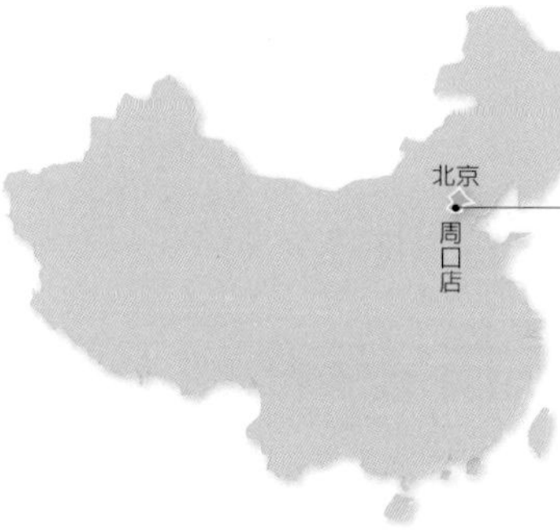

旅遊資訊

周口店：除了名列「世界自然與文化遺產」的北京人遺址，兩公里外，就是中國最大的皇室陵寢，完顏阿骨打等十七位帝王、嬪妃長眠之處——金陵。

延伸閱讀：《尋找北京人》（上、下），遠流出版

總統號」郵輪，上船後運往美國。卻沒想到在化石送達秦皇島後，日本於十二月七日偷襲珍珠港，太平洋戰爭爆發，美國在北京與秦皇島等地的機構隨即被日軍佔領，載有化石的列車也被日軍截獲。「哈里遜總統號」在日本軍艦的追擊下觸礁，未能抵達秦皇島。戰火降隆，北京人化石就此失去蹤跡，成為歷史上的一大懸案。

人類遺產的追尋
驚心動魄的冒險之旅

《五十萬年的死角》基於這樣的背景，故事正是從一九四一年十二月八日開始。一個日本小隊突襲北平協和醫學院，打算接收北京人化石，但打開保險櫃後，卻發現化石已經不翼而飛。主角戶田是日本陸軍的通譯員，奉那須野中將之命，出發尋找化石。同時，一名中年男子在天安門廣場上遭到射殺，旁邊竟放著一塊北京人的頭蓋骨。戶田由這起命案開始追查，希望能夠從中得到有關化石去向的線索。

只不過，戶田不是唯一追查北京人化石的人，還有其他組織也覬覦著這項人類至寶。除了戶田，還包括日軍的特務機構松村機關、國民黨的祕密組織藍衣社以及共產黨。在多方人馬爭奪下，戶田必須單槍匹馬地對抗敵人的龐大組織，過程驚險萬分，不但受傷在所難免，甚至命在旦夕。作者的敘述明快，情節轉移快速，充分發揮冒險小說的特色，每一個環節都能夠吸引住讀者的目光，十分成功。

《五十萬年的死角》不只是冒險小說，更是歷史推理。伴野朗既然以北京人懸案為題材，自然必須碰觸到化石去向這個最重要的謎團。在故事中，作者以獨特的巧思為故事畫下句點，意外性十足，也讓人印象深刻。

歷史、冒險，加上推理，《五十萬年的死角》將尋找北京人化石變成一場驚心動魄的冒險旅程，讀後回味無窮，絕對不容錯過。

作者簡介

伴野朗

一九三六年生於日本愛媛縣，東京外語大學中國語科畢。大學畢業後進入朝日新聞社秋田分局任職，服務於外電部門。曾擔任朝日新聞上海分局局長，對中國問題及歷史極有研究。一九七六年以《五十萬年的死角》獲江戶川亂步獎，一九八四年又以《受傷的野獸》獲日本推理作家協會獎的短篇及連載短篇小說獎。伴野朗的作品結合歷史冒險與推理，風格獨樹一幟，在日本推理小說界具有崇高的地位。二〇〇四年因心肌梗塞過世。

15

★ 主題推薦

Recommend for Travelling

紙青鳥

旅行偶爾是生命的出軌

文｜曲辰

在「好人」和「去死去死團」這兩個流行語尚未發明之前，以《一朵桔梗花》揚名日本推理文壇的連城三紀彥，便寫過一本副標可以取名為「好人奮鬥日記」的短篇小說集——《命運的八分休止符》。

在書中，作者塑造出了一個獨特的偵探角色——田澤軍平，外表極為平凡，被形容成「頭髮稀薄，呆蠢的眼鏡背後有對圓而醜的大眼睛，一看就知他並非美男子之流」，二十六歲的他，由於大學時參加空手道比賽使對手受了一輩子都無法復原的傷，深深自責，之後便抱持著「自己若得到幸福就對不起對方」的心情，始終不願好好地找份工作、過平穩的生活，因此即使老大不小了仍以打工維生。

讀者乍看之下或許會覺得這個角色沒什麼吸引力，但是連城三紀彥卻讓筆下偵探在每一篇小說中都與一個美女相遇，陪伴她並捲入事件，而在事件解決之後，這段甚至稱不上戀情的邂逅便宣告結束，留下無限的悵惘。

日文書名：運命の八分休符｜作者：連城三紀彥
台灣出版社：希代出版｜出版日期：一九八七年
日本出版社：文藝春秋
出版日期：一九八三年三月

尋找伴侶或是尋找自己？

在〈紙青鳥〉中，田澤軍平在某個夏日傍晚出外閒逛時，被路旁竄出的狗叼住了褲腳，繼而被牽引到某戶人家家中，不料卻看到一個皮膚白皙的女人倒臥在客廳沙發中，她右手持刀，左手腕有著深深的血痕，想來應該是自殺所致，他連忙進行搶救。

搶救甦醒後，田澤軍平得知女子的丈夫與她的妹妹私奔了，之後雖然偕同妹夫在金澤找到了他們，卻再度讓他倆逃逸無蹤。後來女子赫然得知，妹夫竟然私吞了一千萬圓的公款，這讓她更為迷惑，這中間似乎有什麼牽扯不清的關聯。

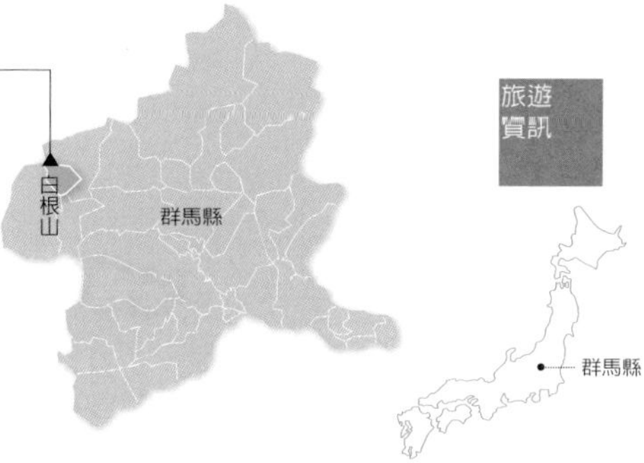

群馬縣白根山．白根山為活火山，高2,160公尺，火山口湖稱為「湯釜」，湖水呈乳綠色，十分奇特。山下有著名的草津溫泉，附近還可觀賞猴子泡溫泉的奇景。

隔天，女子主動登門造訪田澤，表示在報紙上看到群馬縣白根山的山腰上發現了兩具無名屍體，由於這對男女的身高、年齡都像是女子的丈夫與妹妹，因此請求田澤陪她前往該縣警局認屍，於是田澤就和她展開了一場尋夫之旅。

在旅行過程中，田澤發現女子流露出相當沉重並迷惘的氣息，不但使她更形嬌媚，也增添了他的疑惑，究竟女子的目的為何呢？而女子見到屍體之後，認為那兩具屍體並非她的丈夫與妹妹，使得整起事件更為撲朔迷離，於是，田澤單平決定私底下展開調查。

旅行，作為一種出軌

雖然兩人的目的是女子尋夫，不過中間作者還是讓主角與女子小小地手牽手遊覽了一下群馬縣的白根火山，並且用他極其耽美的文字做出相當秀異的描寫：

> 裡面就是火山口了，……隨著人群，攀登上並非褐色，是更接近白色的岩石表層，突然，一抹意想不到的顏色出現眼前——不可思議的火口湖顏色。映照出天空蔚藍色澤的鮮明湖面與周圍白色的岩石表層形成層次分明、強烈的對比。視線完全被這兩種顏色佔據，容不得其他色彩了。天空狀似透明，看起來簡直就如夏天強烈的光線把天空裡所有的蔚藍盡投入此湖一般。

在那段旅行途中，兩個人心中並沒有尋夫、生活等等瑣事，而就是彼此而已，儘管最多只是手拉手，什麼都沒有說、沒有做，作者卻成功地營造出兩人濃厚的情慾張力。只是之後，當偵探進行調查，逐步發現整起事件的真相，並加以揭發出來，這段旅程，便彷彿封存了田澤與女子最後的快樂回憶，之外再也不剩什麼了。

畢竟，旅行只是出軌，而人終究會回到常軌上。

作者簡介

連城三紀彥

本名加藤甚吾，一九四八年一月十一日生於名古屋市，畢業於早稻田政治經濟學部。在學時對文學、演劇、電影感興趣，畢業後考進大映電影公司的劇本研究，之後留學法國，於巴黎學習電影劇本創作。他是明治維新（一八六八年）以來，少數的推理與戀愛小說雙棲的作家之一。出道至今近三十年，一直維持推理與戀愛兩線並行不輟的創作，出版的作品達五十部以上，長篇、短篇集各半。於一九八五年出家，法名智順，因此停筆多年，還俗後繼續創作至今。

於南島風情中展開的尋寶冒險

故事從主角有栖川有栖在大學二年級暑假，與英都大學推理小說研究會社長江神二郎、第一位女性社員有馬麻里亞三人，一同前往沖繩縣的南海孤島嘉敷島度假開始。眾人此行的目的是要從為數眾多的復活島摩埃像中，尋找埋藏在島上價值數億圓的鑽石。然而，在度過一個愉快的夜晚之後，首先是颱風來襲，將故事舞台變成典型的封閉孤島，第二天晚上，別墅中隨之發生密室殺人案件。緊接著又牽扯出一連串的命案，三年前麻里亞的哥哥有馬英人的死亡之謎也隨之浮出檯面……

而在島上的探險之旅，作者使用了「尋寶」這個令人嚮往的主題。在古典推理小說的系譜中，藏寶圖往往與「暗號」有所關聯（如愛倫坡的〈金甲蟲〉）；且本

16

★ 主題推薦

Recommend for Travelling

孤島之謎

圍繞著拼圖的探險假期

文｜寵物先生

故事中的藏寶圖也與麻里亞的哥哥死亡真相有關，將過去與現在的案件串聯在一起，提供不少解謎的樂趣。

充滿解謎氣氛的孤島度假之旅

沖繩諸島洋溢南國風光，一直是日本國民度假勝地之一。由於和台灣同為島嶼，緯度相仿，氣候也相當接近。作品中設定了此種地理環境為舞台，再搭配耳熟能詳的天災颱風，讓台灣的讀者讀來倍感親切。書中的孤島除了提供作為「封閉空間」的場景外，僅以一晚的颱風滿足古典推理讀者「暴風雨山莊」的渴望，

日文書名：孤島パズル｜作者：有栖川有栖
台灣出版社：小知堂｜出版日期：二〇〇六年七月十日
日本出版社：東京創元社／東京創元社文庫
出版日期：一九八九年七月／一九九六年八月

旅遊資訊

沖繩：沖繩的觀光地區可分為東北的本島與西南各離島群。本島各地區沿海都有沙灘、水上活動，以及高爾夫度假勝地，中部的北谷與南部的那霸還有許多旅遊景點。離島中的宮古島有德國文化村、池間島大橋等景點，八重山地方則有石垣島的鐘乳洞與八重山民俗園。

隨後所展現的，完全是射擊、划船、探險等帶有刺激性的娛樂氣氛。也因此故事中雖然發生不少命案，但在作者的青春故事橋段、反覆辯證的邏輯式推演，以及上述冒險式的度假氛圍之下，淡化了血腥暴力的濃稠感。

青春而清新的校園氣息可說是這部「學生有栖」系列第二作的特色。本作仍維持前作《月光遊戲》昆恩式的佈局，只是將場景的封閉空間從火山轉移至孤島，並融合密室、不在場證明、死前留言等各種推理元素，構成富含解謎趣味，且洋溢著輕快奔放氣息的故事。

謎題俯拾即是的大型「拼圖」

「尋找」可說是本作的主題。除了小說中眾主角在沖繩島上尋找寶藏之外，還必須尋找書中每個謎題（puzzle）的「真相碎片」。讀者可以發現到，不僅是原書名《孤島パズル》（puzzle），就連各章節，也出現了諸如「密室拼圖」（原名也是puzzle）、「腳踏車拼圖」與「摩埃拼圖」等等類似的標題。書中不斷展現許多有關謎題與遊戲的象徵，除了主軸的藏寶圖、密室、不在場證明與死前留言的謎團之外，還有一般的碎片拼圖與山姆·洛伊德的十六方格拼圖等由小至大的puzzle。我們可以說，每一個小謎題，都是作者為讀者安排的拼圖碎片，當故事每個謎題都解開的那一瞬間，每個碎片都到它應有的位置，整個拼圖的全貌——亦即完整的真相，也得以重新組合起來。

這些饒富趣味的謎題，同時點出了推理小說其所謂「智性遊戲」的本質，可說是有栖川有栖向古典的推理大師們致敬的方式。

作者在後序中寫道：「對大多數的小說家而言，第二本小說應該是最需要深思熟慮的。」想必讀者可以看出這部融入各式謎題、探險與青春風格的作品，的確投注了相當大的心血。同時，從本書也可以預見日後寫出系列最高傑作《雙頭惡魔》以及深受女性讀者喜愛的火村英生系列的有栖川有栖，這位重量級作家的誕生。

名詞解釋

「學生有栖」系列

本系列共有三部作品，主角為江神二郎，是英都大學推理小說研究社社長，搭配剛入社的大一新生有栖川有栖，聯手解開凶案。三部作品分別為《月光遊戲》、《孤島之謎》與《雙頭惡魔》，第三作並曾影像化（以錄影帶形式推出），由香川照之與渡邊滿里奈主演。

作者簡介

有栖川有栖

作者簡介詳見P.39

從天而降的五億日圓

如同美國行動通訊公司Verizon wireless成功地以「Can you hear me now?…Good!」的廣告打下江山，台灣的樂透也以令人印象深刻的電視廣告，提醒你，如果你想要的東西爸爸都買不起，或許可以先買張樂透作為圓夢的門票。然而，你真的仔細想過，當上億彩金的頭獎從天而降的時候，會有什麼樣的狀況發生嗎？

這個問題困擾著住在東京市的緒方雅男小弟弟。

夏天即將來臨的某個午後，前川律師突然來到緒方家，神神祕祕地要求雅男的母親聽子儘快將全家人聚在一起，因為他有件非常重大的事情要宣佈。當所有人忐忑不安地在客廳坐下時，前川律師居然聊起二十年前聽子意外解救一名男子性命的往事，而當年男子那句「等我將來賺了大錢，一定會回報妳」，原以為是場面話，居然實現了。素有「漂泊投機客」暱稱的美男子澤村直晃，竟立下了遺囑，要把名下所有的財產餽贈給聽子？高達五億日圓的財產贈與（喔，已經扣除遺產稅了），真的是從天而降的好事嗎？

17 這一夜，誰能安睡

押上你的人生和家庭，豪賭一場吧！

★ 主題推薦

Recommend for Travelling

文｜心戒

偷腥的爸爸，困擾的媽媽，還有……無計可施的孩子？

正所謂禍不單行、福無雙至，即便緒方一家已經做好心理準備，但八卦雜誌和小報記者的追蹤報導，硬是在隔天讓緒方一家人曝了光。無數打來要脅、懇求，甚至是請託、謾罵的電話幾乎是二十四小時不曾間斷，更別提如雪片般飛來的信件，完全出乎緒方一家人的預期。更糟糕的是，當雜誌刊出澤村直晃的照片時，帥氣的身影更讓所有人開始懷疑，難道這是澤村心懷愧疚，而在身後送給私生子的愛意表現？受不了公司裡上至老闆、下至掃廁所的阿桑都咬著耳朵閒言閒語，雅男的父親終於忍不住情緒爆發，暗指聽子與澤村有染。想不到自己偷情的事竟跟著曝光！面對偷腥的父親、有著謎樣

旅遊資訊

諏訪湖：位於長野縣岡谷市，有稀有的間歇泉，約每隔一小時向上噴發40～50公尺，鄰近的諏訪大社則是日本最古老神社之一。

夏天，諏訪湖畔舉行著名的「禦柱祭典」，參加者坐在木柱上，沿著30度的斜坡乘風而下，令觀者驚心動魄。

過往的母親，還有造成生活大亂的天降鉅款，雅男該怎麼在一片混亂之中解開自己的身世之謎呢？隨後登場的情婦、高不可攀的「波塞頓的珍珠」，以及神祕難測的水族館夫人，又在其中扮演什麼樣關鍵的角色呢？

深具爆炸性的開場，加上流暢逗趣的情節對話，宮部美幸在《這一夜，誰能安睡》裡，透過五億日圓贈與為契機，驅動著剛步入青春期的主角緒方，主動踏上自我成長的探尋旅程。宮部美幸筆下的青少年，總帶有一股相信世界可以更美好的純粹本質。因此，即便在這樣紛雜的狀況下，雅男仍然堅信主動追查身世，總好過坐困愁城。在真相的探索過程中，雅男一方面體驗成人世界的殘酷與成長的滋味；另一方面，在這樣一場家庭革命中，隨著雅男不斷地挖掘出過往的真相，對親人的信心益發穩固，使他得以自信地站穩腳步，朝未來邁進。

關於愛與家庭價值的賭注

透過外在環境的輿論和壓迫，宮部美幸讓讀者轉而回過頭來關心起身為主角的緒方一家，藉此精準地探討人們在婚姻亮起紅燈、家庭關係破裂，與初跨入青春期孩子的各式心境轉折，剖析人們對於家庭的重視、想望與追尋。對宮部來說，人生路上真正值得珍惜的禮物，無論是成長過程的體驗，還是家庭價值的守護，甚至是作為一切根源的「愛」，有時候還是得放開一切顧慮，豪賭一場才得以證實。

屏除懸祕詭譎的佈局，拋棄深奧難解的詭計，宮部美幸筆下真實的世界，總是能在平實沉穩的鋪陳中，藉由每個小細節處的感動，像撒了童話糖粉的魔法般，在最後收束出一股清新的醍醐味，讓人讀著內心暖洋洋的，懷抱著希望朝幸福努力奔去。

作者簡介

宮部美幸

一九六〇年出生於東京。一九八七年，以《吾家鄰人的犯罪》獲《ALL讀物》推理小說新人獎；一九八九年，《魔術的耳語》（原商周出版，後由獨步改版重出）獲日本推理懸疑小說大獎。一九九二年，《龍眠》獲日本推理作家協會獎，並以《本所深川詭怪傳說》獲吉川英治文學新人獎；一九九三年，《火車》獲山本周五郎獎；一九九七年，《蒲生邸事件》獲日本SF大獎；一九九九年，《理由》獲直木獎；二〇〇一年，《模仿犯》獲司馬遼太郎獎及日本出版文化獎特別獎。近期作品有《勇者物語》、《孤宿之人》（均由獨步文化出版）等。

日文書名：今夜は眠れない｜作者：宮部美幸
台灣出版社：獨步文化｜出版日期：二〇〇六年十一月十四日
日本出版社：中央公論社／角川書店
出版日期：一九九二年二月／二〇〇二年五月

18 三月的紅色深淵

★ 主題推薦

Recommend for Travelling

啓程，尋找那片寫著自己名字的葉子

文｜陳國偉

追尋故事的行爲才是區分人類與其他動物的指標。我們既不曉得自己即將前往何處，也不知道結局爲我們準備了什麼，但從那一天起，我們便踏上了這條孤獨、複雜且變化多端的道路。（〈旋轉木馬〉，三三〇頁）

一旦啓程就是走向深淵

《三月的紅色深淵》（以下簡稱《三月》），這樣一個似乎暗示了血腥、慾望，帶著沉淪或絕望氣息的書名；其實卻一反這樣的預示，而是訴說著關於每個讀者對好故事的渴望、以及每個作者都夢寐以求的好故事。它就像是個夢想的象徵，闡述人生中各式各樣的追尋，乃因為信念而出發；而一旦啓程，就註定一路走向那透著未來微光的、召喚著追尋者的幸福深淵。

日文書名：三月は深き紅の淵を｜作者：恩田陸
台灣出版社：小知堂｜出版日期：二〇〇六年八月
日本出版社：講談社／講談社文庫
出版日期：一九九七年七月／二〇〇一年七月

在無盡的尋找中，我們都在等待著……

《三月》可以說是一本「尋找」之書，書中的每個角色不斷地在啓程，經歷著各式的「尋找」。首篇〈引頸等待的人們〉，年輕職員鮫島巧一因為喜歡閱讀而被要求到董事長金子慎平家中，參加尋找傳說中的小說《三月》的年度聚會。次篇〈出雲夜曲〉裡，大衆文學編輯堂垣隆子則邀請前輩純文學編輯江藤朱音一起搭乘出雲三號，在夜晚的鐵道上，試圖推理傳說之書《三月》隱藏的真相。而〈彩虹、雲與鳥〉中，野上奈央子和廣田啓輔因為試圖找出篠田美佐緒及林祥子這對同父異母姊妹同時身亡的真相，因緣際會地相遇。末篇〈旋轉木馬〉中則是以至綠之丘就讀卻遭遇死亡事件的水野理瀨、一名到松江與出雲旅行追尋記憶的女作家、披露《三月》創作構想的作者三個敘事腔調，交織出一個具有「後設」(meta-)意味的故事。

作者恩田陸在本書為讀者安排的是有如故事迷宮般的旅程，《三月》既是四個故事構成的小說書名——「表三月」，亦是小說人物在尋找、書寫，甚至是被其書寫的小說——「裡三月」；而「裡三月」的四個章節內容，又與「表三月」的四篇，有著多重隱喻的互文。透過這樣巧妙的結構，恩田陸不僅提供許多極有創意的故事概念，甚至披露小說的書寫過程與思考軌跡。這樣的創作自覺，使得整本《三月》呈現出「後設小說」(metafiction)的形式與意圖，同時有著其本體的小說文本身分，但也更具備著「後文本」的身分——解釋、討論甚至是理性分析其小說的虛實結構及意義指涉，展現出作者及敘事文體高度的自我反射性(self-reflexivity)。

也因此，當小說中的角色們啓程去尋找自己的答案時，讀者其實也在恩田陸佈局的形式中，得到難能可貴的小說體驗。因為內外兩個層次的《三月》，給予了太多的可能，它們既是詮釋的縫隙，卻又是意義的不斷衍生，所以等待好故事的讀者，在《三月》中所經歷的，絕對是一場難忘的閱讀探索之旅。

旅遊資訊

松江：有著名的古蹟「松江城」，建城年代可追溯至一六〇〇年，擁有日本西部唯一一座天守城；月照寺則為松江藩士松平家族的家廟，風光雅致，深受日本怪談始祖、知名文學家小泉八雲喜愛。

長出自己名字葉脈的故事樹

恩田陸以《三月》，展現了她身為小說家的才能，更透過角色的對話，提出「故事至上」的創作觀，以及故事對現實人生的意義。《三月》對於故事中的人物而言，其實是夢想的象徵，他們啓程的目的不同，因此結果也不同。有些人找到了記憶的真相，有些人則找到了他們的身世，有些人找到了面對自我的方式，有些人終於能夠把深藏多年的祕密宣之於口。

當然，有些人找到的是下一場尋找的開始。就像〈出雲夜曲〉裡的朱音，她將會繼續尋找那個小說的源頭，隱藏在世界某個深淵裡的「小說樹」，等待著它對自己說出一個既美好，又屬於她自己的故事。就像所有逐夢的旅人，一旦啓程，幸福的秒針便開始挪行，每個人都希望能找到那棵故事樹，等待它吐枝發葉，然後在樹上摘下那片寫著自己名字的葉子，好好閱讀上面的故事，也好好面對自己未來的人生。

作者簡介

恩田陸

本名熊谷奈由，一九六四年十月二十五日出生於日本宮城縣仙台市，畢業於早稻田大學，為推理小說迷出身的推理作家。一九九一年推出處女作《第六個小夜子》，即入選日本奇幻小說大獎最終候補作品，因而受到注目；以驚悚、科幻、懸疑、超自然小說的多面向創作展現才華，主要作品包括曾獲日本ＳＦ大獎第二名的《光之國度》、《月亮背後》、《球形季節》、《三月的紅色深淵》與《骨牌效應》等。二〇〇五年並以《夜間遠足》獲第二十六屆吉川英治文學新人獎、第二屆書店大獎第一名。

19

★ 主題推薦

Recommend for Travelling

LIMIT

穿過神的指間，點燃救贖孩子的光

文｜陳國偉

回到神的身邊　再當祂的孩子

一個因為前晚應酬疲憊不堪，於是讓稚子在遊樂園獨自去廁所的父親；一個為了與情夫幽會，而讓幼女獨自在公園等待的主婦；一對每日以暴躁與脆弱相對，而讓兒子只能孤獨地面對筆記型電腦的父母。他們的階級不同，生活形態也大相逕庭，但唯一相同的是，他們都苦於關心自己的孩子，或許是神察覺到了，便以人間最殘酷的形式，將他們的孩子帶走。

就在那麼短的距離，在他們伸手可及之處，孩子就這麼消失了。從此，全家福照片由彩色變成黑白，餐桌上永遠有張椅子空了下來，幸福從此不在他們的生命中，降下那雙有著翅膀的腳，他們只能披著身為失職父母的罪責枷鎖，一輩子抱憾而終。

然而，這樣的悲劇卻也降落在美滿的家庭，甫從越南調職回到日本的楢崎家，他們的女兒步美在放學途中失蹤了，綁匪非但要求高額贖金，並指定假扮楢崎母親的女警有働公子運送贖金……

生存與慾望的究極界限

野澤尚於一九九八年出版的《LIMIT》，便是這麼一個讓人心痛的故事。作為他生涯的第二本推理小說，這是他繼一九九七年得到江戶川亂步獎，以新聞媒體為題材的《虛線的惡意》後，再一次針對社會問題，所創作出來的深沉之作。他以日本日益惡化的家庭親子關係為經，器官移植所引發的醫學與道德爭議為緯，交織出一個複雜且驚心動魄的犯罪故事。

在連續的綁架事件中，最讓人匪夷所思的，就是綁匪並未與家屬聯絡，直到楢崎步美遭綁架，才開始要求贖金。所以啓人疑竇的是，之前受害的孩子們，到底去了哪裡？如果綁匪不需要贖金，難道有更大且更安全的利益，在等待著他們？野澤尚在其中揭露的社會與人性黑暗，比常人所能察知的界限，來得更為寫實，更讓人怵目驚心。

而在其中扮演著重要角色的女警有働公子，和縣警片野坂泰裕之間，存在著怎樣的緊張關係？策劃一連串綁架事件，因與學生塩屋篤志不倫而離職的高中女老師澤松智永，何以對一切胸有成竹？她到底掌握了什麼關鍵的籌

旅遊資訊

越南下龍灣：散落千餘座島嶼，蔚成海上石林奇觀，有「海上桂林」之稱。獨特的天然奇岩、石洞及鐘乳石洞，奇山異景，令人流連忘返。於一九九四年被列為世界遺產。

碼？這些人物之間，以往有過什麼糾葛？隨著有働公子受命運送贖金，越過日本各地的行政界限、警務體系中央與地方角力的界限、個人身為警察的倫理界限、人性與母性的界限、甚至是亞洲犯罪版圖的國界界限，我們看到駭人聽聞的真相。在有働公子試圖尋找並救回孩子們的旅程中，在無形中也將原本越界的人性，一併帶離慾望的無間道，而將那黑暗的鏡象，一一在我們眼前釋放。

如果我家的孩子也……能回來的話

野澤尚曾將《LIMIT》改編成電視劇，二〇〇〇年在日本電視台（NTV）的夏季檔播出，並由產後復出的安田成美飾演有働公子，與田中美佐子飾演的澤松智永對決。劇名上也增加了「如果我家的孩子也……」為副標題，點出了所有母親都存有的不安與恐懼，史凸顯出現代社會中瀰漫的不安氣息。

在日劇的版本中，野澤尚在最後增加了有働公子與犯罪者的對話，更強化了原作中沒有明說，但其實已呼之欲出的感慨。當公子不解為何對方明知罪惡，卻不肯收手時，對方卻說：「因為在那樣的烈陽下，人都要漸漸地腐敗了。我想看一看，地獄是什麼樣子。……因為我想，若是不到達地獄的盡頭，是沒有辦法回來的。」然而公子難過地告訴對方：「如果當時下定決心回頭，那麼一定回得來的，一定的。」

人性的界限到底在哪裡？道德與良知的界限又在何處？難道真要走到人性的極限，才能看到救贖的光？野澤尚以《LIMIT》這樣一個嚴肅且哀傷的社會道德物語，彷彿像是希望傳達給所有徘徊在界限，隨時可能沉淪而犯錯的傍徨者，只要「下定決心回頭」，那麼 定回得來的，「一定的！」

作者簡介

野澤尚

一九六〇年五月七日出生於日本愛知縣，畢業於日本大學藝術學部電影科。為日本知名的劇作家，曾創作《戀人啊》、《沉睡的森林》等膾炙人口的劇作。一九九七年以《虛線的惡意》獲江戶川亂步獎，成為劇本與推理小說的雙棲作家。然而在事業到達顛峰之際，他卻在無預警的狀況下，在二〇〇四年於工作室自殺。

國內推理小說作家既晴曾說，他的推理小說多用電視從業人員的角度來看殺人案件，對社會問題相當熟悉，是社會派推理小說家。代表作品有《北緯35度之灼熱》、《魔笛》等。

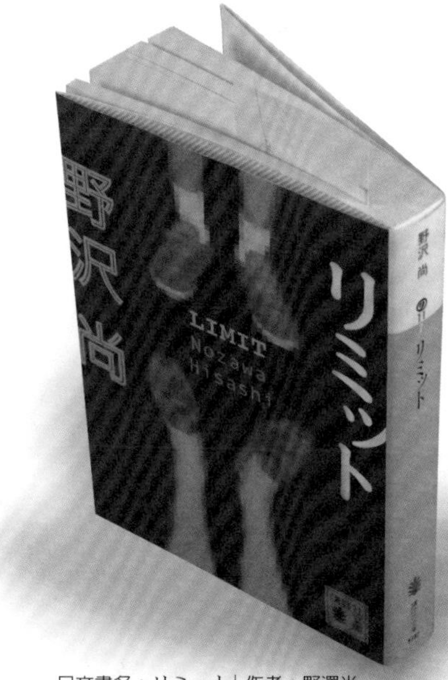

日文書名：リミット｜作者：野澤尚
日本出版社：講談社／講談社文庫
出版日期：一九九八年六月／二〇〇一年六月

帶著推理小說去旅行——
閱讀神遊與親訪現場的雙重樂趣

文／藍霄

行囊中的推理小說

從國立京都國際會館搭乘地鐵在烏丸今出川站出來時，天空間歇地飄著濛濛細雨。

躲到對街摩斯漢堡店，叫了杯咖啡，隨便吃點東西填飽肚子，等待同行的妻子小孩吃飽午餐的空檔，我拿起了隨身背包當中，那本從台灣帶來的厚實中文翻譯小說《謹告犯人》閱讀起來。

就像雨中喝咖啡得熱燙燙的才過癮，出門在外行李中若不擺個幾本推理小說，總覺得少帶個魂魄出來似的。

在台灣出發前的夜晚，整理醫學會行程的資料與換洗的衣物，行囊已擁擠不堪，但是東挪西湊硬是擠出了擺放推理小說的空間。

而幾個小時前才從書店買回來的《慟哭》、《謹告犯人》與西村京太郎的小說，很自然地塞進了行李箱當中。通常這個時刻，一般人或許是在估算旅程的旅費與行程的安排，我的首要心思卻是擺在推算這些離開台灣的日子中，我得準備幾天推理小說的「存糧」？

回想去年差不多的時間，隨同獨步出版社的編輯們前往日本東京三天，我背包中也擺了一本宮部美幸小姐的新書《龍眠》。

緊湊的三天，參加了日本推理文學大獎的頒獎典禮與訪問宮部美幸小姐，其實去年的東京之行，對我而言，或許稱為「極高密度宮部美幸推理文學之旅」也沒錯。

雖然只有三天，若是文學之旅算是「極短篇」好文，那麼這當中有那麼一段，一年來我悄悄地擺在腦海中獨自回味。

那就是為了配合中天讀書節目所做的採訪活動，我這個隨行者得以到宮部美幸出身的「下町」，追尋其筆下世界之韻味，那幾條巷弄、道路與河川，商店與攤販……，一年過後在我的腦海中的印象依然深刻。

《謹告犯人》，雫井脩介著，獨步文化出版
《慟哭》，貫井德郎著，獨步文化出版
《龍眠》，宮部美幸著，獨步文化出版
《池袋西口公園》，石田衣良著，木馬文化出版

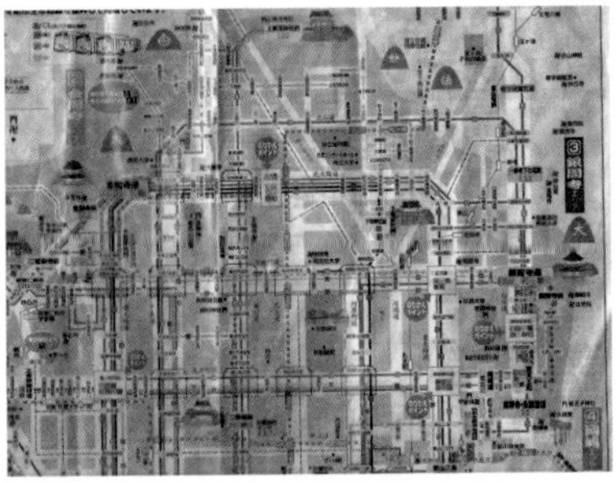

京都觀光地圖

原來，無論是有意抑或無意的安排，推理小說往往使我出門在外的行程變得多彩多姿。

閱讀與旅遊虛實交錯的樂趣

今年到了京都，主要目的還是參加日本的醫學會行程。

旅遊作家舒國治描寫京都，謙稱其觀點是「門外漢的京都」，一草一木，描寫起來閒適恬靜，充滿文學意味。

我也是門外漢，而且「離門還真有點距離」。京都雖近，畢竟是另一個國度。

我認識的京都，反而是推理小說家作家所描寫的京都。

如果要問日本的推理作家，寫過與京都相關的推理小說有多少，這其實是難以回答的問題。

不過，至少講到京都，我個人會想到「詭計女王」山村美紗。

京都的風土民情與人文，過去的我會以為就是凱薩琳與濱口一郎、祇園舞妓小菊活躍的世界。

不過，到訪京都三次，每次總會搭乘地鐵與公車巴士亂跑亂晃，走得腰酸背痛、腳板起泡的我漸漸發現，京都街景某種層面上與台灣並沒有兩樣，裡頭生活的日本人，長相其實與台灣的你我，也沒有太大的差異。

那我會失望嗎？當然不會。

舉個同樣的例子來說，過去總以為石田衣良筆下的「池袋西口公園」如同「大安森林公園」一般廣袤，直到有機會親自到訪東京「池袋西口公園」，發現它竟然是那麼平淡無奇的一塊水泥地，與台北「大安森林公園」附近的「永康公園」也沒啥差別。

雖然有點意外，但是推理小說的場景，透過推理小說作家的筆，賦予了不同的意義，閱讀的我與旅遊的我，突然有一種虛實交錯的滿足感，當初閱讀的腦海虛構描繪與旅遊親訪的實景對照交疊，推理小說就是有著這麼有意思的附加樂趣。

孩子對於漢堡店門口的扭蛋機感興趣，我卻是對扭蛋機後頭的書店更感好奇，不抽個空檔進去瞧瞧，總覺得不對勁。

書店的推理小說擺設和開設在台灣百貨公司內的紀伊國屋書店的印象沒啥兩樣，只是台灣與日本推理小說翻譯的時間差，似乎是越來越短了。

這意味台灣推理小說迷對於日本推理小說的接受度與日本推理小說在台灣近幾年的風行程度。

在哲學之道上醞釀出的創意詭計

那天會在烏丸今出川站出來，其實是打算轉搭乘市內巴士去參觀一下金閣寺的，我們一家人等

> 從京都大學推理研究社出身的綾辻行人、麻耶雄嵩、法月綸太郎等人，在學生時代應該也走過這條哲學之道，那麼在他們推理小說的創意詭計當中，有多少是在這條小道上所醞釀的呢？

車的公車站牌，剛好就在「同志社大學」的紅棕色門扉前頭。

看著「同志社大學」門牌，我搔搔頭，「這間大學我好像聽過咧」。

只是一下子想不起它與推理小說的緣由。

在台灣，推理小說迷聚會，身懷絕學的年輕朋友時常可以引經據典，將推理小說的典故與推理作家小說的相關情節信手拈來。

如果同行的伙伴有平時網路上交往的推理朋友，或許馬上會有人答腔：「有栖川有栖就是同志社大學畢業的，他是出身於同志社大學推理小說研究社的作家。」

這對於我這種看推理小說不是那麼專心，記憶力衰退的中年男子來說，或許可以有著立即解決疑惑的快感。

金閣寺的相反方向，就是京都有名的名勝哲學之道與銀閣寺，哲學之道從若王子神社到銀閣寺全長約2公里，與琵琶湖疏水分流渠並行，是所謂「日本之路百選」在京都選定的著名散步道路，哲學之道是由於日本的哲學家西田幾太郎經常在此散步而得名。

說實在話，西田幾太郎是誰？我並不是很清楚，但是走在頗富小橋流水之趣的哲學之道，我只有一個念頭。

那就是京都大學就在這附近，那麼從京都大學推理研究社出身的綾辻行人、麻耶雄嵩、法月綸太郎等人，在學生時代應該也走過這條哲學之道，那麼在他們推理小說的創意詭計當中，有多少是在這條小道上所醞釀的呢？

歷久不衰的旅遊推理小說

特地提及了綾辻行人與有栖川有栖這兩位到過台灣的推理作家，主要是現今的日本推理作家中，以關西京都、大阪一帶為活躍根據地的，我個人覺得應以他們兩位為代表。

有栖川有栖喜歡描寫大阪、京都，關西地區有名場景與地標在他的小說中出現，是相當頻繁的事情。

閱讀日本的推理小說，出現「京都御苑」、「清水寺」、「河原町」、「JR京都車站」……，沒到過現場，只會覺得是掠過眼底的無意義地名而已。

若到過現場，經過時間的發酵沉澱，那麼這些出現在小說的點綴地點會突然耀眼起來，如同我們對「故宮」、「龍山寺」、「西門町」一樣，充滿熟悉的親切感。

或許這就是推理小說中常感受到的旅遊樂趣，甚至是旅情推理這個子類型歷久不衰的理由。

我閱讀的第一本也是印象最深刻的日本旅情推

同志社大學一景（取自同志社大學網站）

理小說，是一九八六年日本文摘企劃出版、西村京太郎所寫的《日本殺人旅行》短篇集。這本短篇集收錄了北至北海道知床，南到與台灣東部近在咫尺的石垣島，總計六篇深具登場舞台地方特色的旅遊短篇推理。即使當年對於旅遊景點全然陌生，我依然閱讀得津津有味，裡頭的景點在二十年後，只要是曾經到訪過的故事地點的小說篇章，重新閱讀時更別有一番美妙滋味。

日本擅寫旅遊推理的名家不少，諸如內田康夫、辻真先與深谷忠記等，有人認為先前到訪台灣的島田莊司也是，所以聽聞島田莊司前來、另有順道搜集推理小說寫作資料的想法，台灣在島田莊司小說中登場，是多麼令人期待的事情。

回國後我閱讀的第一本推理小說，還是有栖川有栖的《雙頭惡魔》。

兩年前，在大阪梅田與京都四條河原町之間的電車上，一位不相識、坐在鄰座，初中生模樣的男孩捧著此書日文文庫本看得津津有味。

此刻我是邊閱讀著這本推理小說邊動筆寫這篇文章。

寫累了，泡壺熱茶，翻看整理京都之行的照片，在平安神宮附近有個京都市立動物園，應小孩要求特地下車買票進去逛逛，飛行了幾千公里跑來京都逛動物園，這是只有我們這種隨興之旅的行程才會有的安排。

京都的文學描寫，我猜想也沒人會著墨在動物園吧。

但是我有個錯覺，有栖川有栖在《俄羅斯紅茶之謎》所收錄的〈動物園暗號〉，會不會就是在講這座動物園啊。

想著想著自己就笑了出來。

喝茶吃甜點……，突然心有靈犀地念頭一閃，我把甜點的包裝盒拿起來一看，嗯呃，剛剛閱讀的《雙頭惡魔》，讀著讀著提到了八之橋和菓子，呃，這不就是我現在正在吃的東西嗎？

八之橋和菓子

作者簡介

藍霄

雙子座，醫學心靈與推理狂熱的雙棲宿主，推理小說的啓蒙書是社會派大師松本清張的《砂之器》，後來卻成為忠誠的本格派擁護者。喜愛閱讀與創作，希望能寫出有趣卻不單純的推理小說。

鬼貫八郎今西榮太郎等等力
大志十津川省三棟居弘一良
吉敷竹史加賀恭一郎目暮
十三木場修太郎古畑任三郎

十大刑警

★★★

Top 10 Cops

描述犯罪過程的推理小說當然少不了辦案的刑警，
然而同為刑警，在推理小說家筆下卻有著截然不同的形貌：
有些是優雅型男、有些是大老粗；
有人堅毅不拔、有人漫不經心。
以下，我們就來看看在各個年代、不同作家所創造，
各具特色的知名刑警。

文／曲辰　圖／張敬恩

1 鬼貫八郎

擔任職位：警視廳搜查一課警部

作者／鮎川哲也

雖然這位刑警的大名聽起來頗具威脅性，但實際上卻長得一副普通人樣，不過當他發怒時，卻還是會讓人心驚膽戰。作為鮎川哲也筆下的名探，鬼貫警部的強項基本上是專破「不在場證明」，雖然大多是克勞夫茲派宗尚腳踏實地地去經歷現場、實地探訪，但偶爾也會有石破天驚的突發靈感，讓推理別開生面。

以鬼貫警部的設定而言，有件相當有趣的情況，就是一九九三年改拍的單元劇與原作的形象幾乎做出大幅度的扭轉，可是由於大受歡迎，因此一路拍攝至二〇〇五年共十八部單元劇。在這中間，電視劇的形象可說是深植人心，讓大家都以為電視上的鬼貫才是真正的鬼貫了。

例如原作中鬼貫警部從未有過名字，一直到了日劇中才有「八郎」這個名字；劇組不但莫名其妙給了他糖尿病又愛吃甜食的設定，還讓他被貶職到東中野警察署刑事課；本來因為「某種原因」而保持單身，卻在日劇裡奇蹟式地得到一個妻子與一個女兒。就連原本熱愛音樂與精通俄文的設定，都變成在日劇中需要喬張作致地聽俄國作曲家的古典音樂。

不過或許正由於鬼貫的角色被修正成如此「溫暖」，儼然一副老好人的樣子，才能讓他的形象與演員大地康雄完美地結合，且長存在日本觀眾心中吧。

TOP 10 COPS

登場年代／一九五〇

登場年代／一九六一

嗜好是
寫徘句
喜歡吃味噌湯泡飯，
晚上喜歡配著醃菜
小酌兩杯
只登場一次，
卻名留青史
一雙不怕累的腿

2 今西榮太郎

擔任職位：警視廳搜查一課警部補

作者／松本清張

偵探之所以能成為名偵探，或刑警之所以能成為名刑警，往往需要許多條件，其中，有長期且持續的曝光率可以說是一個關鍵，但是今西榮太郎卻打破了這個成規，他從頭到尾只在一本小說中出現過，卻成為了日本推理史上數一數二的名刑警，而那本小說，就是松本清張的名作《砂之器》。

今西榮太郎出場時已經四十五歲了，與妻子同住的他喜歡吃味噌湯泡飯，晚上喜歡配著醃菜小酌兩杯，唯一比較特殊的地方就是他的嗜好是寫徘句。由於松本清張是一個相信寫實型偵探、平凡人偵探的作者，因此今西榮太郎在辦案方面沒有什麼特殊的智慧或能力，有的只是苦幹實幹的毅力與一雙不怕累的腿。在《砂之器》中，時常可以看到他因為發現了什麼證據而四處查探，故事中為了追蹤一對行蹤成謎的父子，甚至還自掏腰包跑遍了幾乎半個日本，就像青山剛昌在《名偵探柯南》單行本封底折口給他的評語一樣，「這份不逮到凶手絕不善罷甘休的執著，正是他身為刑警的最大武器」。

《砂之器》曾經由野村芳太郎改編為電影作品，也曾四度搬上電視螢幕，其中扮演今西的演員從丹波哲郎、高松英郎、仲代達矢、田中邦衛一直到最新版的渡邊謙都是一時之選，形象雖然殊異，但依舊能夠看得出某種共通的韌性，或許這也是此部作品與這個角色深入人心的理由吧。

3 等等力大志

擔任職位：警視廳搜查一課警部，第五調查室擔當

作者／橫溝正史

就某個角度上而言，如果光看「等等力大志」這名字，會直接想到他是誰的讀者並不多，但是如果講到他首次出場是在《惡魔前來吹笛》，應該可以喚起不少人的記憶。

基本上，相較於許多作者熱愛一個警察助手用到底（就算是去雪山也會發現警察「剛好」也去滑雪），橫溝正史極為注重偵探與警察間的關係，所以在東京發生的案件由等等力負責、在岡山地區則由磯川負責，這也讓金田一耕助的推理世界顯得更為可信。

等等力警部的初次登場就是在《惡魔前來吹笛》，當時的形象還很簡單，但是到了後來，橫溝給他的形容越趨鮮明。就外型而言，他的脖子略短，常常緊張地搖來晃去，穿衣風格極為不像警察人士，在夏天熱愛短褲與遮陽帽，甚至有一次還穿著鮮豔的西裝外套與鮮紅的襯衫出現。

人稱酒豪的他，在屆退休年齡之後就光榮退役，並在東京開了家「等等力祕密偵探事務所」，也因此在退休後仍舊與金田一保持良好關係。有趣的是，他兒子等等力榮志也當上了本廳的警察，還在「病院坡」一案中與金田一偕同辦案，這也可以說是另一種父子傳承吧。

登場年代／一九七三

登場年代／一九七三

4 十津川省三

擔任職位：警視廳搜查一課警部

作者／西村京太郎

雖然說上期《謎詭》已介紹過這位「最忙碌的警察」，可是作為目前日本尚健在的偵探中出場次數（小說篇數）最多的人，略過他恐怕會引起許多人抗議。

十津川這個姓氏根據作者西村京太郎表示，是他在決定偵探姓名時，無意間看見日本地圖上奈良縣十津川村的緣故，不過在設定上，還是讓十津川出生在東京都內。作者描寫十津川時，多半強調外在特徵，甚少涉及人物心境，但根據撰寫《七個證人》文庫版解說的山下泰彥所言，他是個「嫉惡如仇兼且多愁善感」的複雜人物。

其實，十津川除了是日本最忙碌的警察外，可能也是日本最有國際觀的警察，起碼就目前所知，他曾去過法國、韓國、無人荒島上辦過案，甚至還來過台灣，並在日月潭畔與另一推理名家山村美紗筆下的名探凱薩琳相遇，可謂胸懷世界。

雖然個性隨和，但十津川經歷過一次堪稱悲劇的事件，在那次事件中，他的未婚妻妙子過世了，悲痛欲絕的他，之後好不容易才遇到現任妻子直子，從此過著幸福的生活（西村並曾寫過以直子為偵探角色的小說）。

西村京太郎的小說設定其實會隨著時間變動而改變，不過令人沮喪的是，屢破奇案、工作量奇大的十津川警部，工作了十幾年（現實生活過了三十年）仍未見升遷的跡象，看來日本警察升遷制度的確需要好好檢討一下了。

5 棟居弘一良

擔任職位：警視廳搜查一課警部補

作者／森村誠一

作為森村誠一筆下當家小生，棟居弘一良的角色設定頗為與眾不同。推理小說中的偵探有時候有相當強烈的正義感，以至於極度執著於捉拿犯人、釐清案情，但是棟居弘一良對於辦案的熱情與強硬個性並非是正義感使然。

在懂事前便已喪母的棟居刑警，孩提時期卻眼睜睜地看著父親被美國軍人活生生凌辱致死（詳見《人性的證明》），因此對社會完全無法信任，並把當初的這種不甘，在當上警察後發洩到追捕犯人上，他的動力並非是熱血與正義，而是有著地獄火焰的復仇之心。這種心態讓他的追捕罪犯過程總是閃爍著衝突與摩擦的火光，加上棟居本身極易暴走的性格，讓他常常與上司鬧翻，然後又順理成章地自費搜查。

不過到了後來，森村誠一稍微修正了棟居的個性，雖個性同樣激烈，但賦予了些許社會責任感，也因此才讓他在《魂斷天涯》（日文原名為『新・人間の證明』）中因為偵辦一樁凶殺案，逐漸發現二次大戰時日本在東北的七三一部隊的殘酷行徑。

同樣的，棟居弘一良也有真人代言，《人性的證明》電影版由「永遠的松田優作」飾演，堪稱絕配。至於相關系列電視劇，由於已經讓偵探的個性與特色大幅改變，不但趨於軟調且過於不穩定，在此就按下不說了。

TOP 10 COPS

極易暴走的性格
他的動力並非是熱血與正義，而是有著地獄火焰的復仇之心

登場年代／一九七六

登場年代／一九八四

6 吉敷竹史

擔任職位：警視廳搜查一課警部

作者／島田莊司

吉敷竹史雖然是島田莊司筆下的第二名探，不過是基於現實考量而創造出來的，在當時社會派當道的情況下，御手洗潔系列雖然受到學生團體的支持，卻仍不受社會大眾重視，於是島田開始嘗試旅情推理，而在生涯第四作《寢台特急1／60秒障礙》讓吉敷登場。

吉敷的生日是一九四八年一月十八日，有著魔羯座堅忍不拔的毅力。據作者描述，吉敷的外貌相當俊美，波浪般的長髮蓋住雙耳，眼睛很大，雙眼皮，鼻梁高挺，嘴唇稍厚，身高一百七十八公分，身材結實而肩膀寬闊，可以說是女性的理想對象。曾經結過婚，前妻名為加納通子，後在「夕鶴事件」中重逢。

與島田筆下另一名探御手洗潔不同的是，吉敷並不是「神探」，他仍舊需要一步一步跟著線索跑，具充沛行動力之餘，他的腦筋也動得算快，總是能夠看出時刻表的玄機。而因為島田本人的喜好，他的故事中往往有旅情推理缺乏的怪奇幻想與夠水準的詭計，這也讓閱讀他的小說多了點額外的樂趣。

不過追著吉敷系列跑的讀者，可能都會納悶吉敷和通子幹嘛維持這種分分合合始終不爽快給個交代的關係，根據島田來台時的說法，主要是因為這個人物的描寫完全是為了當時的編輯喜好量身打造，因此沒有那個編輯的首肯，是無法讓他們倆有快樂結局的。如今編輯已然離職，作者可以自己發揮了，這也才讓我們看到他們真正的結局。

7 加賀恭一郎

擔任職位：東京都久松署巡查部長（註）

作者／東野圭吾

作為東野圭吾筆下最常出現的系列偵探（目前有六本長篇、一本短篇集），我們很難得可以看到一個偵探的成長史，從一開始在《畢業後殺人遊戲》（卒業──雪月花殺人ゲーム）中的國立T大社會學部四年級生、《惡意》的警視廳搜查一課刑事、到《どちらかが彼女を殺した》擔任練馬署刑事，而在《赤い指》最後則調職到久松署。

身材頎長、肩膀寬闊的他，長相被嫌疑犯描述為「幾乎可以用『清爽』來形容的笑臉」，如同雕像一般的臉孔上鑲嵌著黑亮的眼珠，下巴略尖且因為不抽菸有著潔白的牙齒。外表頗為帥氣的他，大學時還當過劍道社社長，曾得過「全日本選手獎」優勝。

大概是當過社團領導人的關係，因此加賀稱得上是協調性相當高的警察，懂得如何應對進退才不會失了彼此方寸，但有趣的是，之所以這樣子做似乎是為了方便他自己獨力搜查。他辦案時思緒清晰、論理明確，極擅長在對手話語中的前後差異中找出真相。雖然是文組畢業，卻在各方面都有相當廣泛的知識，這點在與關係人接觸時，幫助很大。

註 巡查部長這個職稱最早是在《惡意》中加賀遞出的名片上顯示的，但由於當時加賀強調「由於新的名片還沒印好，這是之前的」，大概可以判斷他的職位起碼在「巡查部長」之上，日本網站有讀者參考他的經歷與經手的勤務，判斷極有可能是現役的「警部補」，但由於這未經作者證實，因此在此姑且以「巡查部長」稱之。

如同雕像一般的臉孔上鑲嵌著黑亮的眼珠
下巴略尖且因為不抽菸有著潔白的牙齒
身材頎長肩膀寬闊
大學時還當過劍道社社長，曾得過「全日本選手獎」優勝

登場年代／一九八六

登場年代／一九九四

8 目暮十三

擔任職位：警視廳搜查一課警部
強行犯搜查三係係長

作者／青山剛昌

常年穿著一件深駝色大衣與同色系的帽子，看來似乎是中年發福的身材略顯肥胖，留著兩撇可以說相當搶眼的鬍子，臉上的表情時而堅毅時而搞笑，個性乾脆俐落。作為人氣漫畫《名偵探柯南》中的固定班底（從第一集就已現身），他應該是這十大刑警中最知名的。

內行人都知道，《名偵探柯南》中的固定人物姓名，幾乎都有其來歷，目暮（日文發音為megure）這個姓氏也不例外，是向喬治・西默農（Georges Simenon）筆下的名探瑪格雷探長（Inspector Jules Maigret）致意，而首度在〈第十四號獵物〉中披露的名字十三，則是呼應戰前推理作家海野十三而生。

目暮剛出場的時候，其實是個硬漢型的警察，不僅性格堅韌並嫉惡如仇，對於過去的下屬毛利小五郎從不假以辭色。只是後來隨著劇情的進展，他也變得越來越有喜感，原本稍微具有助手功能的部分也被取代，並展現出他機器白癡的一面，不過作者偶爾還是會讓他展現一下身為警部的威風，成為偵探的可靠後援。

事實上，他頭上的帽子與一段過去的愛情故事有關，這也增添了他在這部作品中的特色。

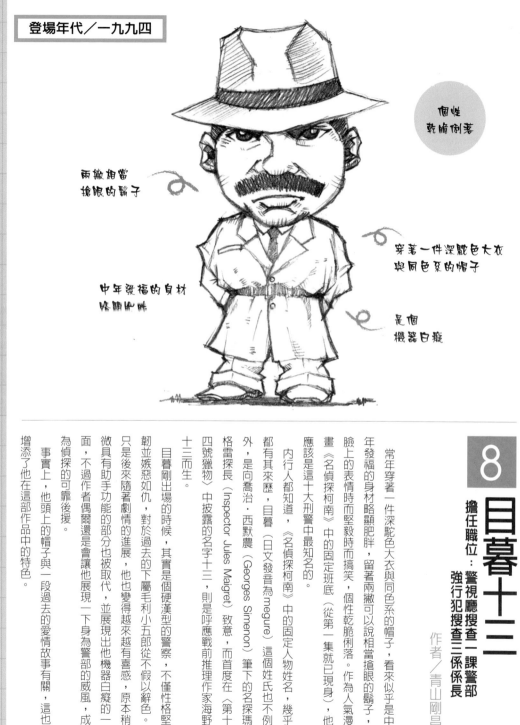

9 木場修太郎

擔任職位：警視廳搜查一課巡查部長

作者／京極夏彥

在「京極堂系列」中，京極夏彥可說創造了諸多讓人難忘的人物，不過他們往往都與普通人距離遙遠，其中或許稱得上最接近我們的角色，就是小說中的官方正義代表：木場修太郎。

對於木場修太郎的外表，似乎都不脫「粗獷」這個說法，眼睛細長、嘴巴略小，眉毛粗硬且直，剛硬的頭髮下是堅毅的臉部輪廓，下巴甚為寬闊，體態基本上是個巨漢，還有著粗壯的脖子與厚實的肩膀。被其他配角暱稱為「大爺」的他，性格也與在小石川的石材行老家符合，是個不屈不撓的硬漢。

木場在系列小說中基本上是扮演負責偵查的配角角色，一旦緊咬到對方就不肯放，如果真的讓他執著起來，甚至不惜丟掉飯碗也要用自己的方法強行突破。看來粗野的他卻喜歡看電影，並且還對其中的女性角色懷有美好的憧憬，但是現實生活中似乎並沒有太多女人會喜歡他，反而意外地廣受酒店小姐的喜愛。

就本質而言，他是個極度黑白分明的人，十分厭惡那些持「相對主義」論調的人，但也因此，以職業軍人身分參戰的他，在戰後由於茫茫然不知敵人在哪，選擇加入警方為「正義」效勞，這也讓他在「京極堂系列」中顯得極為特別，相較於其他人的出世，警察果然還是得入世點好呢。

登場年代／一九九四

登場年代／一九九四

輕鬆的笑容
漫不經心的姿態
穿著黑色大衣
黑色外套
黑色長褲
豎領襯衫的中年帥氣男子
生日與
福爾摩斯
同一天
多半騎著腳踏車
出現在辦案現場

10 古畑任三郎

擔任職位：警視廳搜查一課警部補

腳本／三谷幸喜

在熟悉的爵士曲調中，一個穿著黑色大衣、黑色外套、黑色長褲、豎領襯衫的中年帥氣男子（約四十五歲）騎著銀燦燦的腳踏車出現在命案現場，他輕鬆的笑容、漫不經心的姿態，與現場的緊張感格格不入。這就是日本富士電視台於一九九四年起開始製播的推理劇——《古畑任三郎》的主角。

古畑大概是所有的警探中難得可被稱為「神探」的，他不具有一般警察風塵僕僕的氣質，身上的襯衫與手帕永遠燙得一絲不苟，對工作不是很認真，甚至說出「中午之前、晚上十點以後無心工作」這種話（或許和他低血壓的毛病有關）。生日與福爾摩斯同一天（一月六號），卻只在智慧部分相像，不僅不知道手槍的用法，甚至還不會格鬥。

個性其實應該不好相處，據說從小就喜歡把報紙的誤植處圈起來，然後寄回去給報社，但也養成了他善於從細節處找漏洞的能力，每次總喜歡與嫌疑犯進行相當令人不耐的對談，在對方以為好不容易他要離開之際，古畑卻通常還會「啊，對了……」，猛然殺出一槍，讓凶手甚難招架，而不自覺在前後言語中露出破綻。

古畑任三郎的有趣與可親之處就在於一些平凡如你我的習性，喜歡便利商店、喜歡摩斯漢堡、喜歡把麵包丟到茶碗蒸裡、喜歡半熟的煎蛋、喜歡打部下今井的額頭，這種種的細節，構成了觀眾對於古畑任三郎的喜愛與難以磨滅的印象。

20

★ 主題推薦

Recommend for Travelling

砂之器

人性試煉之旅

文｜夏空

邁向生命終點的旅程

以旅行為主題的推理選書，如何能錯過松本清張的《砂之器》？因為這個故事源起於一段死裡求生的漂泊，其中的悲劇則肇因於一趟出乎意料的行程，而解開不幸真相的刑警，更是靠著一次又一次孜孜不倦的辛勤奔走，終於揭開人性卑微處陰暗的角落，發覺最後的解答。

人們有各式各樣的旅行目的，而豐富人生體驗是其中一個極為普遍的原因，書中的被害人三木謙一便是為了一圓終生夢想，安排了隨興所至的自助旅行，他從居住地岡山出發，途經讚岐的金比羅宮後，由高松至屋島，再到京都附近的琵琶湖與登比叡山，接著前往吉野與名古屋，最後抵達期待已久的伊勢神宮，過程中從不同住宿地寄回家中的明信片上，溢滿了旅遊的幸福；帶著悠閒的心情，也走過了愜意的訪友與尋古行程，再加上平生宿願的滿足，本來應該迎向圓滿歸途的三木，卻因為在歸程的前一天與心頭懸念意外相逢，連命運也一起在旅途的盡頭處彎入叉道，朝向不幸的終點。

刑警鍥而不捨的行腳

另一方面，松本清張的作品裡，常見負責偵查的主要人物為了追查線索而遠赴外地。本作主角今西榮太郎刑警更是進行了南北總計六次的搜查之旅：第一次是為了確認現身於龜田的可疑人物在該地的行蹤，與年輕刑警吉村弘共乘羽黑號列車前往東北秋田；第二次是搭出雲號列車到中國地區（註）追尋被害人三木的背景；第三次是獨自坐上中央線電車到鹽山與相模湖間的鐵道上搜索未知存在與否的證據；第四次是經名古屋到伊勢神宮探尋三

今西榮太郎的行腳

第一次，路經：本莊、鶴岡、龜田。

第二次，路經：名古屋、米原、琵琶湖、京都、福山豐岡、鳥取、米子、大山、安來、松江、龜嵩、宍道湖、出雲三成車站、仁多町。

第三次，路經：相模湖、上野原、鳥澤、猿橋、大月、初狩、世子、初鹿野、勝沼、鹽山。

第四次，路經：名古屋、伊勢市伊勢神宮。

第五次，路經：關之原、米原、余吳湖、賤之嶽、大聖寺、山代、山中溫泉。

第六次，路經：大阪、京都。

木改變行程的緣由；第五次是深入北陸石川縣的溫泉鄉山中調查關係人物的身世；第六次是到大阪與京都發掘嫌疑人戶籍變遷的內情。

今西的搜查之旅，可以說就是刑警這門職業的商業旅行，六次的南來北往，過程中也經過許多名勝古蹟和旅遊景點，若是一般人，商業旅行的行程，無論多麼緊湊匆忙，多半還是會設法挪出一些時間遊覽或閒逛。但今西顯然沒有那份輕鬆的心情，每次差旅總是來去如風，除了在東北曾應吉村之邀，在候車空檔至車站附近的海岸一遊，另外在路經伊勢神宮時順道進行參拜之外，其餘出差時間裡，連利用私人休假赴溫泉地辦案的時候，也不曾因私人因素而有絲毫耽擱。松本清張用這樣的筆法，間接地讓讀者感受到刑警的認真與執著。

此外，作者也充分利用對旅行前後過程中生活瑣事的描寫，刻劃出書中人物的性格與心情，本作中著墨最深者莫過於今西的妻子芳子，書中屢屢可見她對今西四處奔波辦案的安全與健康，表達出不捨與關懷；她收到丈夫出差帶回來的紀念品後難掩歡喜，還拿去向鄰居太太炫耀的行為，令人不禁莞爾；當看到她趕在列車出發前到月台上送食物給今西，一同送行的吉村慰問她的辛勞、也欽佩今西的工作態度後，她一邊目送列車離站，一邊淡淡回答「他就是拚命三郎，沒辦法」時隱含的驕傲與包容，才讓人驟然發覺，也許就是因為有芳子在背後這樣無怨無尤地支持，才讓今西得以心無旁騖地追根究柢，致力於揭發罪惡，終能為受害者伸張正義。

砂之器轉眼成空

許多人以為《砂之器》寫的是一個宿命難逃的故事，這樣的論定也許是因為書中犯下惡行的角色，用盡了一切的努力卻終究徒勞無功，所有累積的盛名與學識，到手的愛情與幸福，還是在一夕之間灰飛煙滅。然而和宿命論命題相違背的是，書中發生的一連串悲哀事件其實都是凶手自私無情地選擇後的結果，這些選擇也許可以加以解釋，甚至可以受到同情，卻絕對不是無從避免的結局。

生命就像是一趟長途旅行，旅行中不管選擇什麼路，總會與陌生人邂逅，只是天涯相逢結成的是善緣抑或是孽緣，原來仍存乎一心。松本清張確實傳達的是：人如果屈服於內在的恐懼與外在的誘惑而不擇手段，姑且不論在世間的功名利祿是否真會轉眼成空，就算是才高八斗、學富五車，所把持的也不過是砂堆成的器物，終難邁向光明人生的康莊大道。

日文書名：砂の器｜作者：松本清張
台灣出版社：獨步文化｜出版日期：二〇〇六年十二月
日本出版社：光文社／新潮社文庫
出版日期：一九六一年七月／一九七三年三月

註 中國地區指日本本州西南地區，包括岡山、廣島、山口、鳥取及島根五縣。

作者簡介
松本清張
作者簡介詳見P.11

21

★ 主題推薦

Recommend for Travelling

異邦騎士

失憶下的家園，如同異國

文｜寵物先生

追尋身世與記憶的旅程

一個男人在公園的長椅上醒來，發現自己失去了關於身世的一切記憶：姓名、出生年月日、居住地等一概不知。不久又戲劇性地邂逅少女石川良子，並展開一段甜蜜與不安夾雜的同居生活。他因懼怕自己在鏡中的詭異相貌，而罹患鏡子恐懼症，工作時也不與他人交流往來，只在元住吉的小房間內與最親密的良子交談。這段辛苦而寧靜的日子，卻在遇到占星術師御手洗潔，並在家中發現自己的駕照後，完全變了樣……

日文書名：異邦の騎士｜作者：島田莊司
台灣出版社：皇冠出版｜出版日期：二〇〇三年十二月
日本出版社：講談社／講談社文庫
出版日期：一九八八年四月／一九九一年十二月

「尋找身世」在推理小說中，可說是經常出現的主題。一個失去對周遭的認知，甚至是自身記憶的人，看待所有事物都是陌生的。這與一個漂流在異國，對一切完全不熟悉的異邦人相比較，除了缺少語言的隔閡外，那種不安定的漂泊感幾乎完全相同。這也是書名「異邦」的由來。

占星偵探的青年時代

提到島田莊司的作品，除了以熱血作風苦幹搜查的刑警吉敷竹史外，最受讀者喜愛的，就是占星神探御手洗潔了。本書出版時間雖在《占星術殺人魔法》與《斜屋犯罪》之後，故事的年代卻在上述二書之前，追溯到御手洗的青年時代。而在前兩部作品所刻劃的角色性格，在《異邦騎士》中不僅再度呈現藉以加強讀者印象，也添加了更多特質，讓人不由得更加喜愛這個角色。

在綱島開設占星教室的御手

洗，在主角前來求助時，除了露一手占星術的知識外，那句「名字只是一種記號！」所顯露對於自身姓名的在意，以及在街道上對過往行人滔滔不絕的演說癖，不僅使讀者莞爾一笑，也大大呼應了御手洗在前兩部作品給予讀者的印象。除此之外，讀者還可以看到他對爵士樂的喜愛，以及關於精神病學記憶方面的知識。這讓讀者對這位行事特異的偵探，有了更進一步的認識。

而且，根據失憶男人的描述，當時的御手洗還可說是位「美男子」！這翻轉了讀者的印象，使人對年輕的御手洗形象有更寬廣的想像空間。

解救不安的異邦騎士

我們可以觀察到，故事中的主角在發現自己的駕照，有了過去住址的線索後，雖透出一絲逐漸撥雲見日的明朗，內心卻也交織著矛盾與徬徨。究竟自己該不該回去？回去了，自己另有妻兒的可能性或許會導致與良子分道揚鑣，卻又無法不對自己的人生負責。就好像異邦人在異地譜出異國戀曲，除了悸動的情愫，最後終須面對即將回國的無奈。另外，良子中途自暴自棄的舉動，也讓這段探索的過程，蒙上一層充滿疑惑的陰影。

那股不安感到了故事中段，當主角發現親手記錄的筆記後，開始漸趨沉重。讀者在閱讀「書中筆記」的同時，也可能隨著其中記述的妻子遭遇，體察到主角內心的情緒起伏。對自己可悲過往的逃避感與復仇心，在筆記後段逐漸浮現，隨後觀看筆記的主角將自身感情傾洩而出，也凝聚成一股衝動性的，卻也類似宿命般毫無選擇的悲哀氛圍。

然而，熟悉島田風格的讀者，還是能預測到解救主角的將會是那位「異邦中浪漫的騎士」——也就是在主角恢復記憶，經歷過一段痛苦的時期後，經常在腦中想起的那位「騎著摩托車，英姿颯爽地出現在荒川堤防上，二十來歲的御手洗潔」。

旅遊資訊

高圓寺：洋溢日本風情的餐廳、雜貨店林立，每年八月最後一個週末舉行的「阿波舞」已成東京代表大型活動之一。

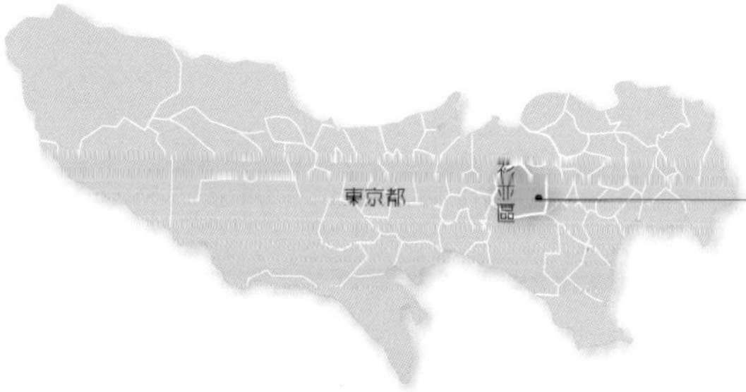

小知識

浪漫的騎士

這是在書中主角與御手洗初次相遇時，御手洗播放給他聽的爵士樂曲名。這首音樂收錄在由著名的爵士鋼琴大師Chick Corea領軍的fusion樂團「Return to Forever」（簡稱RTF），於一九七六年發行的唱片《Romantic Warrior》（即「浪漫的騎士」）。Corea首次將多種音樂風格以實驗性的電聲形式混合在一起，從拉丁到古典，從爵士到搖滾。其中一首曲目〈Duel of the Jester and the Tyrant〉還使用了如對位（counterpoint）等古典音樂的手法。RTF每位成員樂器演奏技巧都極為高超，樂隊的表演實力不同凡響。

作者簡介

島田莊司

作者簡介詳見P.17

22

★ 主題推薦

Recommend for Travelling

橫濱神秘骨牌

世紀奇案與風流文豪

文｜路那

尋父之旅形成的骨牌效應

自從相依為命的父親失蹤後，少女奧古桃子為了尋找父親，離開了自小成長的東京，到了繁華熱鬧的橫濱。在因緣際會下，她結識了影星伊津子與劇作家胛崎元一郎等人，並赫然發現母親竟成了當地豪華妓院的老闆娘。與母親的一席話使桃子大受打擊，並拒絕留在母親身邊。毫無謀生能力的桃子經由胛崎夫人的穿針引線，得以到俄國人布利安家幫傭，以維持生計。

布利安的家中成員不多，僅有一位名為愛麗娜、有著灰藍色眼瞳的美麗女子。她不僅足不出戶，又相當沉默寡言，使得桃子在工作與打聽父親的消息之餘，也對這名神秘女子產生了些許好奇心。

就在此時，一名曾經援助過桃子的年輕人鄉田四郎也來到了橫濱，拜胛崎為師。在鄉田的鼓勵下，桃子趁著布利安不在家，帶愛麗娜外出，三人同遊舞會。不料在舞會中，竟有數名行跡詭異的外國壯漢意圖擄走愛麗娜。他們好不容易搶回愛麗娜，隨後卻又發現布利安全身被染成粉紅色，死在浴缸之中。

是誰殺了布利安？那群壯漢又為什麼想要擄走愛麗娜？這些本來並非桃子須解決或是面對的問題，然而此時，桃子卻發現行蹤成謎的父親可能與此事有所關聯。除了釐清接二連三發生的狀況，少女桃子又該如何解決整起事件呢？

日文書名：橫浜秘色歌留多｜作者：山崎洋子
台灣出版社：皇冠出版｜出版日期：一九八九年
日本出版社：講談社／講談社文庫
出版日期：一九八九年二月／一九九二年七月

亡命貴族與風流文豪

橫濱在江戶時期還只是一個不起眼的小漁村。一八五八年簽訂的「美日條約」，選定橫濱作為日本與外國通商的重要口岸，成為日本最繁華時髦的城市。

本書的故事背景，便是設定在一次世界大戰後的橫濱本牧。而書中的作家胛崎元一郎的作為，如與小姨子戀愛、讓妻，乃至於不贊同自然主義的寫作手法，則讓人聯想起生活在同一時代，也曾居於本牧的作家谷崎潤一郎。

以《春琴抄》、《細雪》和《鍵》等小說聞名的谷崎潤一郎，其創作風格乃著重挖掘「女性美」、「官能美」描寫的耽美派，素有「惡魔主義者」之稱。谷崎的妻子名為石川千代。他與千代結婚後，隔年生下長女鮎子，谷崎之後卻戀上小姨子，讓千代痛苦不已。谷崎的好友、同為作家的佐藤春夫對千代因憐生愛，為此並曾經到台灣來「療傷」。數年後，谷崎終於同意離婚，三人並聯名發表公開信，是為轟動一時的「小田原讓妻事件」，這與書中胛崎的荒淫可說頗為類似。

此外，谷崎與日本電影界的關係也相當密切。除了作品多次被搬上大銀幕，谷崎本人也在無聲電影時期，與自好萊塢歸國的栗原湯默斯拍了幾部在當時頗為前衛的影片，如《業餘愛好者俱樂部》、《雨月物語》等，但並沒有得到多大的迴響。從這些經歷看來，胛崎的人物原型或許就是谷崎潤一郎吧。

而書中，神祕的外國人布利安自稱是俄國的流亡貴族，與其同住的女孩，更被認為是沙皇尼古拉二世逃過一劫的小女兒安娜斯塔西亞公主。「安娜斯塔西亞下落之謎」一向是炙手可熱的寫作題材。在日本，自菊池寬〈たちあな姫〉、夢野久作〈死後之戀〉以降，除了本書作者山崎洋子外，較知名者尚有阿刀田高、小川洋子、島田莊司等，皆以此為題材創作，並提出各自的看法。

這樣讀來，雖然作者在書末強調「本書情節純屬虛構」，但對照著台灣版序言中，作者所說的「曾經有一位名流後代的天才作家住在那裡，他的宅第的一邊是號稱本牧第一、最豪華的西式妓院；另一邊住的是來歷不明、神祕的俄羅斯人。得知這些訊息後，這個故事便在我腦裡誕生了。」因而這個故事也不是全然虛構的，至少在人物的設計上，或多或少是有所本的吧！

旅遊資訊

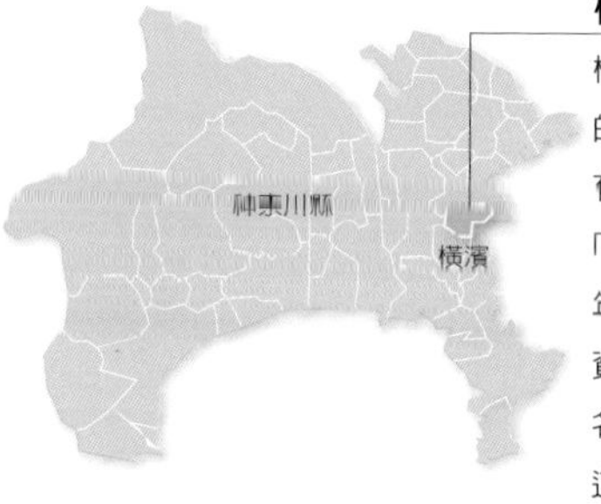

橫濱著名景點

橫濱是日本重要港口，日洋交雜的景致與京都、東京大異其趣。有蒐羅全球約一萬三千尊人偶的「橫濱偶人之家」、建於一九〇九年，稀有木造西式建築物「山手資料館」，乃至於島田莊司筆下名探御手洗潔與石岡的住處馬車道等，都值得一遊。

作者簡介

山崎洋子

一九四七年出生於京都府，目前居住於橫濱。曾經是廣告人、兒童讀物作家與劇作家等，近來則積極投入舞台劇本的創作，也參與演出。

所著作品《花園謎宮》、《橫濱神祕骨牌》與《恐怖青燈館》等三本小說，由於背景皆在橫濱，發生年代分別在昭和、大正與明治時期，作者因而將此三作定名為「橫濱三部曲」，其作品中營造出的港都氣氛更是這三部曲中的共同特色。透過對當時風貌的詳細描繪，山崎洋子成功地呈現出歷經百年變遷的橫濱港都風情，相當值得一看。

捨棄一切的離奇失蹤

由於準備婚宴所需購買的物品甚多，卻因無法隨時陪同未婚妻一起出門採購，又擔心她隨身帶著現金會有危險的栗坂和也，與未婚妻關根彰子商量過後，決定替她辦一張信用卡。沒想到，銀行信用資訊機構的資料中，竟顯示彰子曾經破產？甚且，當和也拿著十三年前彰子偕同律師親筆寫下的破產宣告與未婚妻當面對質之後，宣稱未曾持有信用卡的彰子竟在隔天憑空消失了！

在一次追捕專挑深夜搶劫咖啡店、酒店歹徒的行動中，四十三歲的警察本間俊介意外遭受槍擊導致膝蓋受創，不得已只好暫離偵查課的工作，休假在家養病。復健期間，亡妻生前十分疼愛的姪兒栗坂和也冒著風雪前來求助，希望姨丈能夠替他找出人間蒸發的未婚妻究竟身在何方。然而，當本間循線追尋關根彰子的蹤跡、挖掘的過程中，事態卻益

23

★ 主題推薦

Recommend for Travelling

火車

虛幻泡影的人生追尋

文｜心戒

發曲折離奇。更不可思議的是，當本間不經意拿著彰子的照片向當年的律師溝口悟郎進行確認時，溝口律師竟斬釘截鐵地表示，這兩個關根彰子完全不是同一個人！那麼，原來的彰子到哪裡去了呢？栗坂和也的未婚妻究竟又是誰呢？

凝視時代脈動的深刻書寫

一九八九年，看似繁榮的泡沫經濟走向最高峰，政治和經濟都呈現安定局面的日本，儼然成了遍地黃金的世界第一強國。然而，隨著泡沫經濟在一九九一年崩解，日本國內經濟宛若驚人風暴似地遭受重挫。不僅企業或個人手中的股票、土地與大量資產在一兩年內化為烏有，正值壯年的日本上班族，在收入銳減的狀況下，無力償還購屋貸款、地下錢莊討債夢魘天天上演；當時過慣優渥生活的年輕人，於銀行信用體系崩潰的同時，亦陷入債台高築、恐怖的信用卡循環利息地獄中，最終不得不向法院申請「信用卡破產」。

在這樣的社會背景下，宮部美幸於一九九二年交出了《火車》一書。以謎樣般的失蹤事件為開場，巧妙地帶出日本當時嚴重的信用卡借貸問題，不但入圍了當

旅遊資訊

伊勢：最有名的景點就是每個日本人一生都得參拜一次的伊勢神宮，日本的「天照大御神」賜給日本天皇的三神器之一——八咫神鏡便收藏在擁有兩千年歷史的伊勢神宮中。

屆的直木獎，更在一九九三年拿下山本周五郎獎，兩年內以奇幻、時代與社會派推理小說三種截然不同的類型風格之創作而獲獎連連，聲勢如日中天。

追尋幸福的手段與限度

為什麼會有兩位關根彰子呢？又為什麼關根彰子要逃跑呢？究竟她躲著什麼？破產問題真的這麼毫不放鬆地追趕著她，即便在十三年後，她仍得一個人孤獨地、拼了命地奔逃嗎？透過抽絲剝繭的尋人過程，宮部在《火車》裡捨棄了堆疊相關金融資訊的情報式寫法，反而不斷地藉由角色們的對話，拋出深刻的社會問題向讀者詢問——一個人破產了，或許是因為己身全無金錢觀念招致而來的「自作孽」，但難道沒有人是受到親友連累而扛下超過負荷的債務嗎？此外，居中提供借貸的金融銀行體系，又在過程中扮演著什麼樣的角色？我們的教育體系曾經教導過學生正確的理財觀念嗎？在無限度的信用卡核卡過程中，沒有妥善規劃與擬定因應對策的政府，又有什麼樣的黑幕呢？隨著宮部美幸緩緩道出兩位彰子的悽慘過往，關於信用卡借貸與負債問題所造成破產者的悲慘人生，地下錢莊的凶狠行徑、消費金融暴露的人性弱點等現象，全在宮部美幸筆下如實地書寫記錄著，昭然若揭。

無論是毫無節制地以為持有金錢就能擁抱幸福，不斷追求虛幻的財富泡影；抑或是為了擁有自我的人生，不顧一切、意圖拋棄過往的錯誤手段，《火車》裡的彰子們的確都錯了。直到現在，我仍忘不了宮部美幸描寫彰子趴在圖書館桌上，雙眼發紅地盯著公報，全身激動地祈求著「爸爸，你快死了吧！」的段落。二○○七年六月，台灣通過〈消費者債務清償條例〉，無擔保或無優先權債務總額在一千兩百萬元以下的卡債或消費性借貸債務人，都可以向法院申請「更生程序」以爭取降利、減款，甚至拉長償還期間最高至八年。然而，申請破產就可以抹去一切債務了嗎？為期九個月的日出條款會不會造成銀行加速以不正當的手法催收帳款呢？闔上《火車》，這位以獨特的女性角色發聲，將人生悲劇熔於時代脈動的作家，在還原事件的原貌後，輕輕地向我們提問，達成夢想感覺的方法有很多種，正讀著本書的你呢？你知道自己的限度在哪裡嗎？

日文書名：火車｜作者：宮部美幸
台灣出版社：臉譜出版｜出版日期：二○○四年十二月
日本出版社：雙葉社／新潮社文庫
出版日期：一九九二年七月／一九九八年一月

作者簡介

宮部美幸

作者簡介詳見P.51

24

★ 主題推薦

Recommend for Travelling

白夜行

生命本是一場無止境的脫逃

文｜曲辰

二〇〇六年對東野圭吾來說，可以說是相當重要的　年，特別是在上半年，不但《嫌疑犯X的獻身》瀟灑奪得多次鍛羽而歸的直木獎，就連早些年的名作《白夜行》改拍成日劇，也引起觀眾熱烈迴響。在台灣，也有許多讀者是因為「白夜行」日劇在台播出，而對此作抱持熱烈的期待。

但是，影像作品與原作畢竟有著極大的不同，如果可以，希望讀者將日劇的情節通通忘記，再來看小說，因為不僅時序不同，就連敘事口吻與描寫角度也大異其趣。

被動的與主動的脫逃

相較於日劇中一開始就明示謎團的核心，小說則是以一種旁觀的角度側寫亮司與雪穗的人生，儘管兩人的人生分道揚鑣，但敏銳的讀者很容易可以發現兩者之間一定有所關聯，而隨著兩人人生的境遇有如霄壤，一個宛若富家千金、一個像是社會敗類，更會勾起讀者的好奇，想要知道兩人的接點究竟在哪裡。

這其實是兩種媒體對同一個故事截然不同的詮釋，對戲劇而言，它需要一開始就將爆點引出來，藉以勾起觀眾的期待心理；但就文字而言，只要些許的懸疑挑起讀者的好奇心，在最後一刻把所有的線索匯聚在一起，進而爆裂出乎讀者意料之外，卻合情合理的結局，才是推理小說精髓

日文書名：白夜行｜作者：東野圭吾
台灣出版社：獨步文化即將出版
日本出版社：集英社／集英社文庫
出版日期：一九九九年八月／二〇〇二年五月

旅遊資訊

心齋橋：心齋橋是大阪最大的購物區，「歐洲村」、「美國村」集中了許多風格獨具的商店，還有各國傳統美食。穿過心齋橋中間的御堂筋不但是主要大道，在秋天，世界各國軍樂隊會齊聚在此，帶來華麗多彩的御堂筋大遊行。

所在。

於是兩人不斷地想要逃脫昔日接點的態度，就變得相當不同了。日劇中的兩人，積極、主動得不可思議，兩人不顧一切地逃竄。但在小說中，由於讀者毫不知情，因此只是看到兩人一步步地退讓，似乎是向過去的人生道別，然而過程卻不能盡如己意。

時間的脫逃與人生的變異

作者東野圭吾在小說中，沒有對兩個主角的內心做出絲毫描述，舉凡他常用的內心獨白、心情描寫等都付之闕如。但是我們卻可以從他倆的外在行為看出來，為了不被發現，他們只好不斷地移動、退卻，雪穗從一個家庭移動到另一個家庭、亮司則是從一個階層墜落到另一個階層，生命對他們而言不再平安順遂，而是移動、移動、再移動的非自主旅行。

尤有甚者，作者還加進了時間的元素，從第一章開始就不厭其煩地運用新聞、物價標準、漫畫連載、偶像團體等等標識著時間的元素，提醒讀者此際的時間座標，也告訴讀者，你們所看到的不只是他們的「一時行為」而已，還有他們卑微的人生。

因為昔日的接點，讓他倆不惜犧牲一切也要勇敢往前走，路上的阻礙都是必須清理的小石頭，讀者看得到他們的無情、他們的決絕，卻因為看不到原點而不知道該做什麼反應，想作嘔卻又隱約感受到有種悲傷的情緒；想憤怒卻又能理解其背後連自己都莫名所以的動力。

在這樣的情緒驅策下，故事的終點終於揭示出故事的起點，時間急遽地往過去移動，進而與「當下」並呈，他們人生的悲傷、恐懼與不捨，都一併閃現，於是讀者終能理解，整本小說為何如此冷靜又如此激烈，因為這就是人生，這是他倆的人生。

作者簡介

東野圭吾

一九五八年出生於日本大阪，大阪府立大學畢業。一九五八年以第三十一屆江戶川亂步得獎作《放學後》出道。一九九九年以《祕密》獲得第五十二屆推理作家協會獎。二〇〇六年以《嫌疑犯X的獻身》獲得第一三四屆直木獎以及第六屆本格推理小說大獎。

東野圭吾創作領域廣泛，超越傳統推理的框架，具有透視時代能力、嚴密細緻的結構，並精采刻劃出人活著的無奈、喜悅，展現出真正大眾小說作家的典型。近年來的作品如《祕密》、《綁架遊戲》（片名為g@me）、《湖邊凶殺案》、《變身》以及《信》等相繼搬上銀幕或拍成連續劇。

永遠的仔

荒原是否有花或未可知

文｜曲辰

日文書名：永遠の仔｜作者：天童荒太
台灣出版社：麥田出版｜出版日期：二○○二年五月
日本出版社：幻冬舍／幻冬舍文庫
出版日期：一九九九年二月／二○○四年十月

宮部美幸的《繼父》中，有這麼一段話：「男人無法成為女人，女人也無法成為男人。所以男人對女人、或女人對男人有時才能平心靜氣地做出殘忍的舉動。但由於不論男人或女人都曾經當過兒童，因此不論是誰都無法殘酷地打擊兒童。」

殘酷的是，現實生活並不總是那麼純良的，以台灣為例，光二○○六年，根據內政部兒童局的統計，就有六，九九○名十二歲以下的兒童慘遭成年人虐待，舉凡肢體暴力、言語暴力、性虐待、疏於照顧等不一而足，表面的數字加起來已經超過五位數，那些實際發生而未被發現的數字不知多麼可怕。

日本在這方面也不遑多讓，僅二○○五年就有三三，三○八件虐童案，但這個問題卻一直沒有被認真地看待，特別是日本家庭的「內封閉性格」，讓惡夢只會停留在家庭中而不會宣揚出去，孩子成了無形中被軟禁的囚犯。

天童荒太於一九九九年出版的《永遠的仔》，便是一本為那些無數遭到悲慘境遇的孩子們發出悲鳴聲的作品。

一段不只是救贖的旅行

故事的焦點放在三個遭受到家庭暴力的孩子身上，他們在參加兒童精神病房所辦的登山旅行時偷偷脫隊，跑到據說有靈力的西日本最高峰石鎚山上，一個女孩、兩個男孩共同奮力地攀援著鐵鍊直到山頂，尋求傳說中「永遠的救贖」，但在山頂卻看不到任何「奇蹟」。

正在沮喪失望之餘，山下的雲海被陽光折射出一片燦爛，半空中隱然浮著一個金人，這讓女孩陡然一振，相信是能帶來幸福啓示的「光人」。這時不知從哪來的戴墨鏡男人率直地點破，那不

旅遊資訊

石鎚山：四國山脈主峰，標高1.982公尺，為山岳信仰修行場，是日本七大靈山之一，每年七月一日至十日的開山式活動總會吸引數萬信徒前來。

過是女孩本人的影子經過光線繞射而成的效果罷了，但女孩與兩個男孩在看著光人的同時，彷彿給自己打氣一樣，卻立定了接下來的目標：他們要去殺人。

在此處，我並不知道作者是有心或是無意，但是他的確透過這個橋段展現出旅行獨特的位置，有時候旅行並不只是單純的旅行而已，參與其中的人往往會賦予這段旅行一個旅行本身或許無法承擔的目的，例如希望旅行能挽回伴侶的愛、希望旅行能帶給自己成長、希望旅行能轉換心情。

在這本書中，天童荒太用旅行作為開頭，使得整本書成為一個旅行的微縮，讀者不斷擺盪在「現在」與「過去」的敘述中，在雙線旅行中撿拾起應該知道的線索，揉合拼湊出故事真正的本體。透過時空的跳躍，我們才能知道過去如何造成今日的他們如此思考、生活，也才知道，我們的現在，其實都是背負著過去的旅行。

孩子行走在荒原上採花

三個主角，分別背負著幼年時被虐待的記憶活下去，優希原本只想安慰心靈看似受創的父親，卻反遭父親的性慾吞噬；梁平成為母親情緒的宣洩出口，只要媽媽稍有不順，便是一陣狂打加菸頭燙身；笙一郎渴望著母親的懷抱，母親卻更期待別的男人的臂彎，有時就將笙一郎棄之不顧，獨留小孩面對空虛的家。

這些記憶成為他們長大後的原罪，優希對性有極大的恐懼、梁平則無法控制自己的暴力行徑、笙一郎更是對性這件事有著不潔的先行意識。尋常人看來正常而親密的家庭關係，卻是他們的原生恐懼，那種既渴望得到又無能得到的矛盾心境，使得生命對他們而言如同一片荒原。

他們祈求溫暖、祈求希望、祈求自己的心頭能有活水灌溉出一朵花，但是現實卻硬生生把他們扯進更大的漩渦，讓他們的世界越形崩毀。

不過，在荒原的那一頭，說不定正有朵花如朝似霞地綻開在那兒呢。

作者簡介

天童荒太

一九六〇年五月八日出生於愛媛縣，本名栗田教行，明治大學文學部演劇學系畢業。一九八六年，作品《白色家族》獲第十三屆野性時代新人獎；一九九三年，《孤獨的歌聲》獲第六屆日本推理懸疑大獎優秀作獎；一九九六年，《家族狩獵》獲第九屆山本周五郎獎；二〇〇二年以《永遠的仔》獲推理作家協會獎。最新作品為二〇〇六年推出的《繃帶俱樂部》，並將改拍成電影。

天童荒太相當寡作，他的作品雖為推理形態，但多以現代家庭為主題，特別著重於描寫家人的相處和互動，是日本現今備受矚目的作家之一。

性別的日常與非常

在柏拉圖的《饗宴》中，他提到最早的神話時期，人類共分成三種，分別是男人、女人，以及由男人女人結合成的陰陽人，然而由於他們的力量都過於強大，於是宙斯決定將他們劈成兩半，從此這些被剖開的一半都在思念著另一半，神話學家坎伯便解釋，這正是愛情與婚姻的起源。

或許正因為男女兩性曾經並存在一個身體裡，因此就算是各自獨立了，也都留存著另外一個性別的靈魂氣息，因此我們看到了陽剛的女性，但也看到陰柔的男性。然而，或許是諸神的手抖得太厲害，有時候，心靈和身體的性別，竟然是完全錯置的。

日浦美月的生命之旅

東野圭吾的《單戀》，便是以這樣的一群人作為故事的主角。前帝都大學橄欖球隊的女經理日

26

★ 主題推薦

Recommend for Travelling

單戀

梅比烏斯環上的性別之旅

文｜陳國偉

浦美月，突然神祕地出現在當年的王牌四分衛西脇哲朗的面前，然而原本俏麗的她，如今卻化著拙劣的妝、蓄著短髮、滿身汗味，甚至用男人的嗓音說話，肢體動作也極為男性化，曾經和哲朗有過肉體經驗的她，如今竟已變成了一個男人。

因為涉入命案，日浦美月避居西脇家，卻無意間牽動了哲朗與妻子理沙子早已千瘡百孔的婚姻，美月與理沙子身體上的日漸親密，不僅撼動了哲朗對於性別與愛情相生相成的認知，也讓這些昔日好友間的情誼，投下了各種變數。

然而隨著美月的失蹤，哲朗開始尋找他／她的下落，透過記者

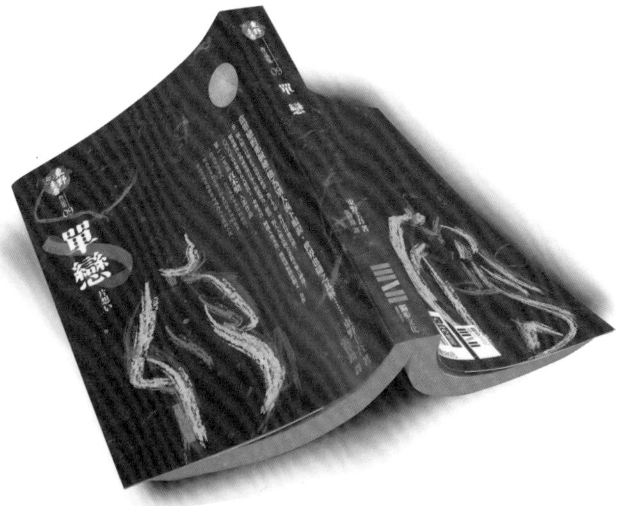

日文書名：片想い｜作者：東野圭吾
台灣出版社：獨步文化｜出版日期：二〇〇六年十二月
日本出版社：文藝春秋／文春文庫
出版日期：二〇〇一年三月／二〇〇四年八月四日

的身分，他奔走在東京的池袋、台場、銀座，甚至到了靜岡、三浦海岸，接觸到體育界身體轉向男性化的女運動員案例，以及相關的組織、團體和酒吧等。在深入這樣一群有著類似經驗的人，他／她們心靈世界的過程中，他逐漸地體會到他們存在的窘境：遭受家人與社會強烈的誤解，不僅讓他們逃避外在環境，因此自我隔離；而那些排斥與傷害，也在他們因克服自我認同而早已傷痕累累的心靈中，再加深難以癒合的血痕。相較於他人一帆風順的生命，他們的旅程，註定是百倍的艱辛。

被隱匿在真相之中的真相

然而對哲朗而言，他更不能理解的是，既然美月已經將他最不希望被人察知的祕密，完全坦露在他們面前，但他卻仍選擇不告而別，到底他在逃避什麼？還是說，他其實是企圖要保護什麼？到底他所涉入的殺人案件，真的如他所說那樣單純，只是因為他為了讓工作地點的酒店小姐不再被騷擾，所以殺了那個跟蹤狂？在美月所坦承的「生命真相」背後，到底還隱匿了怎樣的「真相」？

而哲朗面對自己的婚姻，又該如何是好？在美月內外在性別曖昧的狀態下，到底理沙子對美月存著怎樣的情感？是將她視為女人還是男人？到底我們對一個人的愛，是因為他作為人的特殊存在？還是他的性別？對於在日本推理發展脈絡中，從本格的路線不斷往人性深度挪移的東野圭吾而言，在《單戀》中他更進一步發揮他對於人的本質性思考，藉著許多不同的性別認同情境，一一推演出複雜的性別景觀。不論是男女性別的兩極論，或是他獨樹一格的「梅比烏斯環論」，都讓我們在難以忘懷的戀愛論辯中，除了思索到底我們是否都陷入了某種程度的「單戀」，更經歷了一趟絕無僅有的，人類的性別真相之旅。

旅遊資訊

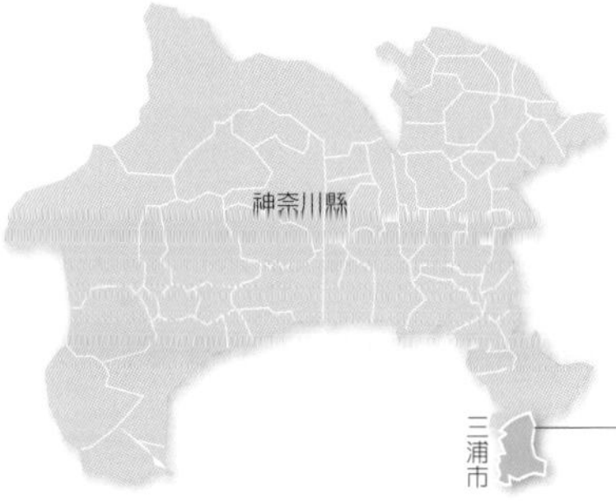

三浦海岸：位於神奈川縣三浦市，為知名海水浴場，每逢假日，更成為海上運動愛好者的天堂。在每年八月初，都會舉行名為「納涼」的煙火大會。

作者簡介

東野圭吾

作者簡介詳見P.81

東野圭吾的一日行程

根據《野性時代》二〇〇六年二月號第二十七期的採訪，以下是東野圭吾平時一日的行程：

10:00	起床
10:00～11:00	喝咖啡、回覆郵件、看新聞
11:00～16:00	工作（內含用餐時間）
16:00～18:00	健身房運動
18:00～21:00	工作
21:00～23:00	看電視或吃飯
23:00～02:00	喝酒（在家中或在酒吧）
02:00～03:00	看書或DVD
03:00	就寢

27

★ 主題推薦

Recommend for Travelling

登山者

唯有超越顛峰，才能振翅飛翔

文｜心戒

高達五二〇人死傷事故

一九八五年八月十二日，傍晚六時五十四分，一架搭載了五〇九名乘客和十五位機組人員的波音747飛機，因不明原因突然偏離原訂航線，墜落在日本關東地區。此一新聞使群馬縣地方報社《北關東報》頓時一片慌亂，原本預定和銷售部門的安西於當晚一起挑戰屏風岩的悠木和雅，不得不奔回編輯室坐鎮。誰知半夜兩點多時，安西竟被人發現在鬧區街上不省人事。幾乎成了植物人的安西，更留下了「上山是為了下山」這句費人思量的話給悠木，究竟有什麼含義呢？

然而當時，這起即將成為「世界飛安史上單一客機死亡人數最多」的日本航空123班機事故，卻完全佔據了悠木的心思。整個編輯部忙得不可開交，為了取得獨家新聞和事發細節，地方報社與全國性報紙的生存大戰正悄然開打；但令悠木驚訝的是，在這樣生死存亡的關頭，同部門間的人事鬥爭、各派系間權力與觀點的衝突，竟在報社內醞釀著一股規模龐大的爭權角力戰！在這分秒必爭的空難報導戰役中，掀起的不只是爾虞我詐的媒體人鬥爭，更有親情和人性的挑戰與尊嚴。驚心動魄的七日抗戰，悠木真能安然度過嗎？

我要作「新聞」，我已經受夠作「報紙」了！

提起記者出身的橫山秀夫，總會讓人想起他那宛若獨家戳記的「一筆入魂」稱號。自一九九八年以《影子的季節》入選第五屆松本清張文學獎後，橫山秀夫一路走來，始終堅持著以刺針式的短篇，不斷地挑撥戳刺日本警察組織內部的各種痛處，透過平凡如你我的渺小角色，企圖衝撞整個組織的獨斷意識。但在《登山者》中，橫山秀夫卻完全脫離了他擅長的警察小說範疇，反而藉由真實的墜機事件，回歸他職業的原點，以地方報紙編輯部為長篇書寫的主軸，深刻描繪新聞人

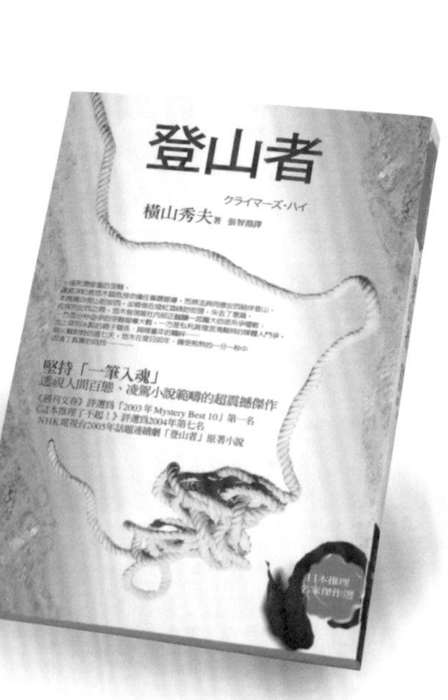

日文書名：クライマーズ・ハイ｜作者：橫山秀夫
台灣出版社：獨步文化｜出版日期：二〇〇六年九月
日本出版社：文藝春秋／文春文庫
出版日期：二〇〇三年八月／二〇〇六年六月

對於理想、原則的掙扎與堅持。

身為一名記者，所做的調查與採訪，終將為往後的歷史學家提供最原始的基本資料。因此，該如何在盡全力深刻挖掘真相時，仍能秉持著公正客觀的原則寫出一篇篇撼動人心的報導？身為一名編輯，又該擁有什麼樣的洞察能力，判斷報導的影響與利弊，在各種角力間取得平衡呢？奠基於真實事故的《登山者》，橫山秀夫以記者之魂貫穿整個故事，不斷地拋出兩難的抉擇難題——當拿到手的獨家新聞無法判斷正確與否時，該如何取捨？頭條究竟該選用最聳動卻未經證實的言論？還是應先考量亡者家屬的感受？當掌權的上司全力封殺來自現場的報導，以阻止社內新星冒出頭來，派系與部門間的爭鬥又該怎麼擺平？各式各樣的問題和狀況，在翻頁時隨時跳出，讀者宛若真實地面對著職場上的鬥爭與事件的紛擾，只得驚心動魄地揪著一顆心，屏息嚴陣以待。

即便跌倒、受傷或失敗，也得掙扎向前

雙線敘事的《登山者》，以時間為轉軸，千絲萬縷地讓「攀登屏風岩」的行動與當年「日航機墜落事故」精巧地相互呼應，織就出人性的卑微與光芒。在這漫長的奮鬥旅程中，親子間的家庭問題、辦公室的鬥爭與現實、新聞原則的堅持和挫敗，都透過五十七歲的悠木決心完成好友安西的遺志，挑戰屏風岩，回頭檢視起十七年前的自我。橫山秀夫讓悠木在空難事件的各項衝突中，認清自己決心不在職場裡失去的良心與尊嚴；讓悠木在好友孤子對他的孺慕中，看到自己是如何因距離拿捏與情感表達的錯誤，反而傷害了脆弱的父子之情；更藉由事件報導的過程與讀者的投書，讓悠木為了信念而進行協調卻擴大衝突，一路跌跌撞撞，帶著痛徹心腑的傷，體驗人情的冷暖，並因此綻放出人性的光輝。

橫山秀夫小說的迷人之處，往往不在於案件的玄奇難解，或是犯罪的聳動血腥。他筆下的角色總是帶著缺陷，拋出的是永遠是心理性的疑問——某人奇特反常的舉動，或是在道德與背德兩難間不可思議的決定，而後引領著讀者向內追尋，挖掘出心中的痛處。無論再怎麼脆弱，即便再怎麼難堪，都得竭盡最後一絲尊嚴，鼓起勇氣試著想辦法並了結它，然後抬頭挺胸地繼續在人生的道路上向前邁進。

透過《登山者》，橫山秀夫提醒讀者，人生的旅程永遠只有一種，那即是走入自己內在之旅。

旅遊資訊

谷川岳：位於群馬縣，是日本百岳之一，每年都吸引眾多遊客造訪。此處不僅可觀察稀有的高山植物，九月後還可欣賞紅葉美景。書中的屏風岩即隸屬谷川岳，高3,300公尺。

作者簡介

橫山秀夫

一九五七年生於東京，國際商科大學（現在的東京國際大學）畢業。曾任職於上毛報社，之後轉業成為自由作家。憑藉著多年媒體記者的經驗，開創出新形態警察小說，堅持「一筆入魂」的社會派作家，在日本文壇有「平成的松本清張」之稱。一九九一年《魯邦的消息》獲得日本山得利推理大獎佳作，一九九八年《影子的季節》入選第五屆松本清張文學獎，二〇〇〇年《動機》入選第五十三屆日本推理作家協會獎（短篇）。二〇〇二年的《半自白》由《週刊文春》評選為二〇〇二年「Best 10」第一名，「這本推理小說了不起！」評選為二〇〇三年「Best 5」第一名。

28

★ 主題推薦

Recommend for Travelling

旅途中的死神

當凡夫俗子與死神共舞

文｜曲辰

如果望文生義，〈旅途中的死神〉這個篇名很有恐怖電影的感覺，就好像與你同車的旅客其中一個就是殺人魔頭，接下來隨著旅程的推進，他也會一個接著一個地幹掉大夥兒。不然就是新穎一點的拍攝手法，從殺人魔的角度出發，看著他殺得他的旅途血流成河，好不暢快。

不過，這邊的死神不是假借、也非形容詞，這邊說到的死神就是不折不扣、扎扎實實的「死神」本人，也就是掌控人類死亡與否的某種力量的生命體。

講的那麼複雜，其實是因為作者伊坂幸太郎在短篇集《死神的精確度》中的設定有些與眾不同，他筆下的死神，並不像我們一般所想的是屬於「神」的存在，而好像更接近外星生物（或力量）一點，並且有著一個嚴密的組織。其中，我們的主角——死神千葉，就是調查部的員工，上級會給他七天的時間讓他決定目標對象是否應該在第八天過世，當他確定了要「賜死」時，還需要在第八天確認死因。

好玩的是，當他要前去調查時，情報部僅會提供少許資料給調查部，所以當千葉與當事者接觸的時候，必須完全靠自己的觀察來決定是否要讓對方死，也因為如此，往往需要與對方進行一定程度的溝通，進而理解對方的人生後再行決斷。不過由於千葉本人相當地冷調，完全不在意人類的情感，所以當事者的人生往往以相當壓抑的方法呈現出來，這也構成了書中統一的調性。

當終點是死亡

在〈旅途中的死神〉這篇不算短的短篇中，千葉開的車被剛在東京鬧區持刀殺人的青年給劫持了，經過交談才知道，原來青年在家刺傷了母親之後，慌忙逃跑，卻因為在涉谷錯身而過的年輕人笑得讓他不舒服，決定痛毆

日文書名：死神の精度｜作者：伊坂幸太郎
台灣出版社：獨步文化｜出版日期：二○○六年十一月
日本出版社：文藝春秋
出版日期：二○○五年六月

旅遊資訊

十和田湖：位於青森縣和秋田縣邊界，海拔400公尺，是個火山口湖。湖水碧綠清澈，秋天時漫山紅葉，是著名的賞楓地點。

奧入瀨溪流：全長14公里，沿途有衆多急流、瀑布，景色多變，奇岩怪石與原始森林更增添此處魅力。

對方一頓順便送上一刀。而青年劫持車輛，並非為了逃亡，而是打算到十和田湖去沿著奧入瀨溪流遊覽，只是目的似乎不只是遊山玩水而已。

不管目的是不是為了遊覽，死神千葉都會完成他的調查。雖然當事者不曉得，但當旅程的結局是「死亡」時，看在讀者眼中，之前的任何一個舉動都將會放大解釋，畢竟面臨死亡的威脅時，再日常的事物也變得重大了起來。就好像對一個絕症兒童而言，出院去迪士尼樂園玩，並不只是一趟旅行而已，而是他這輩子所有可能的夢與快樂，都濃縮並強置在那僅僅為期五天四夜的行程中，且成為他人生最後最美好的回憶。

就因為這樣，死神與青年在這趟旅程中遇見的人與事都變得那麼地不平凡，尋常的拉麵攤的一碗拉麵成了絕頂美食，向來熱門的景點則成了「尋求心靈平靜」的地方。

曾經遇過的那些人

他們在路上遇到的人，則成為另外一個重要的橋段。

其中最特別的安排在於，曾經在作者伊坂幸太郎的稍早著作為主角的人物，竟然以串場的噴漆青年姿態在這篇小說中出現，讓人看了驚呼「他鄉遇故知」，而且這次這個角色仍然維持他外星人的個性，與死神千葉顯得相當有話聊。

「人之所以異於動物，在於人類會嚐到痛苦裡一種名叫幻滅的滋味。」這是噴漆青年說的，進而發展出「人之所以會喜歡看壯麗的景色，是因為那寬廣無際的河水絕對不會改變，也不可能背叛我」的這種說法。對比起許多企業家或政治家總在老了之後喜歡住到景色雅致、人跡罕至的地方，這種說法或許還真有這麼一點可能。

只不過是一場偶遇，卻有這麼精采的對話，這就是《死神的精確度》，也就是伊坂幸太郎的小說魅力。

作者簡介

伊坂幸太郎

一九七一年出生於日本千葉縣，畢業於東北大學法學部。熱愛電影，深受柯恩兄弟、尚．積葵．貝力斯、艾米爾．庫斯杜力卡等導演影響。九六年以《礙眼的壞蛋們》獲日本山得利推理大獎佳作，二〇〇〇年以《奧杜邦的祈禱》榮獲第五屆新潮推理俱樂部獎，躋身文壇；同年作品《海海人生》出版上市，各大報章雜誌爭相報導，廣受各界好評。二〇〇三年以《重力小丑》獲選為直木獎候補作。作者知識廣博，取材範圍涵蓋生物、藝術、歷史；文筆風格豪邁詼諧而具透明感，內容環環相扣。是近年來日本文壇上少見的文學新秀，備受矚目。

日本推理巡禮之旅──
探訪島田莊司作品之舞台：橫濱

文／玉田誠

說到巡禮，在日本會聯想到身穿白衣、肩上掛著輪袈裟（註一）、頭戴菅草斗笠、手持金剛杖，以這樣的打扮走訪四國八十八所（註二）的遍路之姿。

然而換做推理小說迷，巡禮地點便不限於寺院佛剎了。來到日本推理小說之神──島田莊司作品中登場的橫濱，尋訪與故事相關的地點，也算是巡禮的一種形式吧。

島田莊司橫濱半日散步之旅

因此，這一次我想向各位讀者推薦一個以關內為起點，探訪島田莊司作品舞台的橫濱半日散步之旅。

提到島田與橫濱有關的作品，首先列舉的應該是《異邦騎士》。故事前半，有一幕是主角與他的妻子從公寓附近的元住吉站，搭乘東急線前往橫濱，從櫻木町站一路走到山下公園的情節。

兩個人在途中順路去了馬車道。不過若要前往馬車道，在關內站或港未來線（MINATOMIRAI線）的馬車道站下車會比較方便。港未來線自二○○四年開始通車營運，現在與東橫線相通，能夠從東京的涉谷站連接到元町中華街。當然，以昭和五十三年（一九七八）的時空為舞台的《異邦騎士》裡頭，不會有這條路線登場。

大衆食堂「波尼」

馬車道十番館

註一：一種小型袈裟，為環帶狀，掛於頸上垂於胸前。

註二：弘法大師空海於四國制定八十八處靈場，巡拜這些靈場的巡禮者，稱為「遍路」。

註三：此一短篇收錄於《最後的晚餐》（最後のディナー）。

牛馬飲水桶

走出關內站後往左前進，不一會兒便會來到馬車道。馬車道上有著石岡和己（占星神探御手洗潔之助手）「連日依序享用炸蝦定食與漢堡定食、或是烤魚定食和燒肉定食」（〈里美上京〉（註三））的大眾食堂「波尼」。

進入「波尼」前方的轉角左邊，再從那裡的第一個轉角左轉，便可以在小巷子裡頭看到「馬車道十番館」。由於位在小巷子裡，初次來到馬車道的人或許很難找到，不過紅磚建築物上有一面藍、白、紅相間的法國國旗，可以以它作為路標。

就如同《異邦騎士》及〈里美上京〉當中所述，「馬車道十番館」前面有一座古色古香的水藍色公共電話亭，現在依然保留著，而它旁邊的「牛馬飲水桶」也維持著當時的風貌。

在〈里美上京〉中，石岡與里美先在「波尼」用了午餐，之後進入「馬車道十番館」享用餐後的咖啡；但是就筆者所知，「波尼」在週末大都公休。

從馬車道繼續往前進，就是神奈川縣立歷史博物館，然後會來到大馬路。從這裡右轉之後，可以一路散步到山下公園；不過若是對自己的腳力沒有自信，從馬車道站搭乘港未來線到元町中華街站下車也可以。

山下公園附近有一座MARIN TOWER，是橫濱的象徵之一。這裡二〇〇六年十二月結束營業，現在無法入內參觀。這也是自《異邦騎士》的時代——昭和五十三年（一九七八）以來，有了重大變化的地點之一吧。

即使和以平成八年（一九九六）為作品背景的〈里美上京〉相比較，橫濱的變化也極為顯著。這篇短篇當中也曾提及，由於元町附近的運河上興建了一條高速公路，使得周圍的景觀為之丕變。

MARIN TOWER

悲傷的溺水人魚

而有山下公園登場的作品中，令人印象深刻的有收錄在去年出版的《溺水人魚》（溺れる人魚）裡的〈海與毒藥〉這篇短篇，故事的主軸是一封寄

> 她於日暮時分走在山下公園，發現了一條面對大海的下坡小石階。她想起了安徒生童話的〈人魚公主〉，而在石階上佇立良久。

冰川丸軍艦

至石岡手中的信。

寄出這封信的是一名女子，她一面回溯《異邦騎士》中的小說舞台，一面回憶自己的過去。作品中，她於日暮時分走在山下公園，發現了一條面對大海的下坡小石階。她想起了安徒生童話的〈人魚公主〉，將自己的過去投射在人魚公主的悲劇裡，而在石階上佇立良久，這段描寫喚起了讀者深切的感動。雖說並非推理小說，但是這篇作品堪稱締造了島田文學的高峰。

在這篇故事中一同登場的冰川丸軍艦，也和MARIN TOWER一樣，已經不再開放參觀，無法身歷其境。從山下公園俯瞰櫻木町，景色格外動人，特別是黃昏時分，繽紛的霓虹燈將摩天輪與LANDMARK TOWER妝點得金碧輝煌。

參觀完冰川丸與「人魚的石階」之後，折返元町的方向，途中可以看見比利時現代美術家路克・德魯（Luc Deleu）所創作的貨櫃裝置藝術。

從這裡走上階梯，經過通往「橫濱偶人之家」的拱門之後，接下來只需要不斷往上爬，便可前往「瞭望港口的小丘公園」（港の見える丘公園）。

在這座「瞭望港口的小丘公園」裡，有橫濱市英國館及大佛次郎紀念館、神奈川近代文學館、薔薇園等等，觀光景點不勝枚舉。可是島田莊司迷最不能夠錯過的，便是公園外另一頭的橫濱外國人墓地以及山手十番館。

不容錯過的山手十番館

山手十番館在《異邦騎士》中也曾經登場，根據〈里美上京〉所述，當時里美在這附近租了一間小套房居住。不過外國人墓地另一側的山手，

山手十番館

在她來到橫濱六年前的平成二年（一九九〇），曾經發生一起不可思議的殺人事件。

某棟豪宅地下室裡的核子避難所中，發現了一具據判在一個月前死亡的屍體；然而據說死者卻在這一個月之間化為亡靈在街上徘徊。本故事為收錄在《上高地的開膛手傑克》（上高地の切り裂きジャック）的中篇〈山手的幽靈〉，描寫御手洗挑戰這樁奇異謎團的經過。

從「瞭望港口的小丘公園」下坡後，由元町往石川町站方向前進，有一間爵士樂酒吧「MINT HOUSE」；但是這兒的營業時間從黃昏五點才開始，所以這次就這麼回到山下公園，前往櫻木町一遊吧！

讀者可以仿效〈里美上京〉裡的石岡，從這裡搭乘水上巴士前往櫻木町；若是時間充裕，也可以在這裡乘坐觀光船，在灣內遊歷一周。如果坐電車的話，從元町中華街站搭乘港未來線到港未來站是最為方便的。

說到櫻木町的象徵，自然是摩天輪與LANDMARK TOWER了。在《最後的晚餐》一書中，石岡與里美和掌握故事關鍵的老人共進晚餐的「天狼星」，就在這座LANDMARK TOWER的七十樓。

此外，從櫻木町望向高速公路的另一頭山側則是西區，《黑暗坡的食人樹》中登場的黑暗坡就在此地。不過實際的黑暗坡位於平凡無奇的住宅區裡面，與它的名字相反，感覺不到絲毫恐怖的氛圍。

以上，筆者介紹了自關內到櫻木町周圍的場所，不過若是將距離再稍微拉遠一些，也可以將在〈鈴蘭事件〉中登場的新橫濱的「拉麵博物館」以及位在元住吉的「LAMP HOUSE」納入參觀路線當中。只是元住吉站和關內及櫻木町不同，是極為普通的住宅區，可供遊覽之處並不多。若是旅程還有餘裕，不妨拜訪《眩暈》的舞台江之島，或是在《我國幽靈軍艦事件》一開始即登場的場景箱根蘆之湖，也是不錯的選擇。

作者簡介

玉田誠

一九六七年出生、推理小說愛好者，特別偏愛日本、台灣推理小說。部落格taipeimonochrome的管理人。

29

★ 主題推薦

Recommend for Travelling

枯草之根

失去一切後，依然堅韌

文｜寵物先生

雋永甘醇的異國之旅，成了苦澀的酒

南洋大財團瑞和企業的老闆席有仁遠赴日本神戶，終於見到了過去興祥隆銀行的董事長，且曾以資金援助自己的恩人李源良。就在兩人久別重逢，緬懷過往歲月之際，身邊卻接連發生了命案。過去興祥隆銀行的會計，現在經營公寓和高利貸的獨居老人徐銘義遭到絞殺，政客吉田庄造的姪子田村良作隨後中毒身亡。

故事從富商席有仁至日本旅行，將自己的見聞寫成《東瀛遊記》起頭，穿插偵探角色「桃源亭」老闆陶展文的調查過程；且還有另一條看似無關，實則深具意義的支線——自美訪日的顧馬克夫婦之見聞。書中經常可見這些旅遊異地，或是客居異鄉的華人，身處日本的想法與感觸；有訪友與懷想過往的觀感，有定居已久卻仍保持中華思想的觀感，也有單純旅遊的觀光客觀感。從這些交錯的異邦人思緒中，讀者或許能依稀勾勒出一幅一九六〇年代的日本圖像，且書中以華人的立場描寫，更讓台灣的讀者倍感親切。

這些華人甘醇豐厚的異國體驗中，發生一連串動機不明的謀殺案，使得這段原本如佳釀般的訪友經歷，瞬間籠罩苦澀的氛圍。

寫實的案件、魅力的偵探

《枯草之根》是第七屆江戶川亂步獎得獎作品，也是在日本一直被視為「中國歷史小說家」陳舜臣先生出道作。書中約略提到當時日本政商勾結，政客百般遮掩的醜態，可說是揉合解謎與寫實風格的傑作。

日文書名：枯草の根｜作者：陳舜臣
台灣出版社：遠流出版｜出版日期：一九九六年十二月十八日
日本出版社：講談社／講談社文庫
出版日期：一九六一年／一九七五年六月

旅遊資訊

書中主要場景為日本神戶，且提及著名觀光景點六甲山。六甲山標高931公尺，以賞楓及夜景著稱，並有登山纜車，有許多外國人選擇在此興建別墅。

然而，雖說是寫實風格，陳舜臣卻在故事中創造了一個頗具傳統本格魅力的偵探陶展文，這也成為這位系列偵探的初次登場。陶展文一如其他角色，是一位定居日本的華僑，年屆五十卻仍身強體壯，身兼拳法老師、料理店老闆和中醫師。底下有一名身為記者的拳法弟子小島和彥，除了跑腿、傳遞訊息，他也會自行深入調查案件，可說是主動型的助手角色。

這種以華人為偵探的書寫方式，在當時的日本是頗具魅力的。因為陶展文的生活、調查的過程中，會不時道出中華思想與文化，如中醫的藥經、中國象棋，以及愛惜字紙的風俗等等。這對於想了解異國風物的讀者來說，可說是極具吸引力的設定。此種在推理小說加入異國文化的魅力，也被後來許多作家，如山村美紗、篠田真由美等人所運用，成為其風格之一。

草枯了，根仍屹立不搖

作品的年代設定在二次大戰後十餘年，當時的社會還殘留著戰後的感傷。在華人交流圈中，不免時而感嘆戰爭帶來的影響，這種情感尤其在異國「他鄉遇故知」時，更容易如洪水般傾洩而出。書中的角色陶展文、席有仁、李源良與徐銘義等人，都經歷過戰爭的洗禮，一種強烈地結合彼此的互助情懷也油然而生。對他們而言，戰爭使他們喪失了某些事物，卻也更緊緊掌握現在的生活。這股情感貫穿了華人圈這個小世界，也讓故事中的陶展文，在推理出案件真相後，還能以悲憫之情面對凶手。

正如同陶展文在結尾所描述，他們是一群共生的枯草：鑽入地底，已完全適應周遭土壤的強韌的根，遽然失去了草葉。世人一般只看到地上的草，卻忽視了地下的根仍會堅忍地存活下去。

這一點，正是作者想藉偵探之口道出的心境。

作者簡介

陳舜臣

一九二三年生於日本神戶，本籍為台灣台北縣新莊，一九九〇年取得日本國籍。一九六一年以《枯草之根》獲第七屆江戶川亂步獎，一九六九年以《青玉獅子香爐》獲第六十屆直木獎，一九七〇年以《再見玉嶺》、《孔雀之道》獲得第廿三屆日本推理作家協會獎。後期以中國歷史小說為主，有《鴉片戰爭》、《諸葛孔明》和《太平天國》等，在日本文壇確立了「中國歷史小說」的領域，與司馬遼太郎並列日本歷史小說雙璧。田中芳樹甚至以「陳舜臣山脈」形容其中國歷史小說作品群。

30

★ 主題推薦

Recommend for Travelling

阿基米德借刀殺人

青春，是殘酷之旅的起點

文｜曲辰

青春，在許多人的想像之中，似乎是帶著陽光的、亮麗的、充滿色彩的人生最精華時代，但是如果仔細想想，在許多時候，我們及至長大後，偶爾會在輾轉難眠時忽然想起的痛苦回憶，不也是發生在青春時期所佔的比例居多嗎？

事實上，或許在青春時期，人接觸到的殘酷最為清晰，那時的孩子稍有眼界，雖認知到世界是個怎樣的存在，但卻從未真正經歷過，因此不懂得什麼叫做社會約束（有時還會對這個約束嗤之以鼻），在與人的相處上，往往一知半解地將這份懵懂以殘酷的面向表現出來。相處者也因為太年輕，不知道怎麼面對這種殘酷的惡意，才會遍體鱗傷。

小峰元的《阿基米德借刀殺人》，就是這麼一部講述殘酷的青春物語的小說。

日文書名：アルキメデスは手を汚さない｜作者：小峰元
台灣出版社：台英社｜出版日期：一九九七年
日本出版社：講談社／講談社文庫
出版日期：一九七三年七月／一九七四年十月

繁複的迷宮佈局

故事開場是一個高中女生死於墮胎，而她臨死前喃喃自語道「阿基米德、阿基米德」，卻怎麼都不肯說誰是孩子的爸爸，這構成了本書第一個謎團：父親身分之謎；接下來女生班上的一個男同學，買了班上便當拍賣會的便當，吃下去之後中毒倒地，這是本書第二個謎團：下毒者的身分與動機之謎；於此同時，與男同學姊姊有不倫關係的上班族，到她家偷情未果，卻從此消失不見，第三個謎團呼應而出：人到哪裡去了？

不到一百多頁，就接連出現了三個謎團，可以說是相當扎實的解謎型推理小說，但是作者小峰元還同時放入了校慶英文話劇表演、班上的便當拍賣會、高中生的結黨作伴習性等等元素，讓小說維持著相當輕快的步調，具體而微地傳達出那個時代的高中生的共相。

其中特別值得注意的，是小說中的兩場旅行。

旅行與青春的終結

第一場旅行是過世的女生與其他三個同窗好友結伴到琵琶湖遊玩，但在中途因為身體不舒服待在飯店而與同學暫時分開，這引起女生爸爸的注意，認為在自己嚴格的控管下，應該只有那短短五小時的時間有可能做出苟且之事；第二場旅行是高二生的集體秋季旅行，從大阪搭船出發前往四國，參訪屋島、高松城等在日本歷史佔有重要意義的景點。

在第一次的旅行中，女生與對方男生同時獻出了自己的第一次，諷刺的是，對女生而言是愛情，對男生而言卻有著深沉而邪惡的動機。第二次的旅行，成就了上班族消失事件涉案男學生的不在場證明。而我們如果進一步挖掘旅行在小說中的意義時，也會發現，第一場旅行讓孩子們告別了他們的童貞，不管在精神或是肉體上；第二場旅行則讓孩子們告別了他們的高中生涯，此後就要陷入就業與升學的雙重選擇漩渦，不再能那麼輕易地快樂過活了。

兩場旅行，實際上都是與青春告別的儀式。

小說中的輕快筆調，也隨著旅行的結束而跟著沉重，偵探的眼光銳利地發現了真凶留下的痕跡與身分，卻沒有發現真相背後的殘酷。《阿基米德借刀殺人》一書的高明處正在這裡，它並不一味地展現青春的輕快與美好，而是讓我們看到那些年輕人背後可能的痛苦與掙扎，當他們接納了殘酷的同時，殘酷也降臨到他們身上。

就好像書中某個角色所說的一句話：「大家都過了童話的年紀，乾脆就放手把自己弄髒，去面對這個混濁的世界吧。」只是故事中的角色們沒有發現，他們早在尚未察覺之前，就已經把自己弄髒了啊。

這些孩子，不僅背叛了別人、也背叛了自己。

旅遊資訊

琵琶湖：位於日本滋賀縣，面積約670平方公里，是日本第一大湖。以「近江八景」馳名中外，它們分別是煙雨、夕陽、涼風、曉霧、新雪、明月、深綠及春色。

作者簡介

小峰元

一九三六年生於日本兵庫縣神戶市，本名廣岡澄夫，大阪外語大學西班牙語系畢業，曾擔任貿易商、教員等工作。後來進入每日新聞社工作，任職報社期間以《阿基米德借刀殺人》獲一九七三年江戶川亂步獎。得獎後，小峰立志撰寫青春推理小說，創作了多本以哲學家為名的作品，如《蘇格拉底最後的辯白》、《在伊索的脖子上掛鈴鐺》、《死於畢達哥拉斯豆田》等。

一九九四年五月二十二日，小峰元因淋巴癌病逝。

31

★ 主題推薦

Recommend *for* Travelling

人性的證明

越過人性邊境，以愛背叛記憶

文｜陳國偉

旅行的意義、身體的絮語

這是一本從一開始，就充滿了旅行的身體意象的推理小說。

一名居住在美國哈林區的貧窮黑人強尼・海華德，一心想要到日本的「kisume」去，但最後他生命的終點，卻是在東京赤坂皇后大飯店向上急升的電梯中。沒有人知道他如何而來，也沒有人知道他為何要來，更不用說那個曖昧不明的地點。

而在東京的另一端，小山田武夫因為在妻子文枝身上，感受到離去的氣息，於是從懷疑文枝不倫私奔，到確定她失去蹤影而與情夫新見一同尋找她的下落，展開一場女體占有權的爭奪戰，但最後等待著他們的，竟然是疑似車禍現場血跡旁毛茸茸的玩具熊身體。

在此同時，評論家八杉恭子的兒子郡恭平，因為失去為何活著的現實感，因此透過肉體的放浪，進行對有名望的父母親祕密的反叛。然而卻在縱情奔馳的黑夜裡，狠狠地碾過一具不知名的軀體，而開啟了他們背離美好人生的旅程。

越過邊境、走入記憶

由於強尼是和日本毫無淵源的旅人，所以負責偵辦的刑警棟居弘一良，必須篩選飯店裡來自世界各地的旅客，必須回溯強尼在日本的行跡，就像是在大海裡尋找定位的錨一般，他必須在這個世界的海洋中，確定強尼的身分，以確定他到日本的動機，才能釐清他死亡的原因，找出凶手。

然而，就像他所遺留下來的「kisume」一樣，這樣模糊的語言，既不是來自他的文化土壤，也無法在日本的現實中，找到任何對應。是因為文化的隔閡，使得語言在身體跨越國境時變質？還是強尼在述說時，摻雜了太多的記憶與情緒，而讓時間軟皺了它的結構，使得它成為難以辨識的歷史遺跡？

就如同小山田與新見對文枝矛盾的情感一樣，因為文枝逾越了道德的界限，將自己的身體獻給另一個男人，所以他開始對文枝感到珍惜；而新見因為在文枝身上，找到生活中極度壓抑的自我的出口，所以動了真情。不論是怎樣的途徑，兩人對於她，都只剩下美好的記憶。

所以就在他們彼此的尋覓與錯過、遠行與奔逃間，人性的善惡互漸，一一照鑑，而留下一聲又一聲的嘆息。

森村誠一的世間／世界之眼

《人性的證明》可謂森村誠一最重要的代表作，因為暢銷七百七十萬冊，而躋身世界推理文學經典之林。由於森村誠一在未出道之前，曾經擔任飯店的服務

旅遊資訊

霧積溫泉，位於上信越高原國立公園中，地屬群馬縣碓冰郡，溫泉的歷史可上溯至明治年間，為硫酸鹽泉，溫度約攝氏三十九度。

員，這樣的工作經驗，使得他擁有獨到的人性觀察，也具有特殊的國際化的視野。因為在飯店中來來往往的，是各式各樣來自不同國家、文化背景的旅人，他們各自擁有自己的愛恨情仇、喜怒悲歡，在此交會出繁複的人際景觀，而這些都成為森村誠一重要的養分與創作素材。

所以反映在《人性的證明》中，不僅場景橫跨美國紐約及日本東京，更深入這個異國城市的底層，觸及階級、種族等深刻的議題，透過作者犀利而透徹的文化觀察，將紐約繁華表象下的黑暗面，以及存在於其中的人的心靈鏡象，交互再現。所以當我們看到疾走在這些街道中的強尼、郡恭平、棟居及八杉恭子等人物時，看到的不僅是人試圖逃離過去陰影的無助，更看到了因為歷史、文化的嘲弄，而永遠只能捨棄愛，而選擇背叛的悲劇宿命，而讓人不勝欷噓。

作者簡介

森村誠一

一九三三年生於日本埼玉縣，畢業於青山學院大學英美文學系，之後在飯店界工作了十年，包含一九六九年獲得第十五屆江戶川亂步獎的《高層的死角》等初期作品，即是這段工作經驗的活用之作。一九七三年以《腐蝕的構造》獲得第二十六屆日本推理作家協會獎，確立了他在推理小說文壇的地位。之後作品風格從解謎轉為帶有社會派傾向的犯罪、懸疑小說。一九七六年發表的《人性的證明》獲得了巨大的迴響，成為森村最重要的代表作。二〇〇三年獲得第七屆日本推理文學大獎。

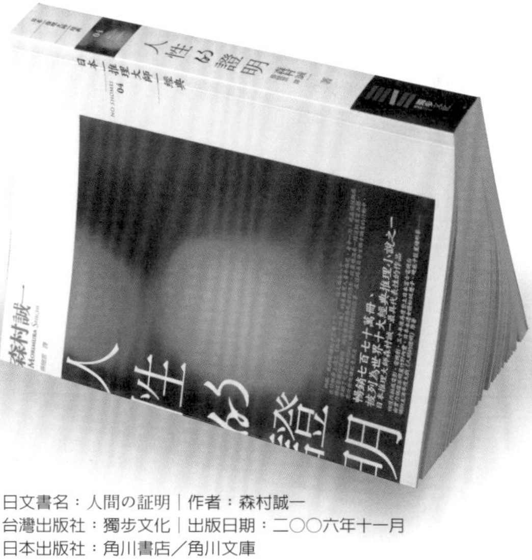

日文書名：人間の証明｜作者：森村誠一
台灣出版社：獨步文化｜出版日期：二〇〇六年十一月
日本出版社：角川書店／角川文庫
出版日期：一九七六年／一九七七年三月

32

★ 主題推薦

Recommend for Travelling

出軌的女人

這是愛，也是背叛

文｜紗卡

在北海道的根室本線鐵路上，列車正緩緩地行駛著；列車帶著男人遠離她，但同時也帶著男人接近她。當列車從根室出發往西行駛，朝向道東的最重要港口釧路駛去時，男人帶著錢，懷抱著希望；當列車從釧路出發，朝向北海道最東邊的車站根室駛去時，男人帶著滿足，懷抱著慾望。兩個女人，兩種心情；三個男人，三種關係；兩個車站，訴說著愛與背叛。

獨一無二的「浪漫耽美派」

《出軌的女人》是直木獎作家連城三紀彥著於一九八四年的作品。連城三紀彥文風獨樹一幟，筆下充滿豐富的感情，為他贏得獨一無二的「浪漫耽美派」稱號。作品主題多以愛欲為主，筆法細膩，深具文學氛圍，個人色彩相當強烈。直到今日，日本推理文壇尚未出現具相同文風者。

連城三紀彥自一九七八年起，在推理雜誌《幻影城》陸續發表「花葬」系列短篇推理小說。該系列特色為每篇小說都有一種花草作為主題，不但點綴故事，同時還用來隱喻角色遭遇與處境，甚至還與謎團有所關聯，安排相當巧妙。這系列的短篇小說，先後為連城三紀彥拿下推理作家協會獎與吉川英治文學新人獎，是作者非常重要的作品。

出軌的女人與不倫的男人

本書主軸正是作者擅長處理的細膩感情，劇中描寫了兩個背景、環境及個性盡皆不同的已婚婦人，卻受到同一個男人所吸引，分別與其發展出不倫的戀情。相類似的出軌情節，卻在幽微中有著曲折的本質性差異，足見作者手法的特出之處。事實上，作者在書裡暗示了女人出軌

日文書名：離婚しない女｜作者：連城三紀彥
台灣出版社：希代出版｜出版日期：一九八八年
日本出版社：文藝春秋／文春文庫
出版日期：一九八六年／一九八九年九月

的理由可說是千奇百怪：一時激情也好，處心積慮想要得到特別的男人也好，甚至有時候只是女人和女人之間的競爭意識作祟而已。然而就另一方面來說，生活平淡無味，深怕自己就如同一潭死水平靜地老去，因此渴望胸口的熱情可以再度燃燒，或許才是女人所以出軌的最重要因素吧。

相對於女人的曲折幽微，男人追求不倫戀情的原因相對單純許多，不外乎就是慾望與金錢，同時還伴隨著「男人可以掌控一切」的沙文主義。然而，事情真如劇中左右逢源的男人所預料的那麼順利嗎？書中男人讓甲女為了他成為殺人凶手，讓乙女幾乎拋家棄子只為了一夜纏綿；甚至還在甲女身上恣意馳騁，攫取金錢，又對乙女一擲千金，滿足虛榮，最後導致兩個女人為自己爭風吃醋。這是一部描寫情慾的推理小說，自以為掌控了兩個女人情慾的男人，終究在無窮慾海中沒頂：原來女人的情慾不遜於男人，女人的心計更加可怕。

寒夜裡的列車

值得一提的是整個故事的場景。作者將舞台安排在寒冷的北海道，兩個女人分別居住於北海道東部兩大鎮，根室及釧路；男人則搭著火車，於兩個女人間周旋往來。熾熱的情慾，映襯著周遭寒冷的雪景，形成強烈的對比。當男人正逐漸遠離剛剛才溫存過的甲女，同時又慢慢接近另一個即將展開追求的乙女，就在這種心情轉換之際，身處於冰天雪地，獨坐於列車當中的身影，心頭是否曾有刹那的空明呢？

這是一個愛與背叛的故事。一個男人面對兩個出軌的女人，愛她們的同時，也背叛了她們。而這兩個女人對於她們各自的男人卻更加不堪，除了背叛，再無其他。這是一個適合在寒夜的列車上，細細品味的故事。

旅遊資訊

根室，北海道最東的城市，東端的納沙布岬，位於東經145度49分，此地可觀賞北海道最早的日出，冬季還可欣賞旭日將流冰染紅的奇景。

information

《幻影城》推理雜誌

一九七五年二月創刊，由旅日台灣人傅博（筆名島崎博）擔任主編。當時的日本推理界正值社會派顛峰時期，有些甚至逐漸衰敗淪為風俗小說。以研究戰前作品為主的《幻影城》於此時創刊，對於本格派的復興有相當大的貢獻。其三大宗旨為：重估松本清張以前的推理作家，批評墮落的社會派作品；另外則是提倡新浪漫主義的創作路線，因此帶來了名偵探的復活；最後則為確立推理文學評論。

《幻影城》發掘了不少推理名家，包括栗本薰、連城三紀彥、田中芳樹、泡坂妻夫以及竹本健治等人，其中不乏今日仍活躍於文壇的中堅作家。

作者簡介

連城三紀彥

作者簡介詳見P.47

33

★ 主題推薦

Recommend for Travelling

北方夕鶴2/3殺人

為愛走天涯的鐵漢柔情

文｜心戒

歲末團圓前的最後一瞥

如果可以的話，閉上眼睛想像一下：在洋溢著溫馨團圓氣氛的年關前夕，你的前妻或是前任女友突然打電話來，卻支支吾吾地說著只想聽到你的聲音、要你多保重身體等不著邊際的話語。問她現在人在哪裡？得到的卻是要你別擔心、別來送行之類的奇怪回應。當你急忙趕車前往車站，卻只能在擁擠的月台尾端凝望著車廂內那帶著憂鬱眼神的身影，隔著窗戶對你微微揮著手。不料，隔天早上攤開報紙一看，那一班列車上遭人刺死的女子，身上的衣著正是昨天傍晚殘留在你眼底最不捨的倩影！

這時候，你會怎麼做呢？

迷離的鬼怪傳說與不可思議的犯罪

無論是敏感狂傲，甚至囉唆到帶點歇斯底里味道的「御手洗潔系列」，還是長相俊俏、個性熱血並充滿毅力與正義感的「吉敷竹史系列」，島田莊司的作品總是以離奇神祕的事件作為開場，搭配著謎魅詭譎的各式古老傳說，講述著一件件難以想像的咄咄怪事，創造出一股奇幻迷離的氣氛。不若御手洗潔系列中佈滿匪夷所思到了極致的謎團，島田莊司在吉敷竹史系列裡，總是在平凡生活中以不可思議的怪奇事件作為發端，搭配交通工具，強烈吸引讀者的目光。

在《寢台特急1／60秒障礙》中，躺在紅褐血水內已死的無臉女，竟不斷有人目睹她搭著火車到處出沒？而《出雲傳說7／8殺人》裡，被害人的各部位宛如趕著完成某種神祕儀式般，分別在七條不同的列車路線上被發現，但警方卻怎麼也找不到屍體的第八部分，好符合八歧大蛇神話。炫奇的傳說、不可能的犯罪，加上不斷移動的旅程與奇想

日文書名：北の夕鶴2/3の殺人｜作者：島田莊司
台灣出版社：皇冠出版｜出版日期：二○○四年四月五日
日本出版社：光文社／光文社文庫
出版日期：一九八五年一月／一九八八年七月

釧路濕原：日本第一個登錄「拉姆薩爾條約」（保育水禽生息地的國際條約）的濕地，建有散步專道「探勝路」方便遊客登上濕原瞭望臺。夏天到訪釧路時，千萬不可錯過夏季限定的觀光列車「鬧老靠號」。

旅遊資訊

大膽的詭計，正是吉敷竹史系列最迷人之處。島田莊司透過帥氣高挑的刑警吉敷竹史之眼，亦步亦趨地帶領讀者深入並解開一連串怪異奇特的案件。而這系列的高峰，則是最不容錯過的系列第三作《北方夕鶴2／3殺人》。

上山下海，天涯海角 尋尋覓覓

吉敷竹史在《北方夕鶴2／3殺人》中，新年元旦開始，便循著前妻通子的蹤跡，一路從上野搭乘火車奔往本州最北端的青森，再搭渡輪前往北海道，風塵僕僕地從函館、札幌到釧路，更不畏風雪地在一天內逛遍北海道兩大湖區。奔波超過一千公里，為的是證明前妻通子與發生在北海道駭人聽聞的出走盔甲武士殺人事件無關。

島田莊司在書中不但安排了凶手、凶器和動機「三消失」的夏霧離奇殺人事件，更在以北海道廣為流傳的「源義經夜鳴石傳說」，讓為愛雙殘的死者氣息，在冬夜的夜鳴石旁哀鳴嗚嚎。配上窗外宛若幽靈的徘徊武士，不留足跡地行經珠白雪地，驚悚懸疑的氣氛當下飆升到最高點！當一切證據都指向通子涉嫌重大時，吉敷竹史該怎麼在數起駭人聽聞的怪奇事件內釐清真相，用愛和行動換取通子的清白與未來的幸福呢？其間，通子不斷奔逃回眸的身影，以及吉敷竹史即便跌倒、挨揍，不論骨折、失溫還是發燒昏迷，依舊癡心一片地咬牙苦撐，拼命趕在時限內破解案件，為愛走天涯的鐵漢柔情，絕對能在讀者心目中建立令人深刻的印象。

然而，島田莊司於二〇〇七年三月來台舉辦新書發表暨簽名會時，卻悄悄透露為何通子與吉敷的感情路會如此坎坷。島田莊司坦承，當年會創造出吉敷竹史這樣專情的刑警角色，完全是依照光文社某位女性編輯的要求，為她量身訂造的形象：「高鼻大眼，長相俊俏卻專情，重要的是，穿上風衣的背影要很帥」。當島田莊司創造出通子這個前妻角色時，這位編輯有好一陣子心懷怨懟，甚至不允許通子搬到離吉敷太近的地方呢！幸好這位編輯將屆齡退休，喜愛吉敷的讀者，不妨期待兩人復合有望，來一場搭配不可能犯罪的二度蜜月之旅。

比較可惜的是，目前夕鶴號似乎已經停駛。即便如此，不妨在過年出遊時應景地帶上《北方夕鶴2／3殺人》，相信就算你身陷車陣之中動彈不得，還是能從島田莊司那令人不寒而慄的鄉野傳說，以及神祕難解的謎團詭計，追隨著吉敷竹史的癡情，充滿愛意與熱情地不停翻看下去。

作者簡介

島田莊司

作者簡介詳見P.17

34

★ 主題推薦

Recommend for Travelling

消失在仙台的女人

旅行也可以是一種遠走高飛

文｜曲辰

報紙上有時為了填充版面，會選擇拍得不錯的照片大幅刊登，儘管往往不是在太好的位置，但是翻開卻能很快地注意到，這種照片往往以美觀、趣味為主要考量，因此舉凡風景照、人物照，或有著滑稽題材的好笑照片，都在這種填塞版面的清單中。

如果有一天，你看到了一個你一直以來都在尋找的女子，無意間被攝影記者給拍入畫面中，不僅人物清晰得足以讓你辨認出是她，照片中還提供了足夠線索讓你知道她現在身在何處。假使遇到了這種狀況，你會選擇馬上動身前往那個地方嗎？

如果會的話，想必這女人對你而言相當重要吧？

日文書名：仙台で消えた女｜作者：多岐川恭
台灣出版社：林白出版社｜出版日期：一九九六年
日本出版社：講談社／講談社文庫
出版日期：一九八八年七月／一九九一年三月

而《消失在仙台的女人》便是在講這麼一個追跡千里的故事，而且還不止一人，同時有三組人馬在追尋她的蹤跡。

三組人馬的心理戰

雖然出場時間與次數都稱不上多，但瀨戶溶子還是本書的女主角，整個故事就從有她入鏡的風景照片「仙台秋色」被刊登在東京出刊的晚報上開始，引起三組人馬從東京大老遠地跑到仙台尋找她。

雖說是三組人馬，但實際上只是三個人，兩男一女，不過倒是各自有各自任務上的幫手。其中有迷信奇特宗教的老婦人稻子，自稱因為強迫溶子與兒子離婚，招來厄運，因此強烈希望他們復合，但在故事開頭，讀者就知道，這老婦人的願望其實是相反的；有退休警官鹽尻，說自己因為過於執著之前的一樁傷害事件，讓溶子無可選擇地逃亡，如

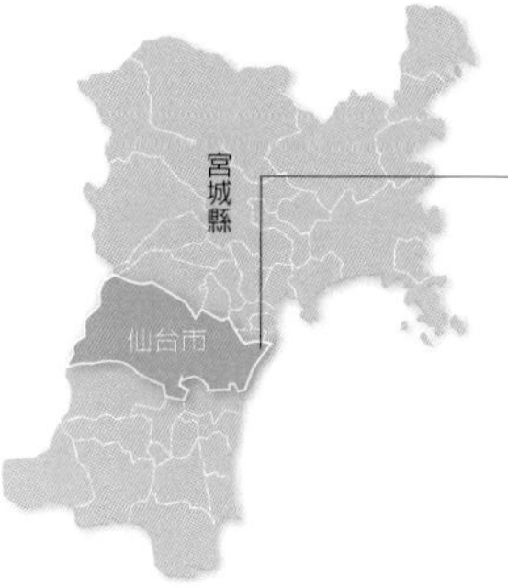

旅遊資訊

仙台：為日本東北最大城市，由於是戰國武將伊達政宗（一五六七～一六三六）的領地，留下許多古色古香的寺廟神社，加上有東北四大祭之一的「七夕祭」，更增添迷人風采。

今退休了，前來尋找她想要贖罪；有不動產會社的小開金崎，聲稱溶子是他爸爸的續弦，由於父親重病，於是來尋找離家出走的溶子。

三個人的說法各自不同，而且還互相抵觸，熟悉推理小說敘事情節的讀者，馬上能夠察覺到，這三個人口中的理由恐怕或多或少都是謊言吧，整本小說就看這三人如何諜對諜、黑吃黑，展開激烈的心理戰。

旅行，成為一種逃避與追尋

有趣的是，雖然小說內涵相當地緊張，但由於他們三人都是從東京前來仙台，因此只能偽裝成觀光客；而溶子本身，也處於一種邊逃避邊遊覽仙台的狀態，這就構成了小說中獨特的魅力，作者多岐川恭用了大量的篇幅介紹仙台的遊覽名勝，仙台市區、鳴子溫泉、鳴子峽歷歷在目，讓讀者緊繃的心情獲得緩解，特別是作者將仙台地區的景致描繪得猶如風情畫一般，讓人倍感愜意。

在書中，三個追尋的人與一個逃避的人，形成一種奇特的旅遊關係，他們四個都不是為了旅行而來到此地，但是卻成就了他們的旅行。這中間的追逐讓逃避與追尋形成一種明喻，旅行這種動態的行為提供了他們一個暫時的互動空間，明明並無交會，但讀者卻在閱讀的過程產生了他們在同一個空間的想像。

當然，如果最終結局只是讓隨便什麼人找到了溶子，那未免也太看不起推理小說讀者，因此作者設計了多重的迷障與謎團，直到結局才一鼓作氣地解開，也帶給讀者無比的驚喜與意外感。

但在最後我要稍微抱怨一下，林白「推理之最精選」的譯本，很明顯是節譯，這讓原作的複雜敘事手法以及景色風情等等瞬間被削弱力道，不免使人覺得相當遺憾，這是特別要提出來提醒讀者的。

作者簡介

多岐川恭

原名松尾舜吉，一九二〇年生於福岡縣八幡市（現為北九州市），東京帝國大學經濟系畢業，曾任職於銀行及每日新聞社。一九五三年起，以筆名「白家太郎」在《寶石》雜誌發表推理短篇，一九五八年以《濡濕的心》獲江戶川亂步獎，並以《墮落》獲直木獎。

多岐川恭在歷史及推理小說兩方面均有建樹，寫作形式多樣，遍及時代小說、本格推理、科幻推理、倒敘推理、幽默推理、懸疑小說和捕物帳等不同領域，代表作有《冰柱》、《異鄉之帆》等。不幸於一九九四年十二月三十一日與世長辭。

35

★ 主題推薦

Recommend for Travelling

擁抱不眠的夜

逆走時間的孤獨迴遊

文｜陳國偉

我們兩個結了婚、我們兩個生了孩子，但我們卻對彼此有那麼多的不了解。你的笑臉、你的溫暖，這些背後有什麼我不知道的事嗎？不顧一切地緊緊抱住丈夫。如果丈夫也一樣地緊緊抱著自己的話，就試著相信他吧！

婚姻：邁向未知的冒險旅程

人們常說，人生就是一場充滿冒險的旅程，是不斷走向未知的。也因此，當我們決定與心愛的人長相廝守，進入婚姻的殿堂時，我們相信的是不管未來的旅程有多艱難，都可以和另一半共同攜手面對與克服。可是，我們所了解的對方，那些我們未及參與的過去，究竟是完整的真實？還是只是被篩選過，以提供我們去建構美好的想像？在野澤尚的《擁抱不眠的夜》中，同時身為妻子與母親的中河悠了，便走上了這樣一段，獨自面向未知的「過去」，逆走生命時間的旅程。

日文書名：眠れぬ夜を抱いて｜作者：野澤尚
台灣出版社：麥田出版｜出版日期：二〇〇三年一月
日本出版社：幻冬舍／幻冬舍文庫
出版日期：二〇〇一年七月／二〇〇二年四月

瘟疫般的連續人間蒸發

《擁抱不眠的夜》以三個剛搬入清澄休閒住宅區的家庭，作為故事的核心。由於泡沫經濟之後，都市高度發展，加上國家政策的介入，使得土地過度開發、房價也隨之高漲，但居住品質卻江河日下，因此接近大自然的郊區，成為人們渴望的應許之地。於是，作為規劃清澄休閒住宅區的不動產業者的中河歐太，與任職外商保險公司的進藤要士、擔任J聯盟足球隊口譯的山路康平，這三個原本素不相識的男子與他們的家庭，因為同樣的夢想，而在這個空間中被連結在一起。然而，卻在他們搬入的一個月後，進藤家與山路家，竟相繼地在這裡人間蒸發。

隨著警方的介入調查，媒體的大肆渲染，中河歐太的事業陷入空前的危機，悠子為了幫助丈夫，因此不斷往返清澄與東京，展開調查。隨著她逐漸探入真相的核心，除了發現三個家庭之間的羈絆愈來愈深，宿命般地再也無法分割，更重要的是，她一步步地踏入了從未過問的丈夫的事業，甚至是過去的人生。

沒有清理過去，如何擁有未來的幸福

關於生命中過去與現在的相生相成，其中的辯證關係，一直是野澤尚喜歡探究的問題。尤其他在日劇作品裡，不論是推理形態的《沉睡的森林》、《冰的世界》，或是愛情形態的《戀人啊》、《水曜日的情事》，過去與現在，在野澤尚的認知裡，總像是無法分切的羈絆，甚至有時更像業障般糾纏不已，因此他多次並藉由角色表達出這樣的意識：如果不將過去清算、整理清楚，我們怎能擁有美好的未來？

所以我們在《擁抱不眠的夜》裡看到的，正是這三對夫妻，對於彼此過去的陌生與害怕探問。他們只能希望對方的過去只是時間的餘燼，永遠都不會復燃而威脅到現在的生活。就像悠子因為不想讓歐太知道她的過去，也就不曾試探、懷疑過歐太，但當大難來襲時，到底夫妻之間的愛還留存多少？彼此又願意付出多少犧牲？而隱藏過去不為人知的祕密是背叛？還是撒手任由家庭崩壞是背叛？在日積月累的婚姻生活下，愛應該隨著生活的細節而日久月深，但卻又是為何一點一點地磨損了？

到底這場愛與背叛的追問之旅，是誰辜負了誰的信任？而人間蒸發的真相，又是為何，唯有當閱畢全書之後，方能真正揭曉。然而就像野澤尚在小說的第一章前，就已安排發生在一九九〇年七月四號美國開國紀念日的邁阿密銀行搶案，當大規模的慶典即將展開，死亡卻在突如其來的颶風中，倏然登場。這就像是一則時間與生命的隱喻，過去雖然過去，但已然發生，當它如狂風暴雨赫然來襲，你無法改變、唯有面對，因為就像野澤尚所說的，若不能好好處理自己的過去，你又如何能夠給你所愛的人，幸福未來的保證呢？這一場生命回溯之旅，必然真切，無可逃避。

旅遊資訊

清澄：位於東京江東區，著名的「清澄庭園」即位於此地。清澄庭園是三菱創辦人岩崎彌太郎於明治時代引隅田川之水，並收集全國各地岩石精心整建而成，為日式庭園愛好者必遊之處。

information

擅長書寫婚姻題材的高手

在處理婚姻此題材上，少有推理作家能像野澤尚這般細膩。不論是台灣日劇迷樂道的《親愛なる者へ》（台譯：最佳拍檔）、《戀人啊》，探討戀人在進入婚姻關係後，能否以愛情的形式繼續相守。若婚姻中已無愛情，那麼精神戀愛的形式外遇的合理性與可能性。而在《情生情盡》（又譯：為愛而活）、《水曜日的情事》中，他道盡婚姻的脆弱，孩子成為夫婦間唯一的羈絆；而對於沒有孩子的夫婦而言，若沒有任何當初愛情的餘燼，那麼極有可能終將走向破滅一途。

作者簡介

野澤尚

作者簡介詳見P.54

品嘗日本推理的時光流轉——
推理文學資料館紀行

（推理ミステリー文学資料館）

文／既晴

全球首座推理文學圖書館

從品川車站對面王子飯店（プリンスホテル）出發，搭乘ＪＲ沿著山手線往池袋站去，大約只需要二十幾分鐘。接著，再轉搭地下鐵的有樂町線，再花兩分多鐘，我在相隔一站的要町站下了車。此行的目的地，是位於池袋站西口與要町站五號出口間的「推理文學資料館」。

從剪票口走到五號出口，得先經過一段低矮狹長、稍感陰暗的地下步廊，接著再爬上有些漫長的階梯，彷彿推理電影中通往命案現場的通道。然而，一出要町站，五月初的晴朗陽光隨即將我拉回現實，告訴我這段走道之所以沒有半個人，也許只是因為剛好是黃金週，大家都放長假、出遊去了。

從五號出口踏上人行道，就不需要再過馬路了。只要往前走，腳程快的話，不到兩分鐘就可以抵達資料館。途中，會經過一座灑滿林蔭、名為祥雲寺的廟宇，寺廟旁就是光文社大樓。資料館即是設置在大樓一樓。

在世界上，一九九四年設立的這座推理文學資料館，可說是全球第一家推理文學專門圖書館。除此之外，據說也只有一九九五年在法國巴黎開設的推理文學圖書館「Bibliothèque des littératures

夏樹靜子展海報

要町站位於東京地下鐵的有樂町線上

光文社大樓招牌

傅博主編的《幻影城》，自一九七五年二月，至一九七九年七月

policières，簡稱B－L－P－O，取自館名每個字的頭兩個字母）而已。

黃金週期間，開館日只有這一天，因為已經先跟館長權田萬治先生約好了，推開一樓的玻璃門，請教館員以後，權田先生隨即出現，親切地邀我入內。

熟知日本推理小說發展歷史的朋友，必然對權田先生的事蹟有所耳聞。一九三六年生於東京的權田先生，畢業於東京外語大學法文系，而後長期服務於日本新聞協會。期間，開始從事推理小說評論研究，一九六〇年以評論雷蒙．錢德勒（Raymond Chandler）《感傷的效用》獲得第一屆寶石評論獎佳作。

除了對冷硬派、社會派的研究外，一九七五年時，權田先生也曾在推理專門誌《幻影城》發表日本戰前推理作家論述，所集結而成的《日本偵探作家論》在隔年獲得第二十九屆日本推理作家協會獎的評論研究類獎。近來最受矚目的作品，則是與另一位評論家新保博久共同監修的《日本推理事典》，在二〇〇一年獲得第一屆本格推理大獎的評論研究類獎。現今推理小說新人獎的評審委員，絕大部分都是由作家擔任，像權田先生橫跨衆多新人獎評審的純評論家僅此一位，不難想見他在日本推理界之權威地位。

權田先生是從二〇〇四年四月接任館長的，為第三任。在此之前的歷任者，第一任館長是已故的評論家中島河太郎，第二任則為光文社「河童叢書」（カッパブックス）總編輯窪田清。

時間回到一九九四年四月，由光文社所屬的「財團法人光文雪瑞珊璐文化財團」（註）設立了推理文學資料館，讓關心日本推理文學源流、發展的作家、評論家及一般讀者，都能閱覽到珍貴的推理相關史料、文獻，日前適逢開館八週年。在正式成立前，實際上更耗時兩年籌備。

琳瑯滿目的珍貴收藏

館內一樓的收藏，首先最引起我注目的，就是戰前的推理出版品，其中包含為數豐富的各種推理專門誌。例如孕育江戶川亂步、甲賀三郎等知名作家的《新青年》雜誌，館內就收集了約四百冊；再加上其他像《探偵文藝》、《ぷろふいる》、《獵奇》、《探偵春秋》等種類琳瑯滿目的罕見雜誌，「以市價來計算，總共至少得花費一千三百萬日幣。」權田先生說。

其中最貴的，是小栗虫太郎的《黑死館殺人事件》初版書，一本日幣四十萬！至於《新青年》之類的雜誌，要價也在日幣數萬圓之譜。

根據權田先生進一步的說明，這些珍本書確實得來不易。戰前的推理小說，一般的公共圖書館

註：雪瑞珊璐即Scheherazade，是《天方夜譚》中不斷說故事給國王聽的皇后。

戰前的推理小說，一般的公共圖書館少有收藏，只在舊書店裡少量流通，價格更常被炒作到令人望而興嘆。

少有收藏，只在舊書店裡少量流通，價格更常被炒作到令人望而興嘆。此外，即便好不容易找到，書況也不見得非常理想——良好的書況，當然代表不菲的價格。然而，在資料館陳列的，都是狀況「耐得起翻閱」的書……。我聽著權田先生的介紹，對這些書籍，甚至連注視的目光都不由得放輕了。

在另一排書架上陳列的，則是戰後的推理雜誌。例如刊登本格派巨匠橫溝正史名作《本陣殺人事件》的《寶石》雜誌、由傳博所主編的《幻影城》等，雖然價格不像戰前書籍那麼昂貴，但要見到如此齊全之收集，也是十分難得，令我駐足再三。

「接下來這一排，是各種推理評論、研究、參考書籍。」權田先生的話，使得有參考書收集癖的我，眼睛不禁為之一亮。由於推理參考書普遍價格較高，且內容若非資料性質的整理，否則就是枯燥艱澀的論述，讀者群大多僅限於業界人士及狂熱的推理迷，並不像小說的印行量那麼大，所以很容易絕版。而在我眼前的，居然是一整櫃的推理參考書！如果不是還有許多問題想繼續請教，我真想埋頭在此度過一整個黃金週！

此外，除了佔地二十餘坪的書櫃之外，緊鄰在接待廳旁，還有一個較矮的書櫃，放的全都是西洋推理參考書，數量之豐也讓我讚嘆。這時候，權田先生與我便開啟了另一個話題。

「事實上，資料館的藏書，是所謂的『雙重收藏』（ダブル・コレクション）。除了定期收購的書籍之外，資料館也接受作家、評論家的贈書。」權田先生說，「例如鮎川哲也、宇野利泰、島田一男、瀨戶川猛資、津村秀介、南洋一郎、山村正夫先生等作家、評論家，就捐贈了數萬本藏書。目前都放在地下書庫。」

在來館拜訪之前，我已經聽獨步出版社總經理陳蕙慧小姐提起過，那間傳說中的地下書庫。珍藏許多重要資料的地下書庫，平常是不對外開放的。

「聽說中島河太郎先生也捐贈了自己的藏書？」

「中島先生的藏書大約有兩萬五千冊，不過這是屬於託管性質，以十年為期限，今後將逐步歸還其遺族。」

「那麼這些西洋推理參考書是？」

「其實是我捐贈的。」

原來，權田先生長期到處收集西洋推理研究書籍，擔任館長後，也不吝於捐出自己的珍藏。在這個書架上，我還發現了幾本我透過網路書店才好不容易購得的書，在異鄉看到這些書真是倍感親切，也使我腦海中湧現當時收集這些書的點滴回憶。

權田先生從書架上取下一本《*Crime & Mystery*

本陣殺人事件，連載始於《寶石》雜誌
一九四六年四月號

Writing》，說：「這本辭典，是牛津大學出版社（Oxford University Press，簡稱ＯＵＰ）所出版的。大學出版社出版這樣的書籍，表示推理文學的學術研究在歐美已經相當普遍。但是，日本才算是剛起步而已。

「最近，在這附近的立教大學，購買了江戶川亂步舊宅及其藏書，並且開設江戶川亂步大眾文化研究中心，還預計將亂步舊宅前的道路，取名為『亂步之道』。這座資料館的館藏，未來可望與學術單位合作，進行推理文學研究。」

就這樣談著談著，我們便往位於地下一樓的書庫前去。

請館員開了門，點亮燈，出現在我眼前右側的是一整排的電動式移動書櫃，以及排滿其他三面牆壁的一般文件櫃。其實書庫的空間相當寬敞，但四處堆置的紙箱卻令人不易通行。

「中島先生的藏書全都打包了，」權田先生解釋，「我的書則是搬來這裡以後，還沒有時間整理。」我注意到有許多紙箱上頭，以奇異筆寫著權田先生姓名英文發音的頭字母Ｇ，以及箱內放有哪些書籍的簡要清單。權田先生說，目前總共搬來了四十箱，正在製作書籍清單。

「文件櫃裡還有許多作家原稿、題詞或簽名等等。」館員從文件櫃裡翻出幾大包牛皮紙袋，讓我看看裡頭的稿紙。確實，在電腦寫作普及以

作者與權田萬治先生合影

權田萬治先生捐贈的書

> 更遠的將來，是希望把書籍數位化，內頁掃描成圖檔上傳網路，像『國會圖書館』一樣。館內的購書方針，也傾向『雙重收藏』，也就是同樣的書籍收購兩本。

前，大部分的作家都是以手寫為主。由於書庫裡的藏書尚未整理完畢，一一介紹也得花費許多時間，於是我們重返一樓。

特展／夏樹靜子的華麗世界

館內除了擁有豐富的藏書之外，我發現在入口的左側，還有一個小展示廳。展示中的是夏樹靜子女士的生平介紹。除了童年、少女時代，獲得日本推理作家協會獎、與艾勒里．昆恩——其中之一的佛列德瑞克．丹奈（Frederic Dannay）合影的珍貴照片，還有其著作的各國譯本陳列——如英文、法文、義文，當然也包括中文。

該特展名為「夏樹靜子的華麗世界／從日常謎團到現代黑暗」，從三月十四日開始。夏樹女士創作不輟長達四十餘年，是現今日本推理文壇上，國際知名度最高的女性作家，日前才獲得第十屆日本推理文學大獎。關於這個獎項，《謎詭》第一期已有推理作家藍霄先生做過介紹，在此不加贅言，總之，這是一個推理作家、評論家的終身成就獎，在每年三月舉辦頒獎典禮。

「這張照片是夏樹跟另一位推理作家森村誠一共同獲得日本推理作家協會獎的合照，」權田先生笑說，「俊男美女，拍得太好了。私底下大家都戲稱這是新婚照呢。」

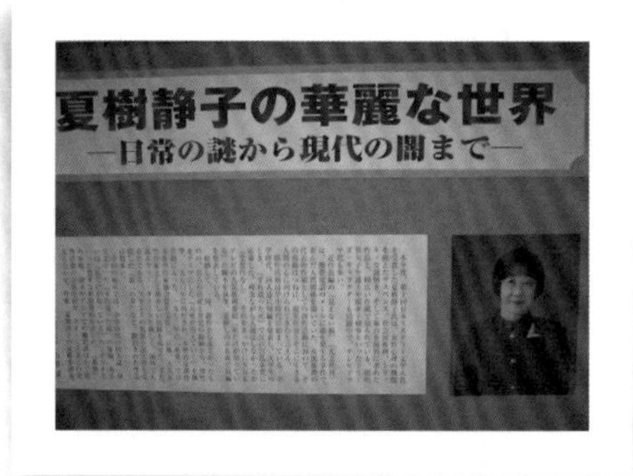

夏樹靜子展的說明

談話至此，不知不覺已經度過了兩個小時，我也終於走完了整個資料館。

「擔任館長之後，會希望這裡未來能成為怎麼樣的資料館呢？」我問。

「首先，當然是希望館藏更充實囉，」權田先生回答，「從日本推理作家協會那兒，也獲得許多捐贈，但其中的套書、雜誌如有缺書，就必須設法補足。另外，資料館的網頁，最近也做得差不多了，日後還會將館藏的書籍清單製作上網，可以從網頁搜尋點選。

「更遠的將來，是希望把書籍數位化，內頁掃描成圖檔上傳網路，像『國會圖書館』一樣。說到這個，就連國立國會圖書館網頁的『近代數位化圖書館』（近代デジタルライブラリー），也幾

夏樹靜子展現場

乎找不到戰前的推理書籍。」

「這是一項浩大的工程啊！」

「嗯，不過，紙本書的狀況，會隨著時間、以及讀者的不斷翻閱而變差，破損、污損是免不了的，再來也有失竊的風險。除了數位化以外，館內的購書方針，也傾向『雙重收藏』，也就是同樣的書籍收購兩本。例如現在館內的《新青年》創刊號就有兩冊，可以定期替換陳列。」

事實上，資料館背後有一個營運委員會。委員除了擔任館長的權田先生外，還有評論家山前讓、新保博久先生，以及光文社的職員。每二、三個月定期召開一次會議，決定購書、策展、活動等各項事務。林林總總，權田先生平日可真是非常忙碌啊。

資料館的參訪結束後，權田先生招待我享用了一頓美味的午餐。若非下午還有其他行程，我真是非常想繼續待在資料館，欣賞、瀏覽這些代表日本推理歷史源流的珍藏。

與權田先生道別之前，我還看到入口的公佈欄上，張貼著今年六月即將開辦的「推理創作教室」活動的報名辦法。我知道，在權田先生的細心策劃之下，在我下次來訪之時，這座資料館必然將會展現另一番嶄新的風貌。

Infor-
mation

■資料館資訊

住址：〒171-0014　東京都豐島區池袋3-1-2
光文社大樓1樓

電話：03-3986-3024

交通：地下鐵有樂町線要町站五號出口，徒步三分鐘；ＪＲ池袋站西口，徒步十分鐘

閉館日：週日、週一、國定假日、
十二月二十七日至一月五日、五月一日

開館時間：10:00至17:00（入館時間至16:30）

入館費用：一般會員日幣300圓
（首次入館須加入會員）

資料閱覽：閱覽室人數限制十人，資料僅限館內閱讀

■參考網址

日本推理文學資料館｜http://www.mys-bun.or.jp

權田萬治Homepage Mystery & Media｜http://www10.plala.or.jp/apoe

江戶川亂步舊宅｜http://www.rikkyo.ne.jp/grp/kohoka/ranpo

法國BILIPO圖書館｜http://www.paris-france.org/en/Studying/Libraries/eng_bib_bil.ASP

日本國會圖書館「近代數位化圖書館」｜http://kindai.ndl.go.jp/index.html

作者簡介
既晴

推理、恐怖小說作家，曾以《請把門鎖好》獲第四屆皇冠大衆小說獎。近作有《獻給愛情的犯罪》及《修羅火》。

36

★ 主題推薦

Recommend for Travelling

魍魎之匣

旅行，在瘋狂的邊界

文｜曲辰

有沒有想過「邊界」究竟是什麼樣的存在？

如果翻開國語辭典，或許會得到「國家領土的疆界，國與國間相鄰區別的界線」這樣的答案，在詳細一點的國語辭典中，還可以看到如「區隔兩個不同領域的分界線」之類的補述。

只是我們都知道，邊界絕對不只是這樣的意義而已。在劃下那道界線時，就已經決定了兩邊的東西毫不相涉，只是國界可以這樣分、地界可以這樣分、甚至國小時男生女生坐在一起，桌子中間要劃楚河漢界也可以這樣分，那，抽象的東西要怎麼區分呢？

例如愛、不愛，例如快樂、不快樂，例如正常、不正常。

例如：人心。

日文書名：魍魎の匣｜作者：京極夏彥
台灣出版社：獨步文化｜出版日期：二○○七年八月十四日
日本出版社：講談社／新潮社文庫
出版日期：一九九五年一月／一九九九年九月

若一逾越，便化成鬼

擅長於將妖怪與推理情節巧妙融合的日本推理作家京極夏彥，每本小說都針對該書的標題妖怪，描寫人心的幽微之處，這次他為「魍魎」這個自中國古代以來形象就搖擺不定的妖怪賦予了現代性意義，「魍魎」就是「人心的邊界」。

就情節來看，總共有三條故事線：一邊是柚木加菜子與好友楠本賴子夜間出遊時，加菜子被不知名人士推下月台遭列車撞擊重傷，輾轉送到據說做特別研究的研究所後，又發生了密室失蹤兼綁架案件；一邊是武藏野地區發生了連續少女分屍殺人事件，屍塊散佈在各地，凶手毫無現身的跡象；最後一個事件則是在三鷹地區有個相當著名的靈媒（對於靈媒、占卜師、宗教家、超能力者，書中有相當詳盡且精闢的區分與解說）「封穢御筥樣」，在他的眾多弟子之中，似乎有不少人

旅遊資訊

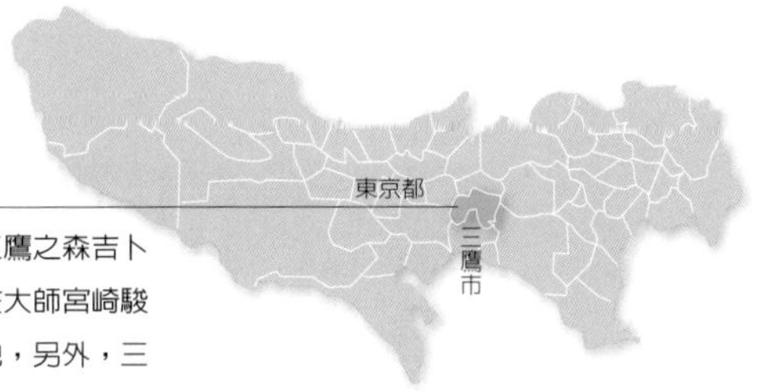

三鷹市：近年來因三鷹之森吉卜力美術館（日本動畫大師宮崎駿創建）成為旅遊勝地，另外，三鷹市的都市計畫相當成功，街道美侖美奐，值得細細遊賞。

家裡的少女失蹤了，這與少女分屍案件有關聯嗎？

小說在這三個事件中彼此穿插來去，並且巧妙地佈下一個個心理圈套與迷障，三個事件彷若不等邊三角形，看似毫不相關，卻有個無形的中點拉扯著，只是被人心毫無意義的隔閡蒙蔽而無法看清全貌，於是系列偵探京極堂介入大顯身手，破除迷惘，直指真相。

小說中偶爾會斷斷續續穿插一篇文字，講的是一個男人返鄉時，在火車上遇到了另一個男子帶著一口鐵箱子，他看到那鐵箱子中靜靜地塞著一個少女，安詳而寧靜地擺放在那裡，讓他好想要、好想要……

這篇文字不算長，可是在本書中卻有著極為重要的地位，因為到了後面，大家才會發現，這篇文章剛好記載著一個人越過了他心中的邊界，馬上變成他自己都沒有想過的樣態，也讓這整本書的所有事件得以發展完全，直至最後的結局。

人一逾越，便化為鬼。不只是這段短文的主角，這本小說的角色們，幾乎都或多或少逾越了些什麼。

這是一個本質在於逾越的故事。

帶著幻想旅行的男人

特別值得一提的事，那篇返鄉男人遇到匣中少女的短文，不禁會讓人聯想到江戶川亂步〈帶著貼畫旅行的男人〉，主角同樣是在火車上與一個陌生男子相遇，男子同樣展現一些有著不可思議故事的事物給主角看，也在窺看的同時逾越了自己的邊界。

這種夾雜著豐沛幻想力的旅行寫作，讀來有著奇特的魅力，並且也讓人意識到，旅行本身其實就是一個不斷跨越邊界的過程，而你一旦找到你心中真正的邊界，當你決定跨過去了，你也就回不來了。

或許正因如此，人才嚮往著旅行又害怕旅行吧。

作者簡介

京極夏彥

原名大江勝彥，一九六三年三月二十六日出生於日本北海道小樽市，是風格獨具的怪奇推理作家，善於描繪人心的錯綜複雜，也是新本格派的先鋒人物。一九九四年以妖怪小說《姑獲鳥之夏》出道，接著以《魍魎之匣》獲第四十九屆推理作家協會獎。代表作品有《嗤笑伊右衛門》（第二十五屆泉鏡花文學獎）、《偷窺狂小平次》（第十六屆山本周五郎獎）、《狂骨之夢》等。京極學識淵博，藏書量驚人，對怪力亂神有濃厚的興趣，但小說中最後都會提出合理的解釋。

37

★ 主題推薦

Recommend for Travelling

蒲生邸事件

重返歷史現場的科幻之旅

文｜心戒

跳躍吧！時空少年

面對飛濺的碎裂玻璃、短促驚恐的尖叫聲，隨著一股濃密的嗆鼻煙味與嚇人的藍白色火花，到東京準備大學重考的尾崎孝史倉皇失措地奪門而出，卻發現整棟旅館陷入一片火海之中！正當孝史以為自己在劫難逃的同時，背後卻突然有一隻手搭上肩膀，晃動著鼻嗆眉焦，幾近昏迷的孝史，要他抓緊衣服不可放。就在那麼一恍神一晃眼間，孝史竟癱坐在酷寒的雪地上？而眼前的男子更冷冷地告訴孝史：「我們現在，就在昭和十一年（一九三六）二月二十六日凌晨的東京永田町。很快地——不到三十分鐘，二二六事件就要開始了。」一九三六年？那一九九四年到哪裡去了？火災呢？二二六事件又是什麼？三十分鐘又是怎麼一回事？現在到底是什麼狀況啊？

如果歷史不容改變，那我們又該做些什麼？

二〇〇六年再度拿下日本《達文西》雜誌票選最受歡迎女作家，以八連霸之姿在日本文壇屹立不搖二十年的宮部美幸，在台灣可說是喜愛日本小說讀者心中的第一品牌。除了宮部最擅長的時代與推理小說外，科、奇幻世界一直是這位喜愛打電動的國民作家不斷嘗試與挑戰的領域。在這本獲得一九九七年第十八屆日本ＳＦ小說獎的《蒲生邸事件》中，具有時光旅行能力的平田次郎，為了在火災中搶救一名青年的生命，運用超能力將十八歲的「超戰無派」青年尾崎孝史，從一九九四年帶往一九三六年。卻沒想到他們正處於當年關鍵的青年軍官武裝政變前夕——一場引領日本一步步往軍國主義邁進，甚至在一九四一年以偷襲珍珠港為起點，進而發動太平洋戰爭並試圖建造大東亞共榮圈的轉折樞紐——「二二六事件」。透過對日本現代史與第二次世界大戰毫無印象的孝史雙眼，宮部帶領著讀者回到過去，仔細端詳並體會當時辛勤工作、活在當下的人們，究竟是怎麼想，怎麼看待即將到來的歷史時刻。

在這僅三天便宣告失敗的「叛亂」裡，為什麼原本認為「軍人最高貴，商賈最低賤」的陸軍大將蒲生憲之，會選在這個關鍵的時機自殺？但眾人為何在房門緊閉的屋內找不到槍？更奇怪的是，為什麼在孝史的印象中，蒲生大將是個對日本往後因軍部獨攬專權，導致二次大戰與戰後的衰敗趨勢知之甚詳，甚至推崇商業必然能帶領日本走向另一個繁榮高點的先知？這樣的轉變，會是平田跳回這個時間點的目的嗎？還是說，這一切都是覬覦大將財產的商人、蒲生大將之弟在背後搞的鬼？宮部美幸在《蒲生邸事件》中，並不一味地以沉重的歷史包袱進行說教，相反地，她反而透過虛擬的蒲生家族作為比對，讓讀者跟著孝史一同經歷並做出判斷，究竟歷史的發展趨勢是否有其不可轉變的必然性，而身處歷史洪流中的人們，又能夠做些什麼。

珍惜當下的幸福，預約未來的旅程

自從英國科幻小說泰斗H．G．威爾斯在一八九五年寫下《時光機器》這部膾炙人口的小說後，「時間旅行」的概念便成為小說、電影等諸多表現手法中反覆出現的題材之一。諸如強調「未來還沒有被定下來，一切都掌控在自己手中」的經典電影《回到未來》系列；以「被遺留下來的人」的心情為出發點，透過溫潤筆觸深刻描繪愛情裡短暫的相處與漫長等待和堅守的《時空旅人之妻》；甚至是劇本精明地混合多重宇宙觀，在多達九條時間線的複雜交錯下，敘述人們如何冀求改變過去以滿足己身慾望，揭露善惡對峙與掙扎的獨立電影《Primer》。然而，無論是軟科幻或硬科幻，單一宇宙抑或是多重世界，科學術語永遠只是這類作品裡的觸媒罷了！在時空中「旅行」的過程裡，真正感動人心的關鍵，永遠出現在生活中的某個片段──那些凸顯出小奸小惡究竟是如何影響未來發展的小事件，以及人性善良高貴情操所發出的永恆不變的光芒。

對宮部美幸來說，不管是《龍眠》裡擁有能夠讀取人內心記憶、捕捉事件現場殘像超能力的十五歲少年稻村慎司，還是《蒲生邸事件》中能夠穿越時空的平田次郎，超能力只是宮部帶領讀者一起翱翔的工具罷了。當讀者跟著《蒲生邸事件》裡的孝史，將自己置身於一個已逝的時代氛圍中，一同體會感受當時人們的情緒與生活，經過了這趟旅行，或許讀者也能深刻地感受到宮部美幸試圖傳達給讀者的訊息──在了解過去不可改變，未來的事想太多也沒有用的時候，才更需要在當下盡最大的努力，好好活下去。

日文書名：蒲生邸事件｜作者：宮部美幸
台灣出版社：獨步文化｜出版日期：二〇〇六年七月
日本出版社：每日新聞社／文春文庫
出版日期：一九九六年九月／二〇〇〇年十月

作者簡介
宮部美幸
作者簡介詳見P.51

38

★ 主題推薦

Recommend for Travelling

奧杜邦的祈禱

通往奇妙空間的幻想旅程

文｜凌徹

與世隔絕的孤島上會說話的稻草人

儘管推理小說本質上講究理性，但作家們仍然不斷嘗試在這個類型上多方突破，與幻想、超現實的結合正是其中一個方向。自陳「想寫十分荒唐無稽的故事」的伊坂幸太郎，他邁入文壇的第一部長篇作品《奧杜邦的祈禱》所帶給讀者的，便是如此滿載幻想的有趣故事。

電腦工程師伊藤，辭職後竟搶劫便利商店，被警察逮捕後趁著警車發生車禍時脫逃，之後在昏迷中來到了荻島，一個他從來沒有聽過的地方。荻島是座孤島，從江戶時代（一六〇三〜一八六八年）以來，已與世隔絕了一百五十年。伊藤來到荻島，發現這座島嶼非常不可思議，不但有著各具特色的奇妙人物，甚至有一個會說話的稻草人。稻草人優午是荻島上最特異的存在，他不但能思考，會說話，甚至還可以預知未來。某夜，優午與伊藤短暫交談後，竟遭到殺害。優午既然能預知未來，卻為什麼不能預知自己的死期？此外，自古以來，相傳島上欠缺的東西，究竟又是什麼？

各具特色的人物、獨樹一格的生活法則

《奧杜邦的祈禱》的奇幻設定，首推稻草人優午。優午誕生於江戶時代，製作者巧奪天工的手藝，讓優午可以思考與說話。另外，由於優午是萬事通，並且能預知未來，這種能力也讓他成為島上居民仰賴的對象。優午遭到殺害，是作者提出的最大謎團。儘管優午是個稻草人，無法自行移動，但他所擁有的，卻是洞悉一切的預知能力。難道當面對自己的死亡時，預知能力就派不上用場嗎？奇妙的設定，衍生出奇妙的謎團，《奧杜邦的祈禱》以此為主軸，帶領讀者進入妙趣橫生的幻想世界。

在與世隔絕的荻島上，超現實的設定不止有稻草人優午，島上的居民也多具有讓人驚奇的特質。例如櫻，有著端正容貌的美男子，他以自己的標準恣意殺人，卻能夠得到島民的認同。只要是櫻殺人，島民就認定是被害者罪無可赦，從不過問其中的理由。還有畫家，在妻子遭人殺害之後，只說反話，他說的話總是與事實相反。這種只出現在邏輯遊戲中的人物，活生生地在《奧杜邦的祈禱》中登場，卻又不帶一絲不協調感。各具特色的人物，襯托出荻島的遺世獨立，以及島上獨樹一格的生活法則。

在奇幻的空間中，體驗伊坂世界的獨特魅力

儘管與外界隔絕，荻島卻不是桃花源。島民畢竟還是人，傷害、殺人等等犯罪行為，仍然赤裸裸地在島上發生。於是，當犯罪事件不斷出現，櫻依然持有他為眾人默許的殺人執照得以進行制裁，甚至連稻草人優午都被不明凶手殺害。荻島並非樂土，一般世間會發生的惡事，在島上也沒有理由消失。作者以此來建構謎團，發生在奇幻舞台上的寫實犯罪，讓《奧杜邦的祈禱》並不只是奇幻小說，也同樣是一部描述犯罪且必須解謎的推理小說。在超現實的設定下，解謎並不會因此而跳脫常軌，合理的真相是必備的要求。因此，《奧杜邦的祈禱》與一般的推理小說毫無二致，同樣能夠帶給讀者解謎的樂趣。

奇妙的稻草人，奇妙的島上居民，奇妙的故事發展。隨著伊藤進入荻島，前往奇幻的空間，無論是書中人物還是讀者，都能在其中經歷一場不可思議的旅程。想要體驗伊坂世界的獨特魅力，只要翻開《奧杜邦的祈禱》，這場幻想之旅的起點，就在眼前。

日文書名：オーデュボンの祈り｜作者：伊坂幸太郎
台灣出版社：獨步文化｜出版日期：二〇〇六年十一月
日本出版社：新潮社／新潮社文庫
出版日期：二〇〇〇年十二月／二〇〇三年十一月

「伊坂幸太郎是天才，他將會改變日本文學的面貌。」
——宮部美幸

名詞解釋

奧杜邦：約翰·詹姆斯·奧杜邦（John James Audubon，一七八五－一八五一年），畫家，動物學家。出生於海地，幼年時居住在法國，後於十八歲時移民美國。致力於研究鳥類與哺乳類，並曾出版《美洲鳥類》與《美洲的四足動物》這兩本畫集。《美洲鳥類》是他的成名鉅著，其中收錄了四三五張以水彩畫繪製的鳥類圖鑑，對後世深具影響力。美國著名的環保組織奧杜邦學會，正是以他的名字來命名。

作者簡介

伊坂幸太郎

作者簡介詳見P.89

記不記得，學生時期，每個人好像都會有默契似地找尋好能夠和自己相處到天荒地老的伙伴，也在不知不覺間串連成一個能夠悠遊自在的人際圈。總也是在某個大夥一起聚會的場合——通常是晚餐後閒聊，會有人看著報紙、雜誌，忽然說出：「欸，我們下次一起去XX玩好不好？」，大家一陣附和後，或許成行、或許沒成行，但在畢業後總是會在心頭留下一個未竟／既成的夢想痕跡。

不管怎麼說，與朋友旅行就好像青春時期的烙印一樣，而當不知什麼時候，我們跨越過了那條時間線，之後的旅行，大半就是和家人一起同行了。

或許是這種感懷提醒了恩田陸，這位堪稱與宮部美幸齊名的日本文學天后，於二〇〇一年寫出了《黑與褐的幻想》。

39

★ 主題推薦

Recommend for Travelling

黑與褐的幻想

漫步在過往的時間森林中

文｜曲辰

青春是一場美麗的謎

利枝子、彰彥、蒔生、節子這四個大學時代的好友在畢業十餘年後重新聚首，因緣際會之下，四個人決定要前往Y島進行一段名為「美麗之謎」的主題旅行，旅行中，他們不斷地提出謎題、又不斷地解開來，而就在解謎的過程中，在這四人背後的過往，似乎也要漸漸露出端倪了。

簡單的四人組合，其中卻有青梅竹馬、昔日戀人以及複雜的情恨糾葛關係，而他們對於過往青春的記憶都在那場一名女子的單人試演晚會戛然而止，之後那女子行蹤不明，這也成了四人心中揮之不去的謎團。懷著這樣的心情，此趟旅行絕對不可能只是旅行而已，就好像小說中對於「美

恩田陸
黑與褐 的幻想
BLACK & TAN FANTASY
森林是活的，
是生者與死者的共存之地。

日文書名：黒と茶の幻想｜作者：恩田陸
台灣出版社：小知堂｜出版日期：二〇〇七年一月二十五日
日本出版社：講談社／講談社文庫
出版日期：二〇〇一年十二月／二〇〇六年四月

麗之謎」的定義一樣，「唯有在『過去』中，才有眞正的謎。這些『美麗之謎』埋藏在過去的時光、記憶、街角，甚至是聲音之中，如今殘留在我們手中的只是片段，我們要往回追溯，找出過去曾發生什麼、曾有過什麼樣的事物」。

於是就構成了這本小說的獨特構造，書中四人既在Y島的森林中旅行，也在彼此的回憶中旅行，森林看似開放，卻是封閉的。他們不斷地往森林的深處邁進，同時也在往過去邁進，外在的時間不斷地流逝，他們的內在卻持續往前推移，這樣的交疊不僅增添了小說的浪漫氣息，更讓旅行本身跳脫了一般人所想像的形式與內涵。

虛構的島嶼與真實的時間

恩田陸為了要契合小說主題，特地虛構了一座島嶼——Y島，讓場景本身配合故事內容洋溢著神祕、夢幻的氣氛，但事實上卻是以鹿兒島南方的屋久島為基礎描寫的：「從海面上看去，Y島就像一個三角飯糰，中央高高隆起，最高的部分因爲被厚實的白雲籠罩，無法一窺全貌，島上最高的M山標高超過一千九百公尺，是九州第一高峰。這座島的形狀近乎圓形，環島一周約一百三十公里」。在景色方面，作者更是精細：「年輕的樹木拚命往上伸展，好求得一片天，已然頹圮的枯幹仍孕育著無數新芽與青苔」、「映著橘光的光之路一直延伸到遠處海平面的夕陽」，這些精緻的辭彙，在劇情的推動下展現了獨特的生命力，讓人產生一種Y島確實存在的感受，並認同只有在這裡，才是這個故事最完美的舞台。

恩田陸描寫的Y島、主人公四人的人生，是如此遙遠、卻又如此熟悉，彷佛人人心中都有的一塊「dreamland」，在那兒的極高處，豎立著一塊牌子，上面以小刀刻劃出幾個字跡，那就叫做「青春」。

而這，就是《黑與褐的幻想》。

旅遊資訊

屋久島：日本最早被聯合國教科文組織登記的世界自然遺產，島上75%均為山地，並擁有九州最高峰宮之浦岳（1935公尺）。島內自然原始的山嶽風光使它擁有「日本最後祕境」之稱。

恩田陸的三個創作原點

恩田陸與宮部美幸相同，都以取材範圍廣泛、品質甚高著稱，創作類型不僅多樣，而且各具魅力，但是我們仍可在恩田陸的創作過程中，找到三本小說堪稱為其創作風格的原點。

《第六個小夜子》：作為恩田陸小說的處女作原點，本書極早就透露了作家本身的敘事風格極富魅力，尤以將校園的怪談透過人工化的方式表現，更是創造力十足。

《三月的紅色深淵》：自此書後，恩田陸有意識地讓自己的推理小說推陳出新，不只讓推理小說成為紙上的犯罪劇場，還引入現實的條件與略帶後設的口吻，藉以讓創作進化。

《光之國度》：奇幻小說的原點，不管是溫暖的還是殘酷的恩田陸都可在此窺見，並且由此展開了「常野一族」的旅程。

作者簡介 恩田陸

作者簡介詳見P.53

40

★ 主題推薦

Recommend for Travelling

神的邏輯·人的魔法

異教徒的南柯一夢

文｜寵物先生

暗潮洶湧的情節設定

「我，御子神衛，今年十一歲。原本和父母一起住在日本神戶，這樣的我，某日突然失去了記憶，恢復意識後被一對從沒見過的男女交給了被稱爲『校長』的人，把我帶到這個『學校』和大家一起生活。某天，一位新成員的加入，徹底動搖了我們在『學校』的生活……」

作品融合科幻、超現實卻又講求理性邏輯風格的西澤保彥，於二〇〇三年出版了本作。開頭以男孩的口吻道出故事架構的世界：主角阿衛與史黛拉、「詩人」、「中立」、「家臣」和「王妃殿下」六人，是一同生活在「學校」、年齡相近的同伴，此外，還有「校長」、「舍監」以及被稱為柯頓太太的老婦等三人管理他們的生活。在這處位於荒郊僻壤的「學校」中，主角六人每日被教授基礎知識，接受如推理遊戲般的課題訓練，

日文書名：神のロジック 人間のマジック｜作者：西澤保彥
日本出版社：文藝春秋／文藝春秋文庫
出版日期：二〇〇三年五月／二〇〇六年九月

作者以簡單輕鬆的筆調，透過主角的敘述道出圍繞在這特異舞台，學園式生活的點點滴滴。除了如推理競賽般的課程，日常生活中還會發生一些謎樣的小插曲，待主角們探求真相。在動漫畫風格的舞台設定之下，每個角色都套用各種國籍，還幫他們取綽號……，諸如此類的設定，使本作染上「輕小說」般的氛圍。

翻開本書之後，讀者們可能會期待：將在懸疑的氣氛中，隨著作者平易近人的筆觸看小朋友們大顯身手，破解每個小小謎團，最後一起攜手邁向圓滿大結局吧。

然而，真的是這樣嗎？

「身在何處」的疑問

讀者在閱讀的過程中，一定會察覺一件事，那就是故事舞台的「地理位置」其實是渾沌不明的。而且這點對於書中的六位「學員們」而言，同樣也是個謎，他們並不知道自己所處的「學校」是在地球的哪裡，只知道當自己的記憶重新啟動後，人就在這兒了。事實上，故事中就有一段是幾位同伴聚在一起，針對自己所處的陸上孤島，發表各自的世界觀推測。

以本格解謎的態度體察本作就會發現，雖然故事中穿插了幾個日常生活的小謎團，像是零食消失之謎、推理課題之謎等等，但主要謎題其實是上述的「世界觀之謎」。這個支撐故事架構的謎團，不僅帶有漂流異地、醒來時人事全非的「荒島探險」色彩，而各個角色推理出的世界觀，也將本書披上一層幻想式的外衣。六名主角將各自對世界的想像堆砌在作者未解明的脫離的舞台上，使讀者在閱讀的過程中，逐漸被引導進入另一種形態的幻想之旅。

當然，整個故事的「幻想」，並不僅止於此……

令人驚愕的真相

隨著故事的進展，角色彼此之間的互動，以及他們內心因各種衝突不時引發異樣感，一種懸疑的氣氛瀰漫其間。但這些異樣感最後指出的真相是什麼？讀者到最終才會得知。書中出現的每一段插曲，舞台的每一個不自然處，最後都因一連串的殺人事件急轉直下，指向了一個事實，而這揭明的真相，令讀者在驚愕之餘，卻又感到無比悲哀。正如本書的文庫版解說所述：「想必沒有人會在讀完之後不因感傷而嘆息吧！」

以輕質化的設定為起始，急轉直下的沉重真相為結尾，本書可說是值得一讀的傑作。然而，卻因為和「某部作品」核心概念類似，且該書又剛好早了幾個月出版，導致該書大放異彩，而本作卻無法得到應有的評價。這或許是在日本競爭激烈的推理市場下，因機運造成的遺憾吧！

名詞解釋

科幻推理：融合科幻（SF）與推理（Mystery）元素的作品。大者在一獨特的世界觀裡（如未來世界或平行世界）發展推理情節，小者則在現實世界的推理故事中摻雜科幻元素（如機械人、超能力、未來道具等）並發揮其可能帶來的影響。西澤保彥的作品風格多屬於後者，較為有名的作品如《死了七次的男人》與《人格轉移殺人》均屬於此類。本作與其過去的風格不太相同，並不適合歸類為科幻推理，但「存在一獨特的世界觀」這點，與前述的概念仍有些許類似之處。

作者簡介

西澤保彥

一九六〇年出生於日本高知縣，畢業於美國Eckerd大學，曾任教高知大學、土佐女子高中。一九九〇年以《聯殺》入選第一回鮎川哲也獎最終決選，一九九五年以連作短篇集《解體諸因》正式進入文壇，同年另發表兩部超現實的推理作品《完美無缺的名探偵》及《死了七次的男人》，並陸續發表匠千曉系列、神麻嗣子系列、科幻推理系列等作品。作品多以超乎現實的構思為主題，解謎過程公平、合乎邏輯，獲得許多死忠讀者的支持。

我想去的地方——霧積溪谷、青峨山、青木原樹海

文・攝影／陳蕙慧

影響我愛讀日本推理小說、至今仍無法自拔的起始，除了我多次提過的松本清張的《砂之器》，其實還有三部是印象非常深刻的。一是森村誠一的《人性的證明》（一九七六），一是水上勉的《霧與影》（一九五九），另一本則還是清張的《蕭瑟樹海》（波の塔，一九六〇）。

這四部作品我後來又分別重讀了五次，以及各三次。

靜靜地降雪的霧積溪谷

最早讀到《人性的證明》是在中國時報的人間副刊。我已不記得當時連載了多久，每天的篇幅是否和首次刊登同是幾乎半版的版面？（或者連這個記憶也是錯的？）我只記得我維持著小學三、四年級起就有的習慣，每天讀人間副刊。雖然如此，現在回想起來，對於自己讀過了哪些作家的哪些文章可說完全沒有記憶，唯有這篇森村誠一的《人性的證明》始終清晰。

因為那首麥稈帽之詩。

讀的時候我的胸口一陣灼熱，為那詩中對母親的思念和渴切、為被風吹去再也尋不回的那頂帽子，感到微微的心痛。

「媽媽，我的那頂帽子怎麼了？
啊，在夏天從碓冰往霧積的路上，
掉進溪谷裡的那頂麥稈帽呀！
媽媽，那是我好喜歡的帽子唷！
我那時候好懊惱喔，
因為，一陣風突然吹過來。
媽媽，那時候有一位年輕的賣藥郎走過來，
穿著深藍色的綁腿，戴著手套。
他想替我撿帽子，卻不小心跌斷了骨頭。
但是最後還是沒撿到。
因為掉進好深的溪谷裡，那裡的草長得比人還高。
媽媽，那頂帽子到底怎麼了？
那時候路旁盛開的野百合花，
早就枯萎了吧？
然後，在秋天，灰霧籠罩的山丘，
在那頂帽子下，也許每天晚上都有蟋蟀在鳴叫著。
媽媽，一定在此時此刻，
約莫在今晚，在那個溪谷裡，已經靜靜地降下了白雪。
以前，閃閃發光的、那頂義大利麥稈帽，和我寫在帽子裡的Y・S，一起埋進了雪裡，
靜靜地、寂寞地……

我甚至依稀記得文章旁配上了一個黑人和一頂麥稈帽的插畫。

那時候，我常常往牯嶺街的舊書攤跑。假日便

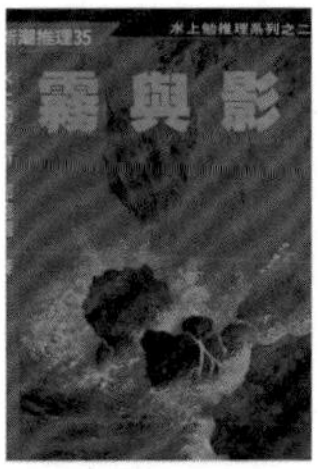

《霧與影》

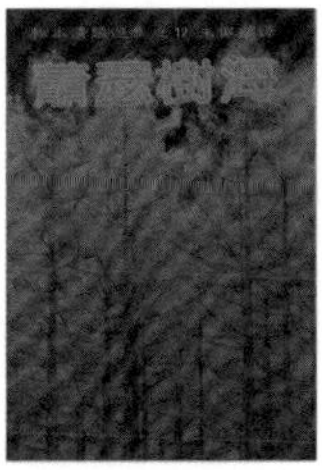

《蕭瑟樹海》

去一攤攤搜尋些極其便宜的舊小說和水牛文庫之類的東西來讀。有些日本推理小說便是從那裡頭挖出的寶。我記得當時還天真地想會不會在那兒發現這本森村的青的單行本。

我是在幾年之後讀到了《人性的證明》單行本？又是什麼因緣下讀到的也不復記憶。但當時我記得自己曾經無數次想像過那座掉下麥稈帽的霧積山谷，那溪谷裡靜靜降下的白雪，那家受害者幼時一家人投宿的旅館、他們一起在山中小路散步，風吹著。

還有受害者遇害後無論如何也要掙扎著前往的那座位於東京赤坂的摩天大樓飯店，我想像著快速直升的電梯，大樓樓頂閃爍的七彩霓虹。

當然還有遙遠的美國，不過那時我想像不出那棟破落的公寓。一直到多年後從一些電影裡，每當看到被滿滿地塗了鴉的廢棄公寓或國宅，就會想起這部小說的受害者是否住在類似的地方？

那時，我不曾想過要到紐約布魯克林貧民區之類的地方，卻很希望總有一天要去書中的那座山谷走一走，去看看那兒的名產的包裝紙上還會不會有那首優美的西条八十的童詩〈我的帽子〉。

無光的、絕望的猿谷鄉

我讀水上勉的《霧與影》卻已是一九八七年了。新潮推理，編號35，定價一二〇元。在重慶南路的金石堂書店買的。

事實上，當我為了寫這篇文章而把這本老書從書架上的後面一排書中挖出來時，我完全不記得這書的故事內容是什麼。但我卻深刻地記得作者命名為若狹海岸的青峨山北邊的猿谷鄉。

確切地說，我並不記得上述的地名，但我永遠也忘不了作者描述那座偏僻山鄉所營造出來的陰鬱、沉滯、妖冶、悽慘。一如濃得化不開的瘴癘之氣，籠罩了整座天空，無法透進一線光明，當然也帶不來絲毫希望。

這本書的前言由署名新潮推理編輯室寫的類似導讀的文章中，有些話我是完全認同的。

Information

西条八十

西条八十（一八九二～一九七〇），日本詩人。畢業於早稻田大學，一九一九年出版處女詩集《砂金》，其後陸續發表《蠟像娃娃》、《西条八十詩集》、《黃金館》以及《美麗的喪失》等詩集。法國留學歸國後出任早稻田大學教授，成為推動象徵詩運動的舵手，並培育出許多詩人。除了詩作，他還為六千首曲子填詞，成為歌謠界的泰斗。一九六一年成為藝術院會員。

龜嵩車站

……在哈代的作品中寫景的運作不僅是實景的描繪，而且是書中眞正的主角之一，也是控馭全局的靈魂。……讀者認爲水上勉的文學也具備這種特質……

看水上氏小說令人喜悅之一就是風景的描寫，然而對他來說，風景不只是作爲小說中的道具或背景。在書中，風景和人物具有同等的機能和重要性。與其說對人類的詛咒反應到風景上，毋寧說詛咒的根源在土地上，從那裡升起如瘴氣之物襲擊人類，可能更正確吧。

今年初我跑了一趟清張的小說舞台現場，也是來自於閱讀《零的焦點》時所受的震撼。我記得我這麼讚嘆：清張的小說常常可見以景喻情的手法，他不用空泛堆砌的形容詞描寫女主角禎子心境的幽微轉折，反而大量地寫景，寫山、寫海、寫破落的漁港、寂寥的山村、積雪的街道與屋簷、火車車窗外飛掠而過的飄忽景物。那麼平靜、緲遠，卻又深切而細膩地拉近、放大了禎子的內心。

我常因為這樣的閱讀習慣而被質疑真的理解推理小說嗎？

我和黃鈞浩兄在十多年前的辯論，便是起因於他說我喜歡的社會派推理小說並不是推理小說，而是社會小說。鈞浩兄更譏諷水上勉「掛羊頭、賣狗肉」，罵他變節，不好好從事原本的純文學寫作，竟然趕風潮寫起了「社會派推理小說」！那種小說哪裡稱得上推理小說呢？

鈞浩兄這麼激動卻還是笑瞇瞇的。由於已是老同事，我並沒有被冒犯的感覺，反而深思起這個大哉問。

但鈞浩兄的問題並沒有困擾我很久。因為我始終認為好看的推理小說是不止有解謎的樂趣的，如果一部作品兼及精采的詭計、邏輯的推演、結局的意外性，又有鮮明的人物個性刻劃、獨特的說故事手法、白描卻充滿張力的寫景功力、突出

松本清張紀念館

龜嵩湯野神社前清張文學碑

湯野神社前《砂之器》舞台現場標示牌

的主題訴求……，豈不是讀者之福？更何況有人能把大眾小說寫成高度的藝術成就，橫跨世代成為經典，這不是最該額手稱慶的嗎？

廣闊無邊的青木原樹海

說到清張的小說舞台，除了北陸金澤、能登金剛斷崖、龜嵩湯野神社、香椎海岸，還有一處我幾次興起念頭想去一探究竟的地方，便是在《蕭瑟樹海》一書中出現的青木原樹海。

《零的焦點》能登半島荒脊（金剛）斷崖

青木原樹海位於富士山北麓，是一片生長在廣大火山熔岩上的森林，已有一，二〇〇年以上的歷史，面積大約相當於東京山手線所圍繞的地區那麼大。在清張寫本書的年代，這片樹海原始、遼闊、深不見底，有人形容「一旦走進去，便再也出不來」。

清張在這本書的最後，安排女主角走入這如夜晚的大海般黑如墨色的巨林，那是一條絕路，無可復返。也因此，這兒，在當年如同之前《零的焦點》的舞台背景之一能登金剛斷崖，也變成了自殺勝地。

清張筆下的樹海之景宛如可能的靈魂安息（或避世）之所。有趣的是，近年來此地經過完善的規劃，變身為著名的森林浴景點，遊客眾多。而這也多少減損了我一遊的興致。

權田萬治先生在一篇論述《霧與影》的文章提到：本書故事舞台設定的若狹海岸青峨山北邊的

金澤市兼六園內一景

“想去的地方不一定去得了，能夠去的，
就無須遲疑，趕緊出發吧。”

宍道車站

猿谷鄉，與作者水上勉的故鄉福井縣大飯郡本鄉村字岡田有一種微妙的重疊。

也就是說青峨山猿谷鄉是虛構的地名，而當時的樹海現今也已變了模樣。

這告訴了我們，想去的地方不一定去得了，能夠去的，就無須遲疑，趕緊出發吧。

Infor-
mation

三本著作影像化一覽表

《人性的證明》

電影

★1977年
製播：東映
導演：佐藤純彌
主演：岡田茉莉子、松田優作、三船敏郎

電視劇

★1978年版
製播：每日放送、東映
導演：恩地日出夫、大森健次郎、渡邊邦彥、永野靖忠
主演：高峰三枝子、林隆三、北公次

★1993年版
製播：富士電視台
主演：石黑賢、宮本信子、村井國夫

★2001年版
製播：BS JAPAN
主演：渡邊謙、石田亞由美、平野稔

★2004年版
製播：富士電視台連續劇製作中心
主演：竹野內豐、松坂慶子、高岡蒼佑

《霧與影》

★1961年
導演：石井輝男
主演：梅宮辰夫、丹波哲郎、水上龍子

《蕭瑟樹海》

電影

★1960年
製播：松竹株式會社
導演：中村登
主演：有馬稻子、津川雅彥、桑野美雪

電視劇

★1961年
製播：富士電視台
主演：池內淳子、井上孝雄

★1964年
製播：NET電視台、朝日電視台
主演：村松英子、早川保

★1970年
製播：TBS電視台
主演：櫻町弘子

★1973年
製播：NHK電視台
主演：加賀麻里子

★1983年
製播：NHK電視台
主演：佐久間良子

★1991年
製播：富士電視台
主演：池上季實子、神田正輝

★2006年
製播：TBS系列電視台
主演：麻生祐未、小泉孝太郎、風間杜夫

作者簡介
陳蕙慧
推理迷，現為獨步文化／麥田出版總經理暨總編輯。

白夜行 ★★★ 專刊

為回應眾多讀者對東野圭吾名作《白夜行》的殷殷期盼，
編輯部特別推出搶先讀讓您先睹為快，
並邀請日劇達人陳國偉先生，
帶您深入欣賞感人至深的日劇《白夜行》，
進入亮司與雪穗的摯情世界。

第一章

1

出了近鐵布施站之後，沿著鐵路往西走。已經十月了，天氣仍然悶熱難當。

笹垣潤三的腳步說不上輕快。本來今天他不必出勤的，好久沒休假了，還以爲可以悠哉地看點書。爲了今天，他特地留著松本清張的新書沒看。

公園出現在右手邊，大小足以容納兩場三壘棒球開打。公園後面有一棟正在興建中的七層樓建築。乍看之下是棟平凡不過的建築物，但笹垣知道裡面幾乎空無一物，因爲在調到大阪府警本部之前，他就待在管轄這一帶的西布施分局。

看熱鬧的人動作很快，已經聚集在大樓前了，停在那裡的好幾輛警車簡直被群眾團團圍住。

笹垣沒有直接走向大樓，而是在公園前右轉。轉角數來第五家店，掛著「烤烏賊餅」的招牌，是一家店面不到兩公尺寬的小店。

「老闆，幫我烤一片。」笹垣出聲招呼。

中年女子急忙收起報紙。「好，來了來了！」

笹垣看了看寫著「烤烏賊餅四十圓」的牌子，付了錢。老闆娘親切地道謝，然後拿起報紙，又坐回椅子上。

笹垣吃完烤烏賊餅，走向大樓。看在他身後的烤烏賊餅老闆娘眼裡，想必會認爲他是個閒著沒事、愛看熱鬧的中年人。

穿著制服的警察在大樓前拉起封鎖線阻擋看熱鬧的人。笹垣鑽過封鎖線，有個警察以威嚇的眼神看他，他便指了指自己的胸口，意思是警徽在這裡。制服警察似乎了解了他的手勢，向他行注目禮。

笹垣向看守的警察打過招呼後，走進大樓。果然不出所料，裡面很暗，空氣裡飄蕩著霉味與灰塵混雜的味道。

過了一會兒，逐漸可以辨視四周景象了。正面是牆，不過開了一個可以出入的四方形洞口，洞的另一邊黑漆漆的，也許是原本建築規劃中的停車場吧。

左手邊有個房間，安裝了粗糙的膠合板製的門，感覺像是臨時拿來充數的，上面以粉筆潦草地寫著「禁止進入」。大概是建築工人寫的吧。

門開了，兩個男人走了出來，是和他同組的刑警。

「喔！辛苦了。難得的休假，你眞倒楣呀！」其中一個對笹垣說。

「我一早就有預感，覺得不太妙啦！這種第六感何必這麼準呢！」說完，笹垣壓低聲音說：「老大心情怎麼樣？」

對方皺皺眉頭，搖搖手。

「這樣啊。也難怪，他才說想輕鬆一下，就出了這事。現在裡面在做什麼？」

「松野教授剛到。」

「啊，原來如此。」

「那我們去外頭轉一圈。」

「好，辛苦了。」笹垣目送他們離開，大概是奉命去問話吧。

笹垣戴上手套，緩緩打開門。房間大小約有七坪半。陽光從玻璃窗外照進來，所以室內並不像穿堂那麼暗。

調查人員聚在與窗戶相對的那道牆邊。裡頭有幾張陌生面孔，多半是管區西布施分局的人吧。其他都是看膩了的老面孔，其中交情最深的，第一個往笹垣這邊看，他是組長中塚。中塚微微動了動下巴，示意他過去。

房間內幾乎沒有像樣的傢俱，但靠牆擺著一張黑色人造皮長椅，擠一擠，大概可以坐三個大人。屍體就在上面，是具男人的屍體。

近畿醫科大學的松野秀臣教授正在檢視屍體，他擔任大阪府法醫已經超過二十年了。

笹垣伸長脖子，看了看屍體。

屍體的年齡看來約四十五到五十出頭左右，身高不到一百七十公分。體格方面，以他的身高而言感覺稍胖。穿著咖啡色襯衫，沒有繫領帶，衣物看來都是高級品。只不過，胸口有個直徑十公分大小的深紅色血跡，其他還有幾個傷痕，但沒有嚴重的出血現象。

就笹垣所見，並沒有打鬥的跡象。死者的衣著整齊，沒有分線、全部向後梳攏的頭髮，也幾乎沒有紊亂變形。

個頭矮小的松野教授站起身來，面向調查人員。

「是他殺，錯不了。」教授肯定地說。「有五處刺傷，胸部兩處，肩部三處。致命傷應該是左胸下方的刺傷，在胸骨往左幾公分的地方。凶器應該是穿過肋骨的間隙，直達心臟。」

「當場死亡？」中塚問。

「大概一分鐘之內就死了吧！我想是冠狀動脈的出血壓迫心臟，引起了心包膜填塞。」

「凶手身上有濺到血嗎？」

「不，我想應該沒有多少。」

「凶器呢？」

教授翹起下唇，略加思考之後才開口：「是細而銳利的利刃，可能比一般的水果刀再窄一點。總之，不是菜刀或開山刀之類的刀刃。」

「死亡推定時間呢？」這個問題是笹垣提出的。

「死後僵直已經遍及全身，而且屍斑完全不再位移，角膜也相當混濁，可能已經過了十七小時到快一整天吧。就看之後的解剖可以精確到什麼程度了。」

笹垣看了看錶，現在是下午二點四十分。單純地倒推時間，死者便是昨天下午三點到晚上十點之間遇害的。

這時，年輕的古賀刑警進來了。「死者的太太到了。」

「總算來了。那就先讓她認人吧。帶她進來。」

笹垣小聲地問身邊的後進刑警：「已經知道死者的身分了？」

後進刑警輕輕點頭。「死者身上有駕照和名片，是這附近當鋪的老闆。」

「當鋪？身上少了什麼東西？」

「不知道，但是沒有找到錢包。」

古賀再次進來，朝後面說著「這邊請」。刑警們離開屍體兩、三步。

古賀背後出現了一名女子，第一個映入笹垣眼簾的是鮮豔的橘色。原來她穿著橘黑相間的連身格子洋裝，而且足蹬一雙近十公分高的高跟鞋。還有，造型完美的長髮，簡直像剛從美容院出來一般。

以濃妝刻意強調的大眼睛，望向牆邊的長椅。她的雙手舉到嘴邊，發出了沙啞的聲音。就這樣，她身體的動作靜止了幾秒。終於，她開始慢慢地靠近屍體。她在長椅前停下腳步，俯視躺在上面的男子的面孔。連笹垣都看得出她的下顎微微顫抖。

「是妳先生嗎？」中塚問。

她沒有回答，雙手覆住臉頰。那雙手緩緩地移動，蓋住了臉。雙膝像支撐不住似地一彎，蹲在地板上。好像在演戲啊！笹垣心想。

哀泣的聲音從她手裡傳出。

2

桐原洋介——被害人的名字，他是「桐原當鋪」的主人，店鋪兼自宅距離現場約一公里。

經妻子彌生子確認身分之後，屍體便被迅速移出現場。笹垣幫忙鑑識課人員把屍體移上擔架。這時，有個東西引起了他的注意。

「被害人是吃飯之後遇害的？」他喃喃地說。

「咦？」在他身邊的古賀刑警反問。

「這個啊，你看，皮帶繫的孔比平常鬆了兩格。」

「啊，眞的耶。」

笹垣交代一個年輕的鑑識課人員對這個部分拍照。

屍體運走後，原本參與現場勘驗的調查人員也陸續離開，以進行偵訊工作。留下來的人除了鑑識課人員之外，只剩下笹垣與中塚。

「笹仔，」中塚說，「你覺得呢？是什麼樣的凶手？」

「完全看不出來，頂多知道是被害人認識的人。」

衣著、頭髮整齊，沒有打鬥的痕跡，正面遇刺，這幾點便是證據。

「問題是，被害人與凶手在這裡做什麼？」組長說。

笹垣的視線停留在黑色長椅旁牆上的某一點上，通風管的四方形洞穴就在天花板下方。如果沒有這道通風管，或許屍體會更晚才被發現。因爲發現屍體的人，就是經由通風管來到房內的。

據西布施分局的調查，發現屍體的是附近國小三年級的學生。今天是星期六，學校的課只上到中午。下午，男孩便和五個同學在這棟大樓裡玩。他們把大樓裡四通八達的通風管當作迷宮，在複雜蜿蜒的通風管裡爬行。

其中一人似乎在半途走上了另一條路徑。男孩與同伴走失，焦急地在通風管裡四處爬行，最後抵達這個房間。男孩躡手躡腳地接近男子，發現他胸口的血跡。

男孩於下午將近一點時回到家，把狀況告訴家人。他的母親花了二十分鐘左右，才把兒子的話當眞。根據紀錄，向西布施分局報案的時間是下午一點三十二分。

「當鋪啊……，」中塚冒出這句。「當鋪的老闆，有什麼事得和別人約在這種地方碰面呢？」

「大概是見不希望被別人看到，或是被看到了不太妥當的人吧。」

「就算是這樣好了，也不必特地選這種地方吧。」

「話說回來，他老婆的打扮好誇張啊。」中塚提起另一個話題。「年紀差不多三十出頭吧。被害人的年齡是五十二歲，感覺有點差太多了。」

「她應該是做過那一行的。」笹垣小聲地回應。

「女人眞是可怕啊！現場離家裡根本沒有幾步路，卻還是化了妝才來。不過她看到丈夫屍體時哭的那個樣子，眞是有夠瞧的。」

「哭法跟化妝一樣，太誇張了，是嗎？」

「我可沒有這麼說哦，應該差不多問完他老婆的話了吧，笹仔，不好意思，可以麻煩你送她回家嗎？」

「好的。」笹垣低頭行了個禮，轉身走向門口。

來到大樓外，看熱鬧的人少了許多。但是相對的，出現了報社記者，電視台的人好像也來了。

笹垣望向停在大樓前的警車，桐原彌生子的身影出現在近前數來第二輛警車的後座。她身旁坐著小林刑警，前座坐著古賀刑警。笹垣走近他們，敲了敲後座的玻璃窗，小林打開車門出來。

「情況怎麼樣？」笹垣問。

「剛問完話。不過情緒還是有點不太穩定。」小林以手掩住嘴說。

「讓她確認過隨身物品了嗎？」

「確認過了。果然，錢包好像不見了，還有打火機。」

「哦，那她先生什麼時候失聯的？」

「她說昨天兩點多三點時出門的，去哪裡不知道。到今天早上還沒回家，所以她很擔心。本來想再不回來就要報警，結果就接到發現屍體的通知。」

「她先生是被人叫出去的嗎？」

「她說不記得先生出門之前有沒有接到電話。」

「她先生出門時的樣子呢？」

「聽說沒什麼不對勁的地方。」

「照這個樣子，也不知道誰可能行凶了。」

「是啊。」小林皺著眉頭點頭。

笹垣坐上車，吩咐古賀駛向桐原家。

「稍微繞一下再去，那些記者還沒察覺被害人家就在附近。」

「好的。」古賀回答。

笹垣轉身朝向坐在旁邊的彌生子，正式自我介紹。彌生子只是微微點頭，看樣子並不想費力去記刑警的姓名。

「府上現在有人在嗎？」

「有的，有人在看店，我兒子也放學回家了。」她頭也不抬地回答。

「妳有兒子啊，幾歲了？」

「小五了。」

「聽說妳先生昨天什麼都沒交代就出門了，這種情況常有嗎？」

「有時候，大多是直接去喝酒。昨天我也以爲如此，並不怎麼放在心上。」

「也會天亮才回家嗎？」

「很少。」

「遇到這種時候，他不會打電話回家嗎？」

「他很少打。我拜託他晚歸的時候要打電話，不知道說了多少次，他總是嘴上說好，也不打，我也習慣了。可是，萬萬沒想到他會被殺……」彌生子伸手按住嘴。

「在那邊。」古賀隔著擋風玻璃指著前方。約二十公尺遠的地方，出現了「桐原當鋪」的招牌。媒體應該還沒有掌握被害人的身分，店門口不見人影。

「我送桐原太太回家，你先回去吧。」笹垣吩咐古賀。

「桐原當鋪」的鐵門拉下一半，高度大約在笹垣的面前。笹垣跟在彌生子身後從下面鑽過。鐵門之後，是商品陳列櫃和入口。入口的門裝了毛玻璃，這裡也以金色的書法直接寫著「桐原當鋪」。

彌生子打開門走了進去，笹垣也跟在後面。

「啊，回來了。」待在櫃台的男子出聲招呼。他年齡大約四十歲左右，細瘦的身形，尖尖的下巴，烏黑的頭髮是毫釐不差的三、七分。

彌生子呼地嘆了一口氣，在一把應該是供客人坐的椅子上坐下來。

「怎麼樣？」男子問，視線在她的臉和笹垣之間來回。

彌生子把手放在臉上，說：「是他。」

「怎麼會……，果然是被……被殺的嗎？」

她輕輕地點頭，回答：「嗯。」

「豈有此理！怎麼會這樣？」男子伸手遮住嘴。

「我是大阪府警笹垣。這次的事，眞的很遺憾。」笹垣出示警察手冊，做了自我介紹。「您是……？」

「我姓松浦，是這裡的員工。」男子打開抽屜，取出名片。

笹垣點頭致意，接過名片。這時候，他看到男子右手小指戴著一個白金戒指。一個大男人，還這麼愛漂亮啊！笹垣心想。

男子名叫松浦勇，頭銜是「桐原當鋪店長」。

「你在這裡待很久了嗎？」笹垣問。

「唔，已經是第五年了。」

笹垣想，五年不算長。之前在哪裡工作、是在什麼樣的因緣之下來這裡工作的呢？笹垣很想請教他這些問題，但他決定今天先忍下來，因爲以後還會再來這裡好幾次。

「聽說桐原先生是昨天白天出門的。」

「是的，我記得應該是兩點半左右。」

「他沒有提起要去辦什麼事嗎？」

「是的。我們老闆滿獨斷獨行，幾乎很少跟我討論工作的事。」

「他出門的時候，有沒有跟平常不同的地方？例如服裝的感覺不太一樣，或者帶著沒見過的東西之類的。」

「我沒有注意，不過，感覺上他非常在意時間。」

「這樣啊，在意時間。」

「我覺得他好像看了好幾次手錶。不過，可能是我想太多了。」

「昨天店裡營業到幾點？」

松浦看著掛在牆上的圓形時鐘，「平常是六點打烊，不過，昨天拖拖拉拉的，一直營業到快七點。」

「看店的就只有松浦先生一個人嗎？」

「是的，老闆不在的時候，大多是這樣。」

「打烊之後呢？」

「我就回家了。」

「府上在哪裡？」

「寺田町。」

「寺田町？是開車上班嗎？」

「不是，我搭電車。」

搭電車的話，包括換車時間在內，到寺田町差不多要三十分鐘。如果七點多離開，再晚八點也應該會到家。

「松浦先生，你家裡有些什麼人？」

「沒有。我六年前離婚，現在一個人住公寓。」

「這麼說，昨晚你回去之後，也都是一個人嗎？」

「是啊。」

換句話說，就是沒有不在場證明了，笹垣在內心確認。不過，他臉上並沒有透露出這一點。

「桐原太太，妳平常都不會出來看店嗎？」笹垣問。

「因爲店裡的事我都不懂。」她以虛弱的聲音回答。

「昨天妳曾經出門嗎？」

「沒有，我一整天都在家。」

「一步都沒有出門嗎？也沒有去買東西？」

「嗯。」她點頭。然後，一臉疲憊地站起來。「不好意思，我可以去休息了嗎？我累得連坐著都不舒服。」

「當然，不好意思。妳請休息吧！」

彌生子踉踉蹌蹌地脫了鞋，伸手扶著左側拉門的把手。打開門，裡面是樓梯。她上樓的腳步聲從關上的門扉後傳來，當聲音消失後，笹垣來到松浦跟前。

「松原先生沒回家的事，你是今天早上聽說的嗎？」

「是的。我和老闆娘都覺得很奇怪，也很擔心。結果就接到警察的通知……」

「想必很吃驚吧。」

「當然啊！」松浦說。「怎麼會這樣！我還是不敢相信。老闆竟然被殺，一定是哪裡弄錯了。」

「既然你們是做這一行的，來的客人也是千百種吧。有沒有客人爲了錢的事和你們老闆發生爭執呢？」

「當然，我們是有些特別的客人。明明只是借錢給對方卻反而遭到怨恨，這種事也不是沒有。但是，再怎麼樣也不至於要殺老闆……」松浦回視笹垣的臉，搖搖頭。「我實在很難想像。」

「也難怪，你們是做生意的，不能說哪位客人的不是吧。不過，這樣我們就無從調查起了。如果能借看最近的客戶名冊，對我們會很有幫助。」

「名冊啊。」松浦爲難地皺眉。

「一定有吧，不然就不知道錢借給誰，也沒辦法管理典當品了。」

「當然，名冊是有的。」

松浦讓椅子轉了九十度，打開他身邊的文件櫃。裡面排放著好幾份厚厚的文件夾。

正在笹垣往前探出身子的時候，眼角掃到樓梯的門靜靜地打開，他往那邊看。一看，心頭便是一震。

門後站著一個男孩。一個十歲左右的男孩，長袖運動衫配牛仔褲的裝扮，身材瘦削。

笹垣之所以會心頭一震，並不是因爲沒有聽到男孩下樓的聲音，而是在和男孩眼神交會的那一刹那，受到他眼裡蘊含的陰沉黑暗衝擊。

「你是桐原先生的兒子？」笹垣問。

男孩沒有回答，反而是松浦回頭說：「哦，是的。」

「小亮，你要去哪裡啊？今天最好還是待在家裡哦！」

雖然松浦出聲詢問，男孩還是不加理會便出門了。

「眞可憐，他一定受到不小的打擊吧！」笹垣說。

「也許吧。不過，那孩子有點特別。」

「怎麼說？」

「這個嘛，我也不太會說。這是最近的客戶名冊。」

「那我就不客氣了。」笹垣收下後開始翻閱。裡面一大排男男女女的名字，眼裡看著這些，他心裡想起男孩陰鬱的眼神。（未完，敬請期待二〇〇七年十月新書出版）

（因日劇改編版本一開始便直接揭露原作謎底，請自行考量後再行閱讀）

日劇《白夜行》

妳／你是我生命中唯一的微笑，唯一的光

文／陳國偉　圖／米奇鰻

「在我們的頭上沒有太陽，一直都是夜晚，
但是卻不覺得黑暗，因爲有能代替太陽的人在。」
「我覺得自己需要夜晚，這樣才能讓我生存下去，
雖然並不明亮，但是足夠讓我走下去。」
「妳……妳是我的太陽，虛構的太陽，
但是它不會放棄在明天再次升起，它是我唯一的希望。」
「你……你是我的太陽，虛構的太陽，
但是你燃燒自己照亮前進的路，是我唯一的陽光。」

亮司 VS. 雪穗．第一話

不可能的改編

這個男孩沒有什麼朋友，他每天經過河邊，都會看到一個女孩靜靜地坐在河邊，露出哀傷的神情，他也在圖書館看見過這個女孩，也總是靜靜地坐在角落，讀著《飄》這本對孩子們來說，還有些難度的世界名著。逐漸地，他們變成了好朋友，甚至發展出純純的情愫，並且一同閱讀著《飄》，認同著郝思嘉與白瑞德。然而男孩並不知道，女孩有著悲慘的命運，母親不時將童稚的她，帶到興建中的大樓內任男人上下其手。直到有一天，男孩偷偷尾隨著進入大樓，在幽暗的通風管口，驚見那不堪的男子竟然是自己的父親，於是他用自己能剪出美麗紙花的利剪，刺入父親體內。自此之後他們只能逃亡，以他們對彼此的愛牽動著自己的身體，燃燒自我成爲對方的太陽，因爲他們的心靈，仍被監禁在那個幽暗的通風管內，永遠不能自由。這個男孩叫做桐原亮司，而這個女孩，後來易名爲唐澤雪穗，《白夜行》正是他們哀傷的、逃亡之愛的物語。

《白夜行》日劇改編自同名小說，是東野圭吾入圍直

木獎，熱賣五十五萬部的名作。於二〇〇六年冬季檔（註一）由TBS電視台影像化為十一集的日劇搬上螢光幕，在週四晚間九點的時段播出，平均收視率為一二・二八%。雖然因為走黑暗的純愛物語路線，收視率較不亮眼，但由於出色的改編劇本與演員傑出的演技，最後得到相當高的評價，也在當季第四十八回的日劇學院獎（註二）中獲得最佳作品、最佳男主角（山田孝之）、最佳女配角（綾瀨遙，註三）、最佳男配角（武田鐵矢）等四項大獎。

《白夜行》其實是東野圭吾作品中，公認數一數二難以影像化的作品，就連作者受訪時都提到他本來認為是天方夜譚。當然其中最重要的關鍵，在於讀者要到小說的最後，才會知道原來命案的關係人桐原亮司與唐澤雪穗，有著強烈的連結，那也是整部小說最重要的謎底。然而製作單位選擇了破壞原作推理小說結構的限制，並且降低男女主角的年齡，讓觀眾在第一集就看著凶手犯案，打破原作所設定的謎底，而讓亮司與雪穗的相互守護關係，強化成為整部劇的主旋律。

製作人石丸彰彥在《TV navi月刊》二〇〇六年二月號的受訪中說道：「《白夜行》是一部關於兩個人在漫長而黑暗的道路中，發出『為什麼我們必須要在這裡呢？我們生存下來是為了什麼呢？』這樣的問題，並讓人思索的戲劇。『我倆只有彼此可以相信』、『我倆是彼此唯一可以依賴的事物』、『我倆要在太陽底下手牽手在街道上漫步』，看完兩個人在這十四年間拚命的表現，相信大家的記憶中都會殘留他們的努力。」編劇森下佳子將原作中並未特別著墨的兩人心理軌跡，在《白夜行》劇中發揮得淋漓盡致，讓觀眾進入他們的內心世界，並且深刻感受到他們之間的羈絆。

註一：日劇檔期四季區分如下：一～三月為冬季檔，四～六月為春季檔，七～九月為夏季檔，十～十二月為秋季檔。

註二：日劇學院獎為角川書店出版的《The Television》雜誌所主辦的日劇大獎，自一九九四年春季檔開始，每季頒發一次，只要是以地上電波對全國播放，總集數在五集以上，播畢日期在該季結束之前的戲劇，都可以參賽。該獎獎項涵蓋範圍相當全面，第一屆開始即有最佳作品、男主角、女主角、男配角、女配角、新人、編劇、導演、卡司、主題曲、服裝造型、攝影、片頭、特別獎等。由於這個獎的名次，由專業評審、電視記者與讀者共同投票，因此甚具公信力。

註三：由於本劇的主軸是純愛，因此就戲分與重要性來說，綾瀨遙是以女主角的身分飾演唐澤雪穗，然而在日劇學院獎的候選資格上，綾瀨遙是以女配角的身分候選，一方面可能是製作單位考量到她以女主角的戲分，參與女配角的競爭可能較有利得獎；另一方面，《白夜行》基本上是以男主角桐原亮司的敘述視角為主，因此山田孝之被視為「主役」（主角），而綾瀨遙被視為「助役」（配角）。

雪穗，我們沒有什麼遠大的願望，
只是想再一次一起散步吧，在藍色的天空下。

——亮司・第二話

純愛的極限

東野圭吾在《達文西》雜誌二〇〇六年二月號與綾瀨遙的對談中，特別提到雪繪是他心目中理想的女性「type」。而《白夜行》日劇的官方網站中，他更進一步在受訪中說，亮司那種不求回報、一心奉獻自我的生活，是他心目中理想的生存之道，而兩人之間的羈絆，他認爲那是純愛，因爲彼此對於對方是唯一的存在，其他的事物都可以捨棄，爲了守護彼此而變得更堅強。

這樣的思維，我們在東野圭吾的《嫌疑犯X的獻身》、《單戀》等作品中都可以看到，但《白夜行》的編劇將其象徵意義擴大，亮司與雪穗從一開始犯罪之後，就只能走在黑暗之中，因此兩個人最大的希望就是能手牽手一起走在大太陽下，他們的頭頂沒有太陽，因爲彼此就是相互依賴生存的光。

對此，日劇的製作人石丸彰彥也做了一番引伸：「純愛就是一種令人願意犧牲一切，並企圖保存的愛情。只要自己覺得是對的，不管是哪一種方式都會被成就爲純愛，所以純愛是不可能被玷污的，這是人類所能表現的最美麗的事物。」爲了延伸這種純愛等於美麗的事物的概念，製作單位找來了曾經在《在世界中心呼喊愛情》純愛劇中飾演情侶的山田孝之與綾瀨遙，希望能透過他們將這種概念延續到戲劇中。

也因此，日劇版《白夜行》成功地將原本小說中懸疑性濃厚的推理與犯罪，演化爲悲劇性的純愛（編劇甚至暗示了男女主角並不存在著嚴格定義下的性關係），而成爲一個令人感嘆、惋惜，甚至哀傷的故事，並透過大量的心理鋪敘，呈現出人性與存在的種種思考，而創造出有別於原作的深刻意義。

當然，這麼成功的戲劇，除了得力於也曾經成功改編《在世界中心呼喊愛情》的編劇家森下佳子，更重要的，便是劇中「二加一」的演技鐵三角。其中的二，便是飾演桐原亮司的山田孝之，以及唐澤雪穗的綾瀨遙，而那個「加一」，則是偵辦桐原父親命案，之後便一直緊追在兩人身後，飾演笹垣潤三刑警的武田鐵矢。

雪穗，我們太醜陋了吧！
醜陋得會讓每個人都轉過身去，
所以說，爲了不讓人發現這份醜陋，
我們決定互相緊緊抱在一起。

——亮司・第七話

作爲雪穗暗影的桐原亮司：山田孝之

飾演桐原亮司的山田孝之，一九八三年出生，鹿兒島人，第一部參與演出的戲劇作品，是由漫畫改編，在一九九九年推出影像化續篇的《感應少年EIJI 2》（值得一提的是，共同演出的工藤靜香，在演完這部戲後就嫁給木村拓哉息影了）。山田孝之其後陸續在《第六個小夜子》、《水姑娘》、《好想好想談戀愛》、《漂流教室》與《午餐女王》等日劇中演出，逐漸受到矚目。在《好想好想談戀愛》中，山田孝之展露他在演技上的寬廣與才華，演出一個在電話交友中假扮身分的高中生，與同樣是假扮成空姐的中年主婦岡江久美子有著一段曲折的戀情，讓人印象深刻。二〇〇三年夏季檔，他首次擔綱演出日劇版《水男孩》，更讓他成爲日本演藝界難得不是出身自傑尼斯，但仍能在二十歲演出主角的少數年輕男演員。

但真正讓山田孝之登上戲劇高峰的，則是在隔年夏天，他主演改編自日本暢銷兩百萬冊的純愛小說《在世界中心呼喊愛情》，獲得極高的肯定，並一舉奪下日劇學院獎最佳男主角，該劇並同時得到最佳作品、女配角（綾瀨遙）、導演（堤幸彥等）及編劇等共九項大獎。

自此之後，山田孝之接演的戲劇，似乎總是圍繞在「純愛」的概念上；不論是電影《電車男》、日劇《H2》、《白夜行》或《太陽之歌》，都是如此。山田孝之也憑藉著在演技上同時具備的強烈的存在感與虛無感，讓他所飾演的角色，綻放出難以忽視的光芒，在《白夜行》中尤其是如此。

山田孝之受訪時曾提到，亮司爲了守護雪穗而殺人的心情，其實他相當難以理解，所以他試圖透過人心演變的過程來進入角色。他也說過，在揣摩亮司的時候感受到極大的痛苦，也見識到自己從未見過的殘酷面，雖然他對此相當害怕，卻又深感學到了許多。正因爲他的投入，在《白夜行》中他深刻地掌握了角色每個階段的心理變化：十八歲之前的虛無與軟弱、十九到二十一歲的陰狠與無情、二十二歲之後的世故與堅強，從懦弱無助到爲雪穗覺醒而堅強，甚至能夠犧牲自我的存在成爲雪穗的暗影，爲雪穗一連串地殺人、犯罪，山田孝之將亮司內心轉折與豐富人性，詮釋得淋漓盡致，堪稱演出了重要的代表作。

每天就像是活在水溝裡的我，是亮君你教會了我如何笑；
在最關鍵時刻，是亮君你救了我。
亮君，謝謝，我那時真的好高興，
覺得活在這個世上眞好，覺得已經很滿足了！
亮君是我的太陽。

——雪穗．第一話

讓亮司作爲光源獻身的唐澤雪穗：綾瀨遙

演出唐澤雪穗的綾瀨遙，是近期崛起的年輕女星。廣島出生，今年廿二歲的她，早先以拍攝泳裝寫眞集出道，由於經紀人認爲她的本名蓼丸綾姓氏太難唸，因此透過經紀公司HORIPRO在網路上開放全國投票，選出綾瀨遙這個藝名。

綾瀨遙最早一部客串的日劇，無獨有偶地，也和山田孝之一樣是改編自超人氣漫畫的《金田一少年事件簿》（二〇〇一年），之後她陸續在《我的生存之道》、《向黑傑克問好》（台譯《帥哥醫生》）、《幸福的工子》和《暴風雨之戀》中演出，但眞正讓她大放異彩的，止是與山田孝之合作的《在世界中心呼喊愛情》。這部戲不僅爲她拿下當季日劇學院獎最佳女配角，更讓她獲得青睞，演出日本名腳本家野島伸司執筆的《天眞可愛》（台譯：《親愛家人》），並主演「愛情教祖」北川悅吏子睽違三年編寫的《唯一的愛》；甚至加入木村拓哉主演、九〇年代以來平均收視率冠軍的《HERO》特別篇、電影的演出，以及獨自擔綱主演《紅的命運》、《小螢的青春》。不過，對於向來大多演出純眞角色的綾瀨遙，《白夜行》中有著悲慘童年，長大後堅強卻又極富機心、不信任甚至有時憎恨他人的唐澤雪穗，是她從影以來最大的挑戰。尤其是飾演雪穗幼年的天才童星福田麻由子，將雪穗的哀傷與痛苦，詮釋得極爲精采，因此綾瀨遙要如何延續其性格又能加以突破，就成了極大的考驗。

在《白夜行》日劇的寫眞書中，綾瀨遙接受訪問時說道，對於揣摩雪穗那冷漠、黑暗的強烈眼神時，她有著很大的障礙，導演常常要提醒她「再不幸一點」。在這樣的過程中，她也逐漸理解，甚至喜歡起雪穗這個人，尤其是當雪穗爲了能夠讓亮司回到白天的世界，而決定下嫁高宮，她更是強烈感受到兩人羈絆之深，雪穗唯有在亮司面前能誠實、任性、像個孩子，也可以說亮司已經是雪穗身體的一部分。或許正是有著這樣的體認，綾瀨遙將這樣一個既單純但又複雜的角色，詮釋出獨特的光彩來，也讓觀眾感受到唐澤雪穗的堅強與黑暗。

他們倆只是互相守著那天的靈魂而已，
但最終桐原卻仍在通風管中徘徊，
唐澤則不讓任何人看到她的眞面目，
直待在當年那幢大樓昏暗的房間裡，
即使知道自己總有一天會走向毀滅，
但他們兩個已經回不了頭了。

——笹垣・最終話

緊追著光與影的警探笹垣潤三・武田鐵矢

在《白夜行》原著中，具有舉足輕重地位，偵辦桐原洋介命案的警探笹垣潤三，製作單位特別找來實力派的武田鐵矢演出。在日本因爲長年演出金八老師，成爲全國民眾心目中老師典型的他，這次則化身緊追著桐原亮司不放，卻在最後展露出慈悲形象的刑警。武田鐵矢那時而嚴肅沉重、時而痛心疾首，威嚴但不失溫暖的表現，使得笹垣潤三在男女主角的生命中，成爲一個充滿壓力而驚悚，有如另一種「監護人」意義的存在。

一九四九年於福岡出生的武田鐵矢，一九七二年出道時是「海援隊」此一團體的主唱，多才多藝的他，身兼作詞家、演員、主持人及漫畫原作等身分。在三十多年的演藝生涯中，他演出過數十部電影、戲劇，主持過將近二十個節目，也曾擔任第四十屆紅白歌唱大賽的主持人。而他戲劇的代表作，其一就是他一九七九年演出的《3年B班金八先生》，這不僅是他第一次擔任日劇主角，也是最廣爲人知的。

他的另一代表作，是台灣觀眾也很熟悉的《一〇一次求婚》，情節爲相親失敗九十九次的中年男子愛上美麗的女大提琴家，典型的「美女與野獸」的故事，卻獲得相當高的好評。而武田鐵矢飾演那位衝動但善良，有點油膩的中年男星野達郎，也得到日本女性觀眾的支持與歡迎。

在武田鐵矢的眼中，《白夜行》是一齣關於加害者的「惡的物語」，但他認爲戲劇本身並不是對犯罪行爲的肯定，而是對亮司與雪穗之間的純愛這種感情事實的描述，雖然爲了成就純愛而殺死父母，是錯誤而不能讓人接受的，但是隨著劇情的推演，故事本身的核心也慢慢地浮現。這樣的心情，也顯現在他所飾演的笹垣警探身上，他既代表著法律與正義的約束，認爲無論如何都要揪出亮司與雪穗的犯罪事實，然而他也代表著良知與道德，當他最後抱著亮司，並道歉說都是因爲他沒有抓住亮司，才讓亮司一錯再錯時，他所透露出來的，卻又像是父親般的慈藹與痛心。當然也因爲武田鐵矢成功地詮釋了這個角色，使他得到日劇學院獎最佳男配角的殊榮，這在年輕偶像充斥的日本演藝界，是相當難能可貴的肯定。

請告訴孩子們，
眞正的懲罰是會留在心裡和記憶裡的，
吞下的罪惡侵蝕著靈魂，
不久之後，連那身體及生命也都被吞蝕殆盡了，
請在那之前，告訴父母們吧！

——亮司・第九話

兩種美學，兩種經典

自從《白夜行》日劇在日本播出，許多台灣的日劇迷透過網路等管道一睹究竟後，就十分期待能看到小說。一年後，台灣的有線頻道終於引進，在目睹日劇版亮司與雪穗那宿命般的自我毀滅，無奈而悲劇性的結局後，到底小說版又是如何，再度吹起一股「期待風」。

然而由於媒介不同，呈現的著重點也會有所不同，再加上小說原本即具有高度完整性，後出的日劇版無法再以推理劇的結構來呈現，因此必然地將主軸轉換到原作隱含的純愛意義上，並且加入大量的人性探討，呈現出罪與罰的圖景，卻因此開發出《白夜行》的新可能。透過文字與影像不同的美學形式，也形塑出兩種不同的典範：小說的推理懸疑，令人意外的結局；日劇的人性犯罪，宿命式的生存相守，相信觀眾／讀者不管觀看的是哪個版本，都將得到淋漓盡致的觀賞／閱讀滿足，但若有機會同時接觸兩種版本，那絕對不可錯過，一定要好好感受一下，不同的《白夜行》帶來的無比震撼，領略那人性的罪惡與懲罰，所能夠達到的，超越你能想像的無盡邊界。

參考資料：

《達文西》，二〇〇六年二月號。
《ＴＶ navi月刊》，二〇〇六年二月號。
《The Television週刊》，二〇〇六年第一號。
《The Television週刊》，二〇〇六年第六號。
《白夜行寫真集》，角川書店，二〇〇六。
《連續劇十年史——日劇學院獎十年回顧》，角川書店，二〇〇四。
白夜行官方網站
http://www.tbs.co.jp/byakuyakou/
日劇學院獎官方網站
http://blog.television.co.jp/drama/academy/

《白夜行》日劇相關資料

集數：11話
平均收視率：12.28 %
編劇：森下佳子
導演：那須田淳、石井康晴
製作人：石丸彰彥、平川雄一朗
主題曲：柴崎幸〈影〉
配樂：河野伸
日本首播：2006年1月12日
台灣首播：2007年5月24日（緯來日本台）

☆演員
桐原亮司：山田孝之（高中以後）
　　　　　泉澤祐希（少年時期）
唐澤雪穗（西本雪穗）：綾瀨遙（高中以後）
　　　　　福田麻由子（少年時期）
笹垣潤三：武田鐵矢
松浦勇：渡部篤郎
篠塚一成：柏原崇
唐澤禮子：八千草薰
谷口真文：余貴美子
桐原彌生子：麻生祐未
桐原洋介：平田滿
古賀久志：田中幸太朗
川島江利子：大塚千尋
高宮誠：塩谷瞬
栗原典子：西田尚美
園村友彥：小出惠介
西口奈美江：奧貫薰
菊池道廣：田中圭

土屋隆夫
特輯

★★★

是地靈人傑還是人文薈萃，
使日本長野縣出現土屋隆夫這一位生長於斯，
又能將當地栩栩如生寫進書中的推理大師？
我們特別請到台灣推理傳教士詹宏志先生與大師面對面會談，
並實地走訪書中提及的地點，
讓您近距離體會土屋文學的魅力、
領略信州（即長野縣）的風光。

雪爪追蹤——土屋隆夫會見記

文／詹宏志

與大師相會

約定的時間已到，但還未見來人的蹤影。

我下意識地一直去拉扯我的西裝上衣下襬，以及褲子的折痕，其他工作人員也已經等得有點焦躁難安。不遠處的電梯，突然間鏘的一聲，開了門，一高一矮的身影隨即緩步走了出來。陪在我身邊緊張多時、嘴裡唸唸有詞、不停抽著菸的光文社年輕編輯悶哼了一聲，好像挨了一棍，小碎步衝向前去，這時我才回神會意過來，與我們相約的大人物已經到了。

作者與土屋隆夫合影

土屋隆夫（一九一七～）的個頭比我想像中來得嬌小許多，他的身高也許還不到一六○公分。面容也比我看過的任何照片都還柔和慈祥，書中照片裡的凌厲眼神此刻也收斂了起來，但那可能是他中年時期的照片，眼前這樣的他，走在路上和日本鄉間普通的老人家沒什麼兩樣。而他的皮膚光滑嫩紅，並無太多陽光曝曬的銅色印記，和傳說中那位「晴耕雨書」（一面務農，一面寫作）的隱者不太一致，他在書房裡的時間顯然是比在農田裡的時間要多得多。

面對聞名已久的大作家，我雖然有點緊張，但我知道他也是緊張的。土屋隆夫在日本推理小說界成名甚早、地位崇高，活躍創作的時間長逾五十年（他的第一篇得獎短篇推理完成於一九四九年，第一部長篇推理則出版於一九五八年），此時與我們相見的他，也已經高齡八十有八。但大作家是出了名的羞怯封閉，不愛外界打擾，多年來我們讀得到的訪問寥寥可數，也不曾看到他在電視機面前接受訪問。更不要說他長年隱居長野縣山中的鄉下，連終身成就的最高榮譽文學獎贈獎給他，也無法說動他離開家鄉，跑到東京來拋頭露面。

為了我這一趟採訪，驚動了長年與他合作、如

> 他的皮膚光滑嫩紅，並無太多陽光曝曬的銅色印記，和傳說中那位「晴耕雨書」（一面務農，一面寫作）的隱者不太一致。

今已經退休的老編輯，他還出面幫忙，特地先趕來山城，開車到土屋家裡去迎接老作家，親自載他前來我們安排的訪問拍攝地，又為了不讓土屋先生緊張，兩人還先到街上酒吧喝一杯，讓老作家放鬆心情，真是細膩用心而又盛情可感呢。

幾經周折的採訪

這一次來日本採訪的連繫其實也是費足了周折。「土屋隆夫推理作品集」原來是我的同事蕙慧的出版計畫，她跑來找我討論新書推出時的行銷推廣方法，我想起十年前到英國訪問柯林·德克斯特（Colin Dexter，一九三〇～）的往事，覺得可以重施故技。我有幾個理由，第一，土屋隆夫儘管是屢出佳作、謹守法度的推理小說大師，但在熱鬧求新的日本書市裡早已不是熱門流行的作品；第二，土屋先生的作品橫跨五個十年，產量稀少，早期的作品出版在半個世紀以前，與現在年輕人讀書的節奏、口味恐怕並不相合；第三，台灣八〇年代曾經出過相當數量的土屋作品，當時雖曾贏得一些高品味的讀者，畢竟時日久遠，年輕讀者已經不熟，但你想當作新書來推動，書店卻又可能反應不熱衷。總之，我想既然單獨一本作品本身不易引起話題，最好是從「全集」和「作家」兩路下手，如果能訪問到土屋隆夫本人，以他的地位應該足以引起媒體一定的關心和注意，連帶書店裡的陳列位置與活動配合也就好商量了。

但訪問土屋隆夫談何容易？日本推理小說與編輯界的前輩那麼多，要說動隱居在長野縣的大作家都感到困難，何況遠在海外的我們？而我們又聽說，土屋先生對台灣早年曾經「不告而譯」他的作品，也曾有不好的印象，他對我們這一群陌生人的邀訪，態度會是如何呢？心存僥倖的我（我以為未必會談成），慷慨地向蕙慧說，如果說動了土屋先生，我就同意擔任採訪的工作。

不料我的幾位年輕同事鍥而不捨，透過不斷的書信往返，竟然說動了大作家為中文版寫序，並表示願意接受採訪。等到我們表示採訪不止是文字，還將有一支攝影隊伍前往取材，土屋先生那一頭又沉默了好久，顯然是不太樂意吧？同事後來找到日本推理文學界的老前輩評論家權田萬治，請他出面幫忙說項，讓土屋先生明白來做採訪的人確實有十足的準備與誠意，他才接受了。而我，也就沒有推托的理由了。

當我們興沖沖來到日本時，代為折衝聯絡的日本光文社年輕編輯卻說：「要看到土屋先生出現才算數。」他的意思是說，老先生性情古怪，我們要求的又是他極為勉強的事，隨時可能變卦，在沒有採訪完成以前，不要高興得太早。但此刻

> 沒想到老先生聽完問題，眼睛略微發亮，抬頭看著天花板，一口氣從五歲的童年講起。

電梯門打開，走出來的正是由退休老編輯陪同的土屋先生，年輕編輯一看，輕聲呼喊一聲「唉呀」，也不知道是驚訝還是高興，便匆匆跑步向前迎接，我也才想起來我此行的目的，也跟著快步走向電梯門。

握手的時候，我感覺土屋先生的手掌多肉、柔軟而溫暖，但直視他眼睛的時候，卻又察覺到他的羞赧。當我結結巴巴用蹩腳的日文向他致敬致意，他似乎不是那種立刻用權威語言接管場面的人，反而是像個鄉下老先生，害羞地掩口笑說：「這樣嗎？這樣嗎？謝謝，謝謝。」

我們坐下來談了一會兒話，我也順便向他解釋了採訪和拍攝的方式。我有一份採訪大綱是已經應出版社要求，事先給了土屋先生，但那份提綱也有波折，日本出版社的聯絡人認為我的題目引述到太多西方推理作品，擔心萬一土屋先生不知道那些作品，場面會有點尷尬。雖然我不認為這些題目提及的西方作品會成為溝通障礙，但我想日本人做事一向細心而禮貌，也就同意刪節了。

等我看聊天的情緒似乎已進入狀況，就請土屋先生坐上現場準備的訪問座椅，配上麥克風，又放鬆心情講了一些旁話，然後我們就開始進入正題，攝影機在一旁悄悄捕捉著老先生的聲音與表情，不曾接受電視採訪的土屋隆夫，終於開始他的第一次了。

文學創作啟蒙之路

我修改過的第一個問題，就問他關於他的推理小說閱讀，我想知道他讀過哪些西方或日本本國的推理作品，有沒有偏好或受影響的作家與作品，以便了解他的傳承與淵源。沒想到老先生聽完問題，眼睛略微發亮，抬頭看著天花板，一口氣從五歲的童年講起。講到孩提時代他如何對閱讀好奇，他怎麼開始讀大人書，從女性雜誌、「時代小說」（歷史小說）讀起，一路講到他如何在神保町發現偵探小說的世界，然後提到的竟然都是法國小說，先說到小孩愛看的亞森羅蘋（Arsene Lupin），然後再說他最愛讀喬治·奚孟農（Georges Simenon，一九〇三～一九八九，或譯西默農）的作品，並且說他感動之餘，也曾想過：「如果也能寫這樣的東西該有多好。」

土屋隆夫喜歡喬治·奚孟農，而且受他的啟蒙？這倒是有意思的事。我的意思是說，他們是氣質、性格何等不同的兩個人。想想看，從寫作來說吧，土屋隆夫五十年創作，一共才寫了十三部長篇，短篇也一共才三十幾篇，是「吟成一個字，拈斷數根鬚」的慢火作者，平均十年才寫兩部作品。奚孟農則是另一種典型，他下筆如神，平均七天一部小說（他自己說超過七天，他就不想寫了），作品數量難以計算，根據日本人編的工

作者在小諸車站

具書《世界推理作家事典》的資料，出版成書的小說有四百二十九種。奚孟農生性愛熱鬧、愛搞怪、愛派對、愛女人（他宣稱自己睡過兩萬名女子），追求財富與奢華生活，是現代社會的好動兒。但土屋隆夫看起來幾乎沒有一處相像，他遁居山野，教書務農，生活平淡近乎出家，從不出現在眾人的集會。但他說，奚孟農的小說不是只有詭計，而是深入寂寞的人心，看了令人感動；他在看到《寶石》雜誌的徵文消息時，想到小時候讀奚孟農的感動，才開啟了推理小說的寫作生涯，兩個最不相像的人，從這一刻連在一起了。

我的第一個問題，讓聽說平日並不多話的土屋先生打開話匣子，半瞇著眼睛，滔滔不絕講了半個鐘頭，態度親切可愛，用語也幽默謙遜，完全不是別人反覆叮囑警告的模樣。這時我才別有體悟，也許土屋先生從來就不是難以相處的人，只是日本人工作上特別細心體貼，習慣把別人都假想為最難搞的人，提醒自己仔細檢查所有流程細節的準備，也許這是一種戒慎恐懼、如履薄冰的精神吧？

土屋作品中的文學趣味

從作品來看，土屋隆夫可說是十足的日本「本土型作家」。一方面他對日本文學傳統非常熟悉，常常在推理小說中引用近現代的日本文學作品，有時候甚至把某些作家的生涯和作品都放進推理詭計的架構中，形成很特別的趣味；另一方面他也自承，他從日本傳統戲劇裡找到若干靈感，譬如說他在小說中設計的千草檢察官和野本刑事角色，他們兩人之間吵吵鬧鬧的插科打諢，就是利用了日本「漫才」表演（類似中國「相聲」的表演形式）的概念。不只是這樣，在土屋隆夫的作品裡頭，你還可以讀到真實的日本場景，可信的日本角色，氛圍、生活與器物無一不是和風十足，你幾乎相信這是純粹的日本產物。也許我可以這樣說，儘管推理小說原是歐美的發明，但經過土屋隆夫這樣的作家的努力，日本的推理小說已經不再洋腔洋調，它已經完全「在地化」了。

可能因為是土屋先生給人的這種鄉土與本土的印象，在我事先提供的採訪大綱裡，日本出版社的編輯一開始就反對我一些詢及西方推理小說的訪問題目，以免土屋先生因不熟悉而受窘。我本來已經從善如流拿掉那些題目與書名，不料我第一個題目問到土屋先生受哪些推理小說的啟蒙，他竟然花了不少時間講他如何在少年時期愛讀法國作家喬治．奚孟農的作品，以及他如何受奚孟農的影響而有志於推理小說的創作，讓在場的人（包括他的老朋友）都非常驚訝。

這又讓我大膽起來，我把已經刪去的訪問題目

他對這些作品是既嫻熟又有眞感情的，成爲他作品裡很特別的一種風格，這在他的名作《盲目的烏鴉》一書裡就明顯地表現出來。

又從腦中叫出來，我又問他是否讀過約瑟芬．鐵伊（Josephine Tey，一八九六～一九五二）的作品，因為我發現土屋的精筆與少作和她相像，而兩人的作品也都充滿著濃郁的文學氣息，大膽猜想他們之間或者有種連結。結果土屋先生不但承認讀過鐵伊的《時間的女兒》，而且還當場糾正了翻譯的錯誤。（當時，翻譯小姐依照我說的中文和英文，把鐵伊的作品書名譯為《時間之女》，但日文譯本用的書名其實是《時之女》。）

博覽群籍　筆耕不輟

土屋先生對文學的廣泛涉讀與博雅修養，在他信手援引日本文學作品的左右逢源時，已經令人感到讚嘆佩服，現在又發現他對西方推理小說也是言之能詳，連本來自以為對他很熟悉的日本編輯也感到驚訝。我自己在讀土屋隆夫的作品時，就看到他常常信手拈來若干日本近現代文學作品裡的名句或詩句，與小說情境無比貼切，甚至可以和案情相結合。可見他對這些作品是既嫻熟又有真感情的，成為他作品裡很特別的一種風格，這在他的名作《盲目的烏鴉》一書裡就明顯地表現出來。

他自己也在訪問裡說：「我從三、四歲就開始讀書，幾乎讀遍了日木的文學作品。有很多版本的日本文學全集，不管是三十卷本或是四十卷本，我幾乎都找來讀了。因此在寫作的時候，這些東西就很自然地浮現在腦海；我會想起哪位作家曾經這樣寫過，哪位詩人曾經有詩句描寫到這個場面等等。……大概就是我對文學的熱愛自然在作品中流露吧？」

訪問進行了兩個鐘頭，年紀已經八十八歲的土屋先生毫無倦容，對我有時候帶點魯莽的問題也不以為意，處處還透露著機智和幽默，譬如說提到自己在書中愛引用文學作品的詩句與典故，他先是謙遜說是給自己的作品增添色彩，但很快就加一句：「我引用作品的作家，幾乎都以自殺作結。我特別喜歡自殺的作家。」引來全場哄堂大笑。而當我提到他五十年只寫十三部作品，是非常罕見的「少作作家」時，他突然狡黠地笑著說：「我現在比較快了。」年近九十，仍然佳作連連、創作不斷，還自嘲時間無多，「寫得比較快了」，這也是極機智、極世故的魅力。

土屋隆夫的電視採訪在輕鬆、愉快的氣氛下，不可思議地順利完成了，我們心裡放下一塊大石。但做好一個節目，只有人物採訪的畫面也是不夠的，好在土屋先生的作品幾乎都以號稱「日本屋根」（日本屋頂）的長野縣為背景，長野（Nagano）固然因為舉辦一九九八年的冬季奧運而聲名大噪，但在作家的筆下，這個古來稱為

《影子的告發》

《盲目的烏鴉》

「信州」的地方，所有的風物與人情彷彿在小說中都活了起來，說土屋的作品是長野旅行最好的「導遊」也不為過。

長野風情　山景祕湯

我自己對長野的豪雪風情與山景祕湯一直嚮往不已，多年前我就曾經在長野自助旅行。行程是先遊昔日洋人度假避暑的輕井澤，再由輕井澤入長野市，途中還曾在信濃追分稍停，按書中所記，吃到一家門齒留香、滋味難忘的蕎麥麵；從長野市再乘長野電鐵到溫泉勝地湯田中，轉巴士來到滑雪名所的志賀高原，到的時候還不是滑雪季節，遊客清淡，但積雪已深，仍可以享受極美的山景和溫泉。

回頭沿原線再到澁溫泉（shibu onsen），澁溫泉以擁有九個「外湯」而聞名，投宿當地溫泉旅館的遊客都可拿　把鑰匙，巡浴歷遍九個公共溫泉池。但我的目標更冷僻一些，從澁溫泉再往山上步行不到一小時，可以來到一個稱為「地獄谷溫泉」的地方，因為無車可達，顯得更為清幽，而它的露天溫泉就是出名的會有猿猴來共浴的祕湯；投宿的旅館不但有小粽子（有點像台灣人的鹼粽）當茶點，房間的門窗都有雙層，提防頑皮的猿猴開門侵入，野趣十足。離開地獄谷溫泉，我又轉往山景雄壯的乘鞍高原，到的時候紅葉尚未落盡，新雪則剛下，深秋初冬兩種風情都享受到了。

但這一次採訪的路徑不同，我們一行人又有機會在長野縣境內訪小諸古城，遊懷古園，在「藤村紀念館」懷想當年日本知識份子的熱血時光，更可以謁島崎藤村的歌碑，勒刻的是〈千曲川旅情之歌〉。而這一碑一景，全部都寫在土屋的名作《影子的告發》裡，歌碑更是破案的關鍵呢。讀小說，遊小說家的故鄉，內外兼修，有時候真的是樂趣無窮。

作者在藤村詩碑前

記二〇〇五年採訪土屋隆夫前夕——
我站在懷古園前

文・攝影／陳蕙慧

採訪計畫歷時一年半

我當然不會忘記第一次站在懷古園前，望著那座高聳的大門時心裡的悸動。

二〇〇五年六月七日，我從漢城結束拜訪十五家出版社、為期六天的書展活動行程之後，又風塵僕僕地轉往東京，約定九日與當時商周的行銷主管Ramson會合，目的是為七月初大隊開拔到長野採訪土屋隆夫大師，做現場勘景。

這次的企劃從二〇〇四年春天開始接洽、進行。期間的電子郵件往返數百封、親自來日與光文社版權小田切先生會商也有數次之多，詢問可能性、等待回覆、探詢進展、等待回覆……，幾乎每天都處在緊張不安的狀態。

輕井澤一景

原本在二〇〇五年二月已獲大師同意，由我們力邀的、大師的頭號粉絲詹宏志先生前往長野市採訪他老人家，但是後來確認企劃案中提到的採訪隊伍裡有中天電視的節目製作小組隨行，打算做一個老先生的特輯之後，一向不喜在鏡頭前曝光的大師似乎又猶豫不決了。

一直到六月八日我人到了光文社，也正為此事困擾不已的小田切先生苦著臉跟我說，土屋先生還沒答應電視採訪的事。但是他幫我把土屋先生最信任的前編輯濱井先生請到了社裡來，與我見面，或許我能夠說動他，請他來為我們說項。

我萬分心焦地坐在敞亮的會議室裡等候濱井先生。心想，明天Ramson就到了，台北的許多前置作業規劃也都大致底定，大師的首部作品《影子的告發》將在八月下旬上市，若是這時候大師不點頭，一切辛苦都將化為泡影，這套十二本（當時簽訂的種數）作品集的推出氣勢也會削弱許多，甚至影響後續其他作品的銷售……

就在我胡思亂想之際，一位戴著黑框眼鏡、一派斯文的中年男性開門走了進來，我打過招呼後便表明自己對土屋作品的喜愛，並提到目前為止

Ramson在小諸車站勘景

已經做了的事，未來對日本推理小說的一些想法和做法等等。

濱井先生聽完微笑地站起來，走到會議桌旁的電話，撥了號碼，隨即對著電話爽朗地打招呼，很快地進入正題說：「商周出版的陳小姐人在這兒，她很誠懇地想把您的作品鄭重地介紹給台灣更多的讀者，七月的採訪就拜託老師了，電視台也會跟來喔。」

大師在那頭不知說了什麼，只見濱井先生哈哈大笑了幾聲，表示「我也會一起過去陪老師的，而且我也要上節目哩，哈哈哈。」說完這話，他忽然又說：「老師要跟陳小姐說話嗎？」他轉頭看我，我心中一片驚嚇，卻仍強裝鎮定地搖了搖頭，我可不想在這個時候節外生枝，有濱井先生擋著，何必強出頭？

濱井先生看到我的樣子又哈哈笑了兩聲，對著電話說：「老師，那麼就拜託您了。」

他掛上電話後，回到會議桌前簡短地表示要我不必擔心，並再次確認他將在日本推理文學資料館，和館長權田萬治先生一起入鏡接受採訪，分別從編輯、評論家的角度談談他們心目中的土屋大師其人、其作品，便離開了。

我大大地鬆了一口氣。

懷古園一景

一日來回五百公里的勘景行程

小田切先生也攤開桌上的一大本關於這次採訪企劃的檔案夾，抽出幾張明天一整天的勘景行程表，說：「一天來回跑五百多公里，這可不是件輕鬆的事啊。」

他的計畫如下：

上午九點多從上野車站出發，看看《影子的告發》裡關鍵性的車站月台，搭新幹線（當然已經沒有當時的信越線）到輕井澤（《盲目的烏鴉》的故事舞台背景之一），在從此地搭信濃鐵道到小諸，從這兒租車前往懷古園、水明樓、市區的文具行、小學、望月、上田西區公園、大師住宅周

> “只覺呼吸困難，全身汗毛直豎。不是它有多巍峨、不是它壯麗難以靠近。而是它是這十數年來我五次閱讀時始終出現在書裡面的場景！我曾經想像過多少遍它的樣子？而它此刻在我面前。”

邊、別所溫泉、善光寺……

我看著那些密密麻麻地寫著幾點幾分出發、幾點幾分抵達、費時幾小時幾分鐘、什麼時間、在哪兒用餐、休息時間幾分、入園費、新幹線費、包租車費、小諸月台拍照許可費、各種路線圖、聯繫電話……的表格，忽然覺得，或許對長年隱居長野鄉下的大師而言，我這次的大動作也是個有計畫性的「犯案」吧。

小田切先生又拿出另一疊七月三日即將來日的採訪日程表，打斷了我那突如其來的荒謬念頭。

懷古園正門

我們繼續瑣碎而冗長的討論。想到晚上還得跟到日的Ramson重新「蕊」一次所有細節，剛才得到大師同意電視採訪的喜悅、放鬆頓時又消散得無影無蹤。啊，我在腦海裡神遊過的、嚮往已久的大師筆下的長野風光，終究還是會被沉重的工作負擔給稀釋了吧。

浸染文學生命的懷古園

懷著這樣的心情，我和小田切先生、Ramson在第二天出發了。

這是繼十五年前從東京到大阪出差之後，首度搭新幹線。一路拍、一路做筆記。久聞其名的輕井澤果然充滿了度假的清新氣氛，可惜為趕往下一站，停留時間不到二十分鐘。

到了小諸車站，一踏上月台，忽而一股奇異的感受漫上心間。

長野出身的小田切先生說，這座車站雖然外觀做了大幅度的整修，但是站內結構和以往差別不大。《影子的告發》寫於一九六三年，已有四十二年之久，我卻從這座還依稀保有鄉下小城的月台和天橋樣貌，感受到了昔日的氣息和味道。

我感覺身上的細胞在踩到月台堅硬的泥地時被擠壓觸動了，十幾年前初讀到土屋作品時的印象和記憶，漸漸地甦醒了過來。

懷古園內石牆

那是一種濃烈的、醇厚的、扎實的，土屋作品獨有的文學味。在這小諸的泥土和空氣裡瀰漫開來。

我宛如有些迷醉。雖然這是炎熱的六月近午。（這一年的六月，即使是長野縣，白日也讓人揮汗。）

在白花花的燦陽下，瞇著眼步出小諸車站，淺間山登山口的標示塔映入眼簾，一眼即可望盡的車站周邊建築形成一個不大的橢圓形，我們從左邊一條捷徑走進去，拐個彎，只見一座懷古園的大型看板矗立在地下道口。

穿過地下道，往斜坡走，再拐過彎道，我便忽地站到了懷古園的入門前。

彷彿被猛然推上即將開演的舞台，我無法動彈。只覺呼吸困難，全身汗毛直豎。

不是它有多巍峨、不是它壯麗難以靠近。而是它是這十數年來我五次閱讀時始終出現在書裡面的場景！我曾經想像過多少遍它的樣子？而它此刻在我面前。

這座園子，我若不曾在土屋作品裡讀過，它只是尋常的觀光景點，我可能會讚美它巨大石塊所砌成的石牆、修剪整齊的花木、精巧的涼亭、從峭壁上望向千曲川的遼闊美景……，可是它沒有血肉、沒有怨念、沒有愛、沒有恨、沒有背叛、殺機、謎團、遺憾或懺悔；它沒有故事，可供我們咀嚼玩味。

是的，若不是土屋為我們寫的一個個好看故事，我不會對它存有更富層次的想像和體會。

我站在懷古園前面。

舊的故事回來了，它們開始呢喃，我渾身震了一下。

小田切先生昨天曾說，園內的藤村紀念館前有一處以草笛吹奏〈千曲川旅情之歌〉的景點。

而此際，那故事的呢喃聲中，彷彿響起一陣陣優美的笛音。

刻有〈千曲川旅情之歌〉的藤村碑

親臨土屋隆夫小說原鄉——我終於感覺接近土屋隆夫一點點

文．攝影／Clain

請搭信越線到小諸下車。搭特急列車的話大約兩個半小時就到了，之後再搭一個小時的公車，如果搭計程車的話只要四十分鐘，鄉下地方路很難走……

土屋隆夫《盲目的烏鴉》中，小說評論家真木為了蒐集資料，在雜誌上刊登尋人啓事。不久，他接到一封來自長野縣陌生女子的來信，真木為此特地前往長野小諸。他步出小諸車站時是下午五點半，秋天這個時刻，天光依舊充盈。真木看到車站前面有個標示塔，上面寫著「淺間山登山道入口」。他站在那裡，等著信濃路上陌生女子到來。這時候真木還不知道自己趕赴的是一個怎樣的約。

推理的信州、文學的旅途

去年隆冬十二月，我從東京上野車站搭新幹線前往長野縣，打算走一趟以不同面貌出現在土屋不同作品裡面的信州。在出發之前，我重讀土屋所有著作，畫了一條簡單的路徑圖：早上九點從上野車站出發至長野市，搭公車到善光寺，再從上田車站轉車到小諸，不論陰晴，都要觀察一下懷古園古老城門的石牆，還有園裡島崎藤村文學碑上的陰影，接著從懷古園後門走上斜坡，再到中棚溫泉區有座稻草屋頂的水明樓。回程從小諸搭車到輕井澤，若趕上七點的新幹線，便能在九點前回到東京。如此一天可往返東京和信州，只要妥善交叉運用交通工具，即可毫無失誤地趕赴數個景點，甚至可以在回到繁華的東京後吃一頓較遲的晚餐。

↑小諸懷古園一景：因為暖冬，園子裡該下的雪沒下，該凋零的楓紅還盛開。有古樸味的建築物是島崎藤村文學紀念館。

←古老石牆：沿著懷古園裡面的古老石牆行走，冬天景色特別蕭瑟。

儘管行程排定，心裡卻頗為不安。土屋隆夫從來就不是個親切的作家，讀他的小說會有恍如自己接受審判般的感覺。我不知道自己趕赴的是一個怎樣的約，盡頭是否也站著一個信濃路的女人。新幹線行上高原，窗外風景漸漸有了深秋山裡的氣息。淺間山頭覆蓋著白雪，高原上陽光犀利透明，彷彿是另一個世界。走出小諸車站時，小說中有名的標示塔、商業大樓的位置、馬路的條列方向，一一俱足，小說家在小說中描述了真

小諸車站一景：尋常的日本鄉下景色，遠方覆雪的是淺間山。

小諸懷古園：秋冬之際，佇立在懷古園中，連空氣中都飄著文學的氣味。

實存在的事物，居然反而讓人覺得一切都很不真實。懷古園就在車站旁邊，我站在千草檢察官凝視、觀察過的匾額，古老的城牆、楓紅燦爛。深冬的懷古園清冷寂寥，只有兩三個遊人。站在藤村詩碑前面辨讀碑上詩文，那天陰冷，沒有影子可投射在詩碑上。石碑對面的小山丘上有個瞭望台，遠方是淺間山，底下是千曲川。不知道是冷還是因為景色過於簡潔，感覺這裡作為小說場景特別有種文學的美和悲哀。

走出懷古園，沿著斜坡往上走，景色卻越見荒涼。只好回到車站搭上計程車，車行十五分鐘才到達中棚溫泉，緊鄰著的是稻草屋頂的水明樓。此時暮色已經完全籠罩，中棚溫泉旅館的燈亮了，裡頭人影晃動，暮色中飄出溫泉的氣味和食物的香氣，更加顯得旁邊的水明樓一片黯淡。司機小姐解釋說水明樓有固定開放時間，這個時節是不開放對外參觀的。我們行程太緊湊，甚至沒能下車看一眼，確認灌木叢中是否藏得住一件西裝外套，匆匆忙忙又回到小諸車站搭地方線火車前往輕井澤

信濃路上的女人

從小諸往輕井澤的地方線火車上，儘管才六點，夜色已然深沉，異鄉的火車上，男女中學生上上下下。此時的溫度比白天又降了幾度，日本年輕女孩穿著短裙，露出一大截肌膚，興高采烈地說著我聽不懂的言語。青春沒有雜質，我感覺自己彷彿是個中年刑警，為了追索犯人而疲憊不堪，此刻人聲喧嘩，距離卻又這麼遙遠，讓人特別放鬆。火車搖搖晃晃，有時候窗外好一陣子連燈火都看不到，這裡是信州的鄉間。

到達輕井澤，等著開往東京的新幹線到站。時間還有五十分鐘，這傳聞中的高級度假勝地荒涼到令人難以想像的程度，外頭店面除了店員之外再無一人，一座被遺棄的城市。我獨自走出溫暖豪華的車站，越過大馬路，室外溫度接近零度卻偏偏不下雪，高原上空氣特別好，天空滿是星星，我漫無目的走在馬路上，有些露天餐廳擺設了美麗的聖誕樹，燈泡閃閃爍爍。方圓寂靜無聲。街角有台香菸投幣機。我疾步行走，感覺自己就要觸及謎團的中心。一路上沒有遇到任何一個人，我站在街頭，感覺往東京的新幹線就要進站，但完全不想回去。此時此地，小說中信濃路上的女人身影終於在街頭另一角浮現，她們背負別人人生裡的罪、被懲罰被驅逐，甚至在故事一開始就已經死去。她們即使出現也幾乎沒為自己辯白，只是默默死去。這是土屋筆下的信濃路上女人的群像。

此時此地，我終於感覺接近土屋隆夫一點點。

孤高寡作的解謎推理大師
土屋隆夫作品集

半世紀的精筆、完美的詭計，
構築堅實的謎團
細膩的描寫、深刻的省思，
成就文學的況味

☆千草檢察官系列

盲目的烏鴉

大學教授真木英介的西裝外套被人在草叢中發現，西裝口袋裡放著一截斷指，鑑定結果證實這截斷指的主人正是真木英介；而從西裝掉落的紙片上寫著——我就像是那隻盲眼的烏鴉。

不安的初啼

一家大藥廠社長家裡的女傭遭到姦殺，極負盛名的醫學教授久保申也堅稱自己就是凶手。但他不但有不在場證明，警方也查不出任何動機。千草檢察官抽絲剝繭，就是為了揭開駭人的命案真相！

影子的告發

巔峰之作 榮獲第十六屆日本推理作家協會獎

光陽學園校長城崎在客滿的電梯裡慘遭殺害，眾目睽睽卻無人目擊！死者只留下一句「那個女人……在……」和口袋裡一張照片，及地上一張名片。

針的誘惑

剛滿足歲的幼女被綁架了，母親前往交付贖金卻慘遭刺死。警方、女童父親和路人同時目睹，卻無人看到凶手。揭開一層又一層祕密之後，竟發現嫌犯是……！

紅的組曲

一年前，無辜孩童若沒有遭機車撞死，一切的不幸將不會發生：男人的家庭不會破碎，女人的祕密不會被揭穿，目擊的大學生不會失蹤，少年更不會失去幸福的未來。隱藏在滴水不漏的假象後，有誰能夠揭穿凶手的真面目呢？可以依賴的，只有那一連串鮮紅色的線索……

「事件÷推理=解決」
是土屋隆夫對本格推理的創作理念，亦即
本格推理不能有絲毫交代不清的地方，
這對讀者是一種當然的義務。

華麗的喪服
北條由紀突然遭到丈夫的遺棄。某天一個陌生男子闖入家中，綁架了由紀以及襁褓中的孩子。男子帶著他們開始漫無目的地旅行。這名神祕男子到底是誰？綁架目的為何？本格推理名家土屋隆夫繼《不安的初啼》後，睽違多年精心醞釀之長篇力作隆重登場！

天國太遠了
山村少女前往都市尋夢，最後卻香消玉殞。縣內工程弊案的關鍵人物正巧在此時失蹤，而後慘遭勒殺的屍體在千曲川河床被發現。他們死前似乎都聽過那首〈天國太遠了〉。是詛咒？是巧合？還是陰謀？

米樂的囚犯
推理作家江葉章二，被大學時代的家教學生白河米樂給監禁了。他的腳上還被鎖上重重鎖鍊。在他被監禁的時候，一個新人作家被殺，現場留下了謎團。殺人犯到底是誰？江葉會發生什麼事？事件最後追溯到一個非常可怕、非常悲傷的過去。在事件的深處，激盪著對殘忍罪行的憤怒！

危險的童話
鋼琴教室裡，殘留著死者的體溫，充滿了微溫的血腥味。蠶絲般完美的推理，敵不過縝密的罪惡之火。呼出一口口滿是挫折的煙，大膽描繪一環環逼近事實的想像；只是，要如何解釋牆上淡綠色的披肩、戒指、偽鈔和死者手裡的玩偶？

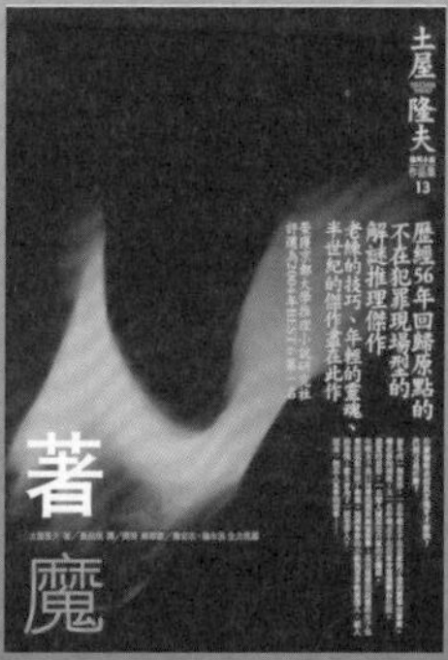

著魔
初冬的黃昏，一名年輕女子在自家院子遭到攻擊而暈厥，櫻花祭的深夜，又一名年輕女子在住家旁遭攻擊而住院，盛夏的黃昏，一名婦人陳屍在自家玄關，年輕女子異口同聲說遭到幽靈攻擊，甚至連發現屍體的女子也聲稱親眼目睹幽靈。純樸寧靜小鎮籠罩著幽靈傷人、殺人的恐慌；誰又會是下一個受害人？

聖惡女
星川美緒是一個天生麗質的美人胚子，不幸的是，父母在她三歲那一年死於一場車禍，成為養女的她在十二歲那年發現自己身體的異常，一塊位於下腹部的肉團改變了她……，青梅竹馬的初戀情人、待己如親的乾姊姊、用情至深的有為青年……，一個個死於非命……

獻給妻子的犯罪
因為車禍失去了男性機能的女子短大助教「我」，他的妻子不但背叛他，還和偷情的對象一起死在火場中。「我」因心情無法發洩而打起惡作劇電話，卻在某個晚上撥進了殺人現場。雖然從女人的簡單應答中，「我」推理出了事件的全貌，但是犯人、被害者和犯罪現場都不明。

天狗面具
二次大戰後的純樸農村，突然捲入宗教與政治的狂熱糾葛中。在令人不安的狂亂的太鼓聲與咒文的唱和中，一個男人在眾人環視之下被殺了！之後這個男人的政敵也橫死荒郊，並出現第三具屍體；眾人陷入深不可測的恐懼深淵。這難道是天狗的詛咒嗎……？

中日知名作家、文藝評論家傅博、詹宏志、廖輝英、凌徹、陳國偉、山前讓、吉野仁、權田萬治、大野由美子……一致推薦

沒讀過土屋隆夫的作品，對日本推理小說的認識，永遠少一塊，很小很小（因爲土屋隆夫的作品那麼稀少），卻很重要很重要的一塊。
——楊照（知名作家）

★ 本格推理小說Best 10
☆ 週刊文春傑作推理小說Best 10
★ 這本推理小說了不起！
☆ 2006年我們就是喜歡這10本
★ 獨步排行榜

特別企劃

★★★ Special Report

推理小說出版速度這麼快，在荷包和時間都有限的情況下，
要聰明選書當然不能錯過排行榜嘍！
本刊除了介紹台日知名排行榜，
還有推理迷私房推薦、保證精采的名作，
想找一讀上癮的推理好書，
看這裡準沒錯。

本格推理小說 Best 10

文／寵物先生

由原書房每年定期舉辦的推理小說排行榜，還會收錄於該年度發行的刊物（刊名就叫《本格推理・Best10》）並做評析。當然，選出的作品是以本格推理為主，且因為只著重在「本格」評選作品的優劣，亦即注重的是懸疑度、邏輯性、合理性和意外性等和解謎有關的部分，因此排名偶爾會出現與其他排行榜有所差異的情況。順帶一提，由於「本格」的定義因人而異，因此其中摻雜幾部不太「本格」的作品，也沒什麼好奇怪的（如二〇〇二年的《模仿犯》）。

2007年得獎作品

1.有栖川有栖	乱鴉の島（亂鴉之島）
2.石持浅海	顔のない敵（無臉之敵）
3.三津田信三	厭魅の如き憑くもの（宛如厭魅的附身之物）
4.米澤穂信	夏季限定トロピカルパフェ事件（夏季限走熱帶水果聖代事件）
5.京極夏彦	邪魅の雫（邪魅之雫）
6.道尾秀介	シャドウ（影子）
7.道尾秀介	骸の爪（骨骸之爪）
8.大倉崇裕	福家警部補の挨拶（福家警部補的問候）
9.道尾秀介	ひまわりの咲かない夏（向日葵不開的夏天）
10.大山誠一郎	仮面幻想曲（假面幻想曲）

以下為筆者從歷屆入選名單中推薦的五部作品，這些作品都已在台灣出版，大部分都引起廣泛討論。筆者認為，這些作品除了是優秀的本格推理小說，還具有其他吸引人的元素，才能獲得廣大讀者的青睞。因此，文章中雖會就這些作品「本格」的要素做介紹，但也會點出一些與解謎無關的部分，試著分析它們在「本格」（甚或推理）之外，受讀者歡迎的理由。

推薦書單

2006年第一名	嫌疑犯X的獻身	東野圭吾 著	獨步文化
2004年第一名	櫻樹抽芽時，想你	歌野晶午 著	獨步文化
2000年第二名	剪刀男	殊能將之 著	獨步文化
2006年第二名	緊閉的門扉	石持淺海 著	如何出版
1997年第六名	名偵探的守則	東野圭吾 著	全力出版

2007年
得獎作品

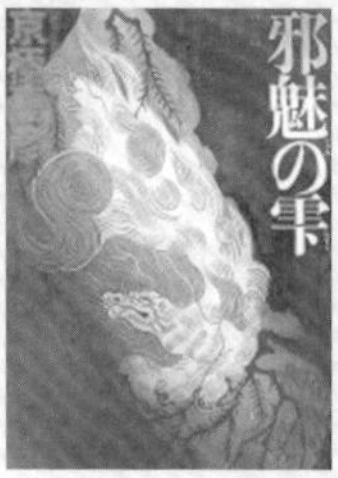

《嫌疑犯X的獻身》
獨步文化
二〇〇六年第一名

故事描述一位孤獨的天才數學家，於高中教書的石神，總是特地到便當店買午餐，只為了看一眼住在隔壁的鄰居靖子。某日靖子失手殺害了上門找麻煩的前夫，就在靖子母女驚慌失措之際，石神出現在她們面前，展開湮滅證據、隱瞞真相的行動。然而，石神的大學好友湯川加入了以刑警草薙為首的調查行動，開啟一場故友間智力的對決。

本作就「本格」的要素而言，以不在場證明為核心的詭計其實很單純，使用該詭計的方式與動機才是重點。然而，也正由於作者東野圭吾在故事中處處安排該項要點的伏筆，因此在揭開真相後，帶給讀者的錯愕與悲哀更形巨大。此種犯罪者一開始就揭曉的故事，佈局與謎團的掌握更是關鍵所在，本書因為有好的佈局，才能成就閱讀的趣味性與意外性。

除本格推理Best 10之外，本書亦榮獲該年度其他兩大推理排行榜第一名，並獲得直木獎的加冕，這對於純粹以解謎為主題的本格推理來說，誠屬不易。這或許是巧妙融合了「愛情」此一頗為風行的主題之故。「愛情」也算是東野作品經營許久的題材之一，在本作更見成熟，在兩男一女的三角糾葛拉扯之間，藉由真相所帶出的「愛的極致」又代表了什麼？這不僅讓讀者深思，也帶動討論的人氣與話題性，是以此書再加上該年度本格推理大獎，達成了空前的五冠殊榮。

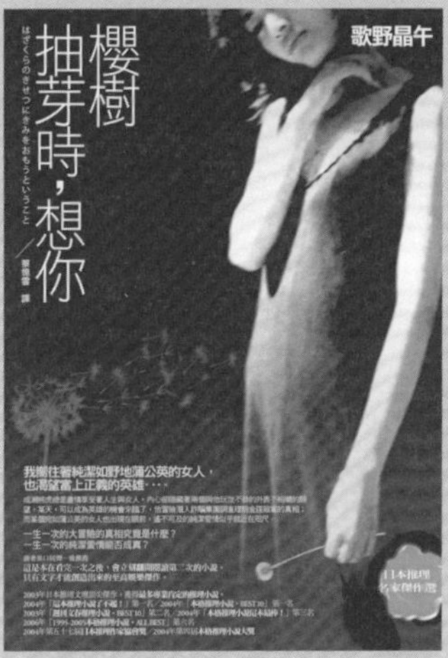

《櫻樹抽芽時，想你》
獨步文化
二〇〇四年第一名

本書以冷硬私探小說的筆法，敘述一名自稱「什麼都試試看」的男子成瀨將虎，接受高中學弟與其友人的委託，調查疑似暗地從事不法行為的組織「蓬萊俱樂部」，並邂逅了一位在他心目中宛如蒲公英般的女人——麻宮櫻。故事穿插著成瀨過去擔任偵探，在黑道臥底時發生的殺人事件，以及謎樣女人古屋節子受到蓬萊俱樂部控制，成為其幫凶的情節。

從中文書名和文案，讀者很難感受到這本書作為推理小說的特質，在閱讀前半部分後，充其量會認為這應是冷硬風格的作品，看不出「本格」推理的元素何在。然而在最後揭發出來，令許多讀者訝然又深受感動的真相，卻充分符合了本格的佈局，亦即

「真相的線索早已安插在劇情之中」的巧妙設計。

然而，本作能在該年三項排行榜名列前茅並榮獲本格推理大獎，並非光靠出色的佈局。日本推理發展至今將近百年，此種佈局方式從現今的觀點來看，實在無法說是新穎的設計，本書真正的價值是在此種佈局的背後，作者欲藉以表達的人生觀。讀者若在閱讀時被蒙蔽，在真相揭露的同時，想必更能深刻體會到該人生觀的意義，而大受感動。

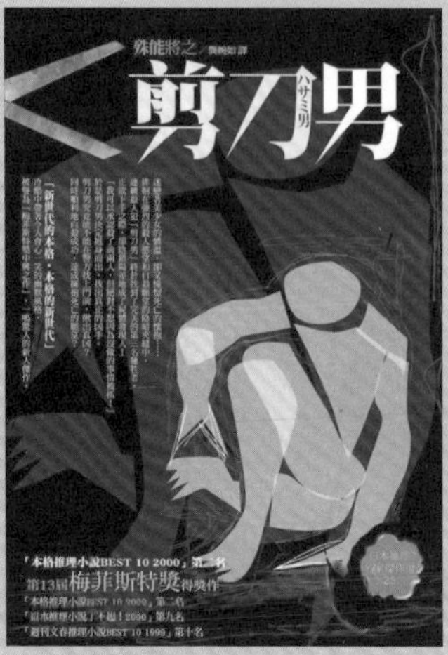

《剪刀男》
獨步文化
二〇〇〇年第二名

專挑美少女下手的連續殺人犯剪刀男，鎖定第三名犧牲者——樽宮由紀子，不料欲伺機動手時，卻發現已經遭人捷足先登了。剪刀男一邊得查出殺害由紀子的真凶，以洗刷自己的嫌疑，一邊又因自身病態的求死欲望，不斷地嘗試各種方法自殺。同時，警署的磯部刑警接到犯罪心理分析官的指示，對由紀子命案展開調查……

本作是以殺人犯反成為偵探角色的另類本格推理。乍看之下主要謎團是找出殺害由紀子凶手的Whodunit類型，然而到了故事結尾，隱藏於背後的真相才被揭發出來，屬於結構性取向的作品。就核心詭計而言雖然缺乏原創性，但線索的隱藏與誤導都在水準之上，因此受到本格推理迷的喜愛。

本作的敘事基調相當特殊且有趣。剪刀男雖為冷酷的連續殺人犯，但一心求死的心理缺口卻也影響了其言行，在想解開真相又想了結自己的矛盾心理衝擊下，故事遂染上黑色幽默的氛圍。性格冰冷的主角對周遭的態度冷漠而鋒利，周遭人物對剪刀男也多有誤解，有趣的是，這份認知上的落差在書中一度以令人啼笑皆非的方式呈現，塑造出另類的幽默風格。此外，本書關於犯罪心理的描寫與嘲諷也很深入，值得一讀。

《緊閉的門扉》
如何出版
二〇〇六年第二名

七個朋友在成城的高級民宿舉辦大學同學會，當天，成員之一的伏見亮輔按照計畫殺害了同房的新山，並將房間佈置成密室狀態，緊閉房門。其他五人擔心獨自待在房裡的新山，卻又不得其門而入，遂進行各種討論。伏見企圖轉移大家的注意力，然而，成員之一的碓冰優佳卻提出了一個個關鍵性的疑問，慢慢逼近伏見設下的犯罪現場。

本作是以倒敘手法輔以密室題材的本格推理。然而，讀者不僅一開始就知道凶手身分，連密室推理的賣點——詭計都被告知得一清二楚，在本格兩大樂趣都被去除的情況下，作者只剩下動機（行凶動機與密室動機）與「如何被發現」這兩個題材可以經營，而石持在本書對這兩個題材的挖掘，可說到了令人瞠目並脫帽致敬的程度。

本格推理有所謂的「邏輯派」一支，亦即重視偵探對於真相的反覆思考、推理、辯證過程描寫，使故事充滿偵探邏輯思維的作品。此種作品往往有個相當難以去除的通病：劇情缺乏場景變化，有「小題大作」之感。本作亦屬於此類。然而，雖說讀者無法在本作看到繁複的場景變換，但偵探與凶手間的心理戰，卻足以讓偵探的邏輯推演成為一股無形的龐大壓力，這一股「步步進逼」的懸疑感與壓迫感，在本書被放大，足以令與凶手心理同化的讀者們喘不過氣來，成為另一項賣點。

《名偵探的守則》
全力出版
一九九七年第六名

縣警搜查一課的警部大河原番三，與身穿皺巴巴西裝，頂著一頭亂髮的名偵探天下一大五郎，聯手破解十一起命案。然而，不僅偵探與助手角色，就連命案的模式都似曾相識——密室、孤立宅邸、死前留言、無頭屍……，每則短篇探討這些本格推理題材的書寫公式，它們一一被提出，也相繼被一一打破。

本作為集彙整、戲謔、嘲諷三項特質於一身的作品，十二篇短篇不僅可以獨自成為本格推理故事：每篇所揭櫫的題材公式（或稱窠臼）也可成為推理初學者入門導引；是讓進階推理迷會心一笑的諷刺；更是給有志創作者的範本或借鏡。本書作為「本格推理小說」的價值並不高，然而作為一部「了解或研究本格推理書籍」，則是推理迷不可不讀的出色傑作。

本作最令讀者津津樂道的部分，就是偵探與助手兩人經常會跳出故事外，在讀者面前針對劇情進行對話。這些對話的內容有些是取笑情節的老梗，有些是嘲弄作者的心態，有的更延燒到讀者，將讀者看待故事的心情赤裸裸地加以陳述。這讓讀者或創作者，不禁捫心自問：「在本格推理題材被挖掘殆盡的今日，本格推理究竟還能帶給讀者什麼樣的樂趣？」本作出版時曾引發熱烈討論與騷動，好比是「甩了推理界一個耳光」，打醒了許多讀者、創作者與評論者。

週刊文春傑作推理小說 Best 10

文／曲辰

《週刊文春》是文藝春秋發行的綜合週刊，主要以政治、演藝新聞為主，但也很重視文藝新聞，自一九七七年舉辦至今，是日本年末三大推理小說排行榜歷史最悠久的，也只有《週刊文春》的排行榜冠以候選書的出版年份，其他排行榜皆是冠以榜單公佈的時間，如《週刊文春》二〇〇六年的榜單就是鎖定二〇〇五年十一月十六日到二〇〇六年十月三十一日的出版品票選。

每年年底，編輯部會發出約一千多份問卷，調查對象包括日本推理作家協會全體會員、相關評論家、知名推理小說迷，近年對象還擴及一些比較大的推理部落格及網站站長。問卷上會請受訪者依名次填入五本今年最喜愛的小說，第一名得五分、第二名得四分……，依此類推，最後加總計算排序。儘管「週刊文春」實際上無法左右票選結果，但長久下來可以發現，當年江戶川亂步獎得主，往往榜上有名（三十年來有三十本進入前十名），不知道是不是單純的巧合。

以下就近三年來前十名榜單選出五本提供讀者作為參考：

2006年得獎作品

1.宮部美幸	名もなき毒（無名之毒）
2.大澤在昌	狼花（狼花）
3.海堂尊	チーム・バチスタの栄光（巴提斯塔的榮光）
4.東野圭吾	赤い指（紅色手指）
5.廣川純一	一応の推定（暫時推定）
6.有栖川有栖	乱鴉の島（亂鴉之島）
7.平山夢明	独白するユニバーサル横メルカトル（獨白的寰宇橫向麥卡托）
8.京極夏彥	邪魅の雫（邪魅之雫）
9.福井晴敏	Op.ローズダスト（Operation Rosedust）
10.道尾秀介	シャドウ（影子）

推薦書單

2006年第一名	名もなき毒（無名之毒）	宮部美幸　著	幻冬舍
2006年第四名	赤い指（紅色手指）	東野圭吾　著	講談社
2005年第四名	死神的精確度	伊坂幸太郎 著	獨步文化
2004年第一名	謹告犯人	雫井脩介　著	獨步文化
2004年第六名	殘虐記	桐野夏生　著	新苗文化

2006年得獎作品

《名もなき毒》
（無名之毒）
幻冬舍
二○○六年第一名

這本是宮部美幸繼二○○三年的《誰か》後，難得的現代推理小說，近幾年，宮部美幸甚少寫現代推理小說，作品多為奇幻小說與時代小說，之所以如此，據她表示是因為「現代無動機、突如其來及毫無針對性的犯罪越來越多了」，這讓「犯罪」變得沒有具體形狀，需要透過推理小說來界定「惡意」的範圍，於是宮部美幸多方思考之後，寫出了本作。

故事的開端是一個老人牽狗散步返家途中，在路上販賣機買了罐烏龍茶，老人喝了後立即口吐白沫身亡。編輯杉村三郎著手調查，發現極有可能是已發生數起的連續無特定對象毒殺事件的第四名受害者，只是再繼續往下挖掘，他身邊卻接連發生離奇事件，究竟是不是警告他不該多管閒事呢？

宮部美幸以「毒」為概念，借用連續毒殺事件、土壤毒化等作為引子，藉以討論如今普遍存在於大眾心裡的一種無形毒素——「社會責任淡薄」，小說中並未大聲疾呼或吶喊，只是透過偵探的眼睛，回顧日本的過去、比較現在，以提醒讀者，在都市化的同時，我們的確犧牲了某些極為珍貴的事物。

雖然這個故事乍看之下相當沉重，但宮部美幸延續前作《誰か》裡面的偵探，賦予他詼諧的個性，讓小說帶著一點輕鬆的光芒，而宮部敦厚的性格，也讓小說中的惡意多了一點轉圜的可能。

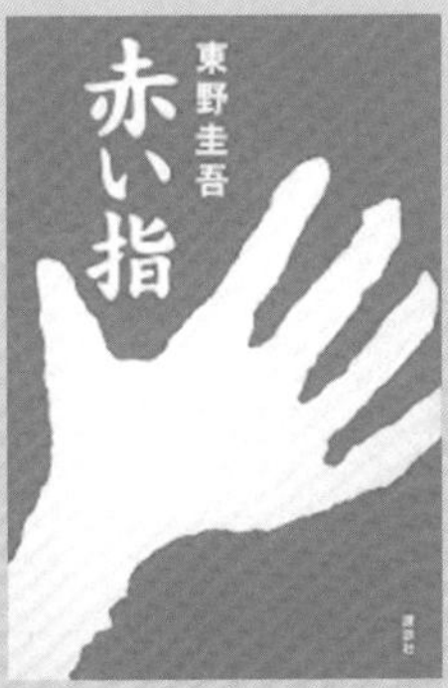

《赤い指》
（紅色手指）
講談社
二○○六年第四名

這是東野圭吾同時稱霸直木獎與三大推理排行榜之作《嫌疑犯X的獻身》後的首部推理小說，在本作出版後，相信很多讀者都鬆了一口氣，東野圭吾並未因直木獎而有所改變（起碼沒有像某些人擔心的偏向純愛小說），這次的《赤い指》，再度處理東野向來擅長的家庭議題，並結合社會問題進行探討。

一個與家人感情淡薄的父親，在公司接到太太口氣緊張的電話後急忙趕回家，結果，家裡後院有具小女孩冷冰冰的屍體躺在那兒迎接他，好不容易搞清楚女孩是自己那足不出戶的兒子殺的，正想報警時，卻被歇斯底里的兒子與以自殺要脅的太太擋了下來，他只好開始想辦法幫兒子脫罪……

故事結構乍看和《嫌疑犯X的獻身》有點像，但其中內涵相差甚多，《嫌》的本質是個純愛故事，主角對於不計一切代價幫助犯罪者脫罪是毫無疑慮的，但是《赤い指》中的爸爸則不同，他一邊湮滅罪證、一邊質疑自己，他為了家庭奉獻出正義感，但是這個徒具形式的家庭到底值不值得他如此做呢？

在本作中，東野圭吾具體而微地呈現了日本家庭現今最大的危機：父親既不負家庭責任也不參與其中；母親將所有熱情投射到孩子身上，毫不顧慮丈夫；孩子由於受到過於無微不至的照顧，因此面對挫折不堪一擊。東野放了顆炸彈到這樣的家庭，所迸濺出的火花與破壞，就成了這本《赤い指》。

《死神的精確度》

獨步文化

二○○五年第四名

在伊坂幸太郎的連作短篇集《死神的精確度》中，主角是有著不同面貌的死神。

小說中的死神設定相當有趣，他們幾乎不食人間煙火，卻酷愛人類的音樂，因此總是盡可能地流連在唱片行裡；身體直接碰觸到人類，會使那人昏迷並喪失一年壽命；只要他們願意，隨時都能竊聽你手機的對話內容。他們在人間的工作，就是要收集資料以判斷當事人是否「該死」，因此需要化身出現在當事人身邊。

這種奇妙又特殊的設定，加上死神在每個短篇中遇到的當事人各自不同（有客服人員、殺人犯、黑道份子、服飾店員及理髮師等），其中有愛情的甜蜜、正義的嚴厲、復仇的譏嘲與歲月的流轉，讓讀者在閱讀的過程中，仿若經歷了一場又一場的旅程。

由於死神遭逢的對象都可能面臨死亡，因此他們的一舉一動依憑著「死亡」而放大了，儘管再細微，在無人能抵禦的「死亡」面前，都彷彿變得無比沉重，於是讀者進而領會到關於生命的深層意義。

伊坂幸太郎在《死神的精確度》寫出了通俗，也寫出了深度。

《謹告犯人》

獨步文化

二○○四年第一名

「謹告嫌犯：逮捕你只是時間的問題……今晚，你會睡得渾身發抖。」

雖說常看到偵探針對犯人發表帥氣的發言，但是能把話說得這麼豪氣干雲的，實在沒有幾個，更別提這位偵探並非業餘偵探，而是背負許多責任與上司關注的正規警察，最了不起的是，這段發言是在現場直播節目上，對著電視螢幕講的。

六年前，由於卷島警視的疏忽，讓一起幼童綁票案以撕票收場，加上卷島不慎落入媒體的問話陷阱，使警方的大意公諸於世，遭到大家全面撻伐；在六年後，類似的幼童誘拐案件再度發生，這次犯人還寄信到電視台，威脅如不遵從他的指示，肉票性命不保。警方突發奇想，決定用媒體與之對抗，找來卷島負責，由是發出上述豪語……

作者雫井脩介在本書中放入了許多元素，有類似好萊塢的大場面調度、也有動作片的俐落節奏感，並且在娛樂之餘，還不忘推理小說家應有的社會關懷，媒體蠻橫嗜血、為收視率不擇手段的醜態、警方顢頇無能的上司總以保住官位為最高指導原則的可笑，全都躍然紙上。

本書格外精采之處，就是卷島在內外交迫，還有內奸洩漏機密的情況下，居然還能小心翼翼地掌握與媒體間的距離，尋求可能反敗為勝的機會，過程緊張、刺激、鬥智，讀來實在令人大呼過癮。

本作同時也被日本wowow台改拍為電視電影，由豐川悅司擔綱演出，於二〇〇七年中放映。

《殘虐記》
新苗文化
二〇〇四年第六名

桐野夏生近年來的創作，幾乎都不甘於被拘限在「推理小說」這個框框中，但是得過江戶川亂步獎、日本推理作家協會獎、直木獎甚至愛倫坡獎的她，卻是推理小說讀者無法忽略的，也因此，她的小說有著接近推理小說題材、卻又不像推理小說書寫模式的特色。

本書《殘虐記》就是一例：純文學女作家收到一位神祕人士的來信而離家出走，警方介入調查後，在她的公寓發現一部詳細記載著二十五年前轟動一時的少女誘拐監禁事件的手記，原來女主角就是那個少女，而來信者就是那個誘拐犯。究竟是為了什麼，女作家竟在事隔多年後，又被觸動似地被魔性召喚而出呢？

桐野夏生此作與《異常》相同，都是取材自真實社會事件（儘管作者本人並未承認），書中情節與二〇〇一年的新潟女童誘拐事件類似，只是作者的切入點卻與一般新聞媒體或評論者的切入點迥然不同。桐野夏生近乎寫實地描寫少女與誘拐犯細膩的互動，讓讀者深刻地體會當下充滿張力的處境。試想，你是一個十三歲的少女，被監禁在小套房中，被迫與一個男子在一天兩餐中「親密互動」，對方一方面用拳頭要脅你不能逃跑、一方面卻又無微不至地照顧你，會看著裸體的你自瀆卻又對你毫無侵犯之意，如是持續了一年之久，你和他的關係會有怎樣的轉變呢？

作者透過文學的手法，讓讀者看到另外一種可能的男女性張力，所謂的性霸權並非都是男性的專利，或許只是女性做了不一樣的展演罷了。

這本推理小說了不起！

文／曲辰・夜瞳

「這本推理小說了不起！」是寶島社的年度排行榜「這本XXXX了不起！」系列之一（其餘尚有「這本文庫了不起！」、「這本輕小說了不起！」等等），自一九八八年開始，每年票選一次，例如二○○七年版的候選推理小說限定在二○○五年十一月到二○○六年十月這段期間出版的單行本。

評審團成員相當多樣，從大學教授、文藝評論家到網站站長、大學社團所在多有，每張選票選出喜愛的前六名，並依序給予10、9、8、7、6、5的分數，編輯部將總分核算出來後加以排名。因為每年發出的問卷對象都不盡相同，每年的選書傾向也不大一樣。「這本推理小說了不起！」另設有「『這本推理小說了不起！』大獎」，徵求推理小說原稿，首獎得主有1,200萬日圓獎金，作品同時可以在寶島社出版。

值得一提的是，「這本推理小說了不起！」為了慶祝即將到來的第二十屆，在二○○七年版（第十九屆）不但請專業評審委員選出過去十八年來前二十名榜單中的「Best of Best」（名次詳見於後），更邀集讀者自由票選，可以說是噱頭與意義並重的一次企劃，也讓人分外期待明年度的「這本推理小說了不起！」。

以下就近三年來前十名榜單選出五本提供讀者作為參考。

「這本推理小說了不起！」Best of Best

1.新宿鮫	大澤在昌	光文社＼林白
2.火車	宮部美幸	新潮社＼臉譜
3.魍魎之匣	京極夏彥	講談社＼獨步
4.白夜行	東野圭吾	集英社＼獨步
5.空中飛馬（空飛ぶ馬）	北村薰	創元社
6.馬克斯之山（マークスの山）	高村薰	講談社
7.生屍之死（生ける屍の死）	山口雅也	東京創元社
8.動機	橫山秀夫	文藝春秋＼臉譜
9.柏林飛行指令（ベルリン飛行指令）	佐佐木讓	新潮社
10.雙頭惡魔	有栖川有栖	東京創元社＼小知堂
10.冰天雪地	眞保裕一	新潮社＼加珈文化

2007年得獎作品

1.平山夢明	独白するユニバーサル横メルカトル（獨白的寰宇橫向麥卡托）
2.佐佐木讓	制服捜査（制服調查）
3.道尾秀介	シャドウ（影子）
4.大澤在昌	狼花（狼花）
5.乙一	銃とチョコレート（槍與巧克力）
6.宮部美幸	名もなき毒（無名之毒）
7.香納諒一	贄の夜会（祭品的舞會）
8.法月綸太郎	怪盗グリフィン、絶体絶命（怪盜葛理菲，千鈞一髮）
9.東野圭吾	赤い指（紅色手指）
10.米澤穗信	夏期トロピカルパフェ事件（夏季熱帶水果聖代事件）
10.建倉圭介	デッドラインー（最後期限）

推薦書單

2006年第十名	紅樓夢殺人事件	盧邊拓 著	遠流
2004年第三名	重力小丑	伊坂幸太郎 著	獨步文化
2004年第五名	異常	桐野夏生 著	商周出版(將改由麥田出版)
2005年第六名	玻璃之鎚	貴志祐介 著	台灣角川
2005年第九名	臨場	橫山秀夫 著	獨步文化

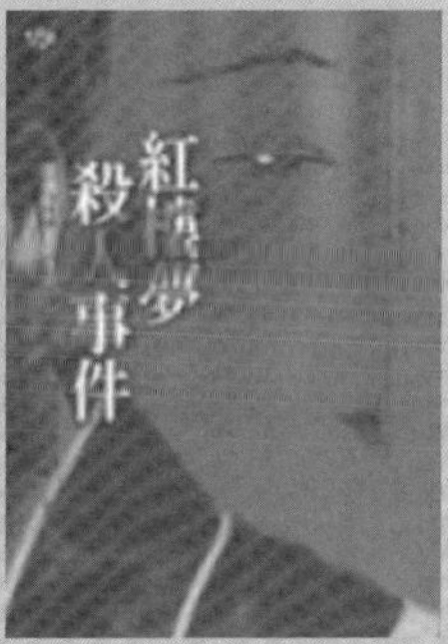

《紅樓夢殺人事件》
遠流出版
二○○五年第十名

讀完《紅樓夢殺人事件》，我不禁想到當年【密室研究會】（註一）別冊Ⅰ，鈴蘭所創作的短篇推理小說〈凝露夕顏〉，該篇以日本文學名著《源氏物語》的〈夕顏〉為本，重新詮釋夕顏死亡之謎。

雖然同樣從非本國的文學鉅著中汲取素材，〈凝露夕顏〉是在原本已知的故事情節中構思合理的解釋，將「夕顏被源氏前任情人六條御息所的生靈所咒殺」（註二）之事，賦予理性解謎的事件面貌。而本書卻是運用《紅樓夢》的人物、架構設定與著名事件，重新發揮想像來設謎、解謎。個人以為相較之下，後者更容易因改編不成功而遭原著讀者嫌惡唾罵，畢竟誰能忍受那一個個青春美麗的女孩以那麼怪異的方式香消玉殞。

然而撇開盧邊拓對原著詮釋得不夠協調這點不論（太多紅迷們滾瓜爛熟的事件要匯集改寫在本書三百多頁的篇幅中，本就容易顯得囫圇吞棗），在推理解謎的部分還是有其可看之處。大觀園中那一樁樁神祕難解的殺人事件，雖然前面有諸多暗示，引導讀者往「某人是凶手」此方向聯想，不過作者卻沒有只是讓謎底停留在偵探賴尚榮初次推理的解答上，而是讓謎團之所以顯得詭異的原因，與原著文本有了一個密合的解釋，到頭來權貴家族的犯罪事件，終究不能以平常王法來審理。

改編名著總是難以討好，而以一個日本作家，敢挑《紅樓夢》作為推理小說的背景設定，更是勇氣可嘉。即使熟讀《紅樓夢》的人會對本書人物個性的改編頗有微詞，對於作者的用心嘗試，我還是覺得該給予讚賞。

註一：【密室研究會】為台灣推理謎組織，成立於一九九七年二月，現已解散。
註二：「御息所」是日本皇太子妃以及親王王妃的通稱，「六條御息所」指的是居住在六條通（街）的那位御息所。

《重力小丑》
獨步文化
二〇〇四年第三名

有些推理小說以謎團的匪夷所思讓人印象深刻，例如島田莊司的《異想天開》；有些推理小說以犯案手法或犯人身分的意外性，讓人看過後久久難忘，例如克莉絲蒂的某一部作品(為免爆雷，不透露書名)；還有些則是因為書中人物形象太過討喜，讓人無法忘懷，例如伊坂幸太郎的《重力小丑》。

重看《重力小丑》，對於書中那一家人的喜愛仍是有增無減。開朗溫柔、勇敢面對往事陰影的母親，看似平凡實則睿智的父親，以及那對情意深厚、互相信賴的兄弟——泉水與春。伊坂幸太郎在小說中穿插敘述了各種關於這家人的事件，固然是為了案件發展中的伏筆所需，但也為讀者勾勒出他們的鮮明個性。雖然泉水和春的對話有時會讓我想到老是在池袋西口公園廝混的真島誠，然而卻少了些故作瀟灑的意味，或許也因為那些對話看似漫無邊際，實則都和動機及謎底有關的緣故吧！總覺得伊坂幸太郎筆下的角色，都帶了點不按牌理出牌卻又不會過分造作的自然特質。

在小說中，藉由令人費解的塗鴉和連續縱火案之謎，使得主角兄弟二人在追查事件的同時，也對彼此的存在與手足之情有了更深的認同。其實從故事的設定以及結局，可以發現伊坂想觸及的議題是很嚴肅的——關於先天的基因對人類後天行為（尤其是犯罪行為）的影響，然而他卻用一種舉重若輕的筆調，讓人看來不覺沉重。

正如文中所說的，「當小丑在空中鞦韆上翻飛之際，大家都忘記了重力的存在。」伊坂的小說魅力也正在此，他的敘述文字彷若一次次的盡力擺盪，讓我們即使閱讀的是帶有陰影的黑暗暴力，卻也能感受到其中的溫暖與明亮。

《異常》
商周出版(將改由麥田出版)
二〇〇四年第五名

具有妖異的美貌外表，心靈卻極盡空虛的女人、徹底相信努力可改變一切的女人、只能鍛鍊惡意對抗現實社會以求生存的女人……。桐野夏生以其最擅長的女性心理細膩描寫，刻劃了三個女性在這殘酷世界中掙扎生存的心路歷程。

閱讀桐野的小說總有種讓人深深墜入黑暗深淵之感，然後油然生起對這世界的灰心與不信任感。不只是為了書中女性的自我毀滅而感到戰慄，也因為她將一個我們不願去想、不敢去想，但卻又確實存在的殘酷世界，赤裸裸地攤在我們面前，那裡有滿滿的憎恨、對成功的渴望，求而不得的失落，以及無可遏止的墜落命運。

書中對女性內在多重性格的刻劃，讓人想到赫曼赫塞的《荒野之狼》中，主人翁對自己的省視：「用最深刻、最執著本能去爭取的東西，到頭來便會成爲一個人的命運……本來是他的理想與樂趣，後來竟成爲他困厄的命運。……孤單與獨立，現在已經不是他的願望與目標，而成了他的命運與懲罰。」證諸《異常》一書裡的三位女性，尤其是佐藤和惠亦然。

所謂的異常，是相對於正常的，然而什麼又是正常呢？書中異常的美貌、異常的家庭關係、異常的學校環境，一點一滴地造就出各種異常的人生。然而，或許每個人內心都有所謂「異常」的部分，只是隱藏在看似正常的外衣下沒被觸發而已吧！

《玻璃之鎚》
台灣角川
二〇〇五年第六名
（有小雷，未讀最好勿看）

密室殺人的題材，自推理小說之父愛倫坡的經典名作〈莫爾格街凶殺案〉問世以來，已有數不清的推理作家寫過各式各樣的奇思異想，貴志祐介一改其擅長的恐怖氛圍，轉而挑戰極本格的密室詭計，對於仍亟思創作本格推理的作者們、或是那些強調本格詭計已開發殆盡的人來說，毋寧都是一種鼓舞與宣示。

本書首先是前半部事件發生與追查過程的敘述，接著回頭描述凶手的經歷、犯案動機與經過，最後二者匯合，事件結束。貴志祐介似乎不想讓傳統本格推理中，凶手總在解謎時刻才崩潰泣訴、以三言兩語解釋動機的老調手法重現，而有意識地以超過三分之一的篇幅，呈現凶手之所以犯案的始末。

老實說就本格推理的常規來說，線索故意給予不齊全這點其實大大犯規，縱使開頭對凶手身分有所懷疑，也難以憑藉足夠的線索推理出真相，反而我認為作者是故意以這樣的雙重結構敘述，鋪陳他想帶出的社會派意識。這點可從本書末尾律師清砥純子與保全商店老闆榎本的對話看出：

「所謂的年輕族群，不論在哪一個時代，都有著無可奈何的矛盾。雖然他們具有足以改變社會的爆發力，但卻也極度容易受傷害。一些小事，換做成人想必可以接受，但卻足以讓年輕人毀滅。……他們就像是玻璃做成的凶器。」

「或許吧。不過，問題就在於，即使是玻璃之鎚，一樣可以置人於死地。」

這段話既隱含了凶手犯案的背景動機，從某方面來說，也可當作犯案手法的巧妙暗示。

若要說本書是道道地地的本格推理，似乎不那麼精確（本格迷大概不太會想看後半段凶手冗長的心路歷程吧），但作為一本想以本格詭計做突破的小說，我會說它的構思是成功的，而這或許也是本書當年受到日本讀者青睞的原因吧！

《臨場》
獨步文化
二〇〇五年第九名

自從美國影集CSI在台灣引起話題，還有媒體對李昌鈺博士的一窩蜂報導之後，刑事鑑定成為大家耳熟能詳的職業，這種必須親臨現場蒐集各種鑑識線索的工作，要具備的不只是敏銳的觀察，還得要有組織線索與聯想的能力。

本書的主角倉石義男，正是一位刑事鑑定專家，在警察系統裡特立獨行、辦案方式自成一格，感覺很像好萊塢英雄電影中老是不遵守組織規定、不按牌理出牌的主角（例如那位很難死得了的約翰．麥克連），但是在閱讀的過程中，我不斷想起的，卻是土屋隆夫筆下有點大男人主義的老派警察。之所以會如此聯想，或許是因為書中都洋溢著那幾近純粹的陽剛氣息與男性情誼吧！不只具備了刻苦耐勞的個性，還得加上專業偵查能力，以及男人血性、充滿溫情的一面。

一向喜歡橫山的短篇勝過長篇，欣賞他在短篇故事裡所凝聚的爆發張力，以及人物塑造的立體感，尤其是他擅長的警察角色。在《臨場》一書中，每個案件的故事都有充足的血肉骨幹，還有精采的推理解謎過程，例如首篇〈紅色名片〉。然而不可諱言的，主角倉石的形象塑造成功，才是真正吸引人注意的焦點，甚至可以說，書中某些篇章的情節，正是為了烘托倉石形象而寫的。

閱讀《臨場》時，會讓我聯想到的還有目前只有漫畫未有小說的橫山作品《重案組》，他在處理這種警察組織內上司與下屬、各個部門間的權責與人情糾葛時，的確有其獨到之處，相信此後這也會是橫山秀夫作品中魅力之所在吧！滿心期待這位很少讓人失望的作者再推出中譯本。

漫談

「2006年 我們就是喜歡這10本」

文／藍霄

不甘寂寞的推理小說迷

或許我自己自始至終就是不甘寂寞的推理小說迷吧。

但是很遺憾的，在閱讀推理小說的前十年，卻是不得不寂寞的日子。

喜歡推理小說，沒人可以討論，沒人可以交換心得，報紙媒體不太重視推理小說，久久才有一則推理小說的訊息報導。

這種「深閨怨婦型」推理迷的日子，或許現在浸膩在推理小說出版風潮、幸福感十足的年輕推理小說迷是沒辦法想像的。

從《推理雜誌》自一九八四年創刊起，有相當長的一段時間，是台灣推理小說翻譯、出版甚至創作唯一的訊息流通媒介，如果它是大海中的一片浮板，那麼當年究竟有多少在推理大海中載浮載沉的愛好者想要攀扶它，其實並不可知。

印象中，《推理雜誌》辦過一次較具規模的推理小說票選活動，就我個人而言，這可是有趣無比的活動。

這是台灣的推理小說迷，圍繞在共同的活動平台，第一次參與取樣與對比的工作。

閱讀《推理雜誌》讀者的推理小說閱讀觀，藉由那次的票選活動多少反映了出來。

直到網路發達，推理小說訊息的流通突然暢快起來，只要有心，隨時都可以透過網站搜尋到各種推理書籍的排行榜、書評與討論，隨時都可以找到相隔千里而志同道合的伙伴，使得推理小說喜惡的討論，不再是空谷迴音般寂寞的情境。

其實，自網路開始介入推理小說閱讀的歷程，我個人還蠻常瀏覽國外的推理網站，搜尋那對我只具閱讀書目快感、不具小說內在意義探討的排行榜與票選結果書單。

是的，那仍是國外排行榜……

身為推理小說迷，我好奇的是周遭的推理迷朋友喜愛的究竟是什麼樣的推理小說？當然，「遠流謀殺專門店」的推理擂台與大學BBS推理連線版當中的討論多少可以讓人嗅出個味道來。

只是突然發現，自己的年紀似乎比較適合當作一位網路「潛水伕」。

二〇〇二年SARS肆虐的那段日子，我第一次有機會放下手邊的工作，調整了生活的腳步。

我心血來潮地成立了推理小說的相關網站。

一切只因為我是不甘寂寞的推理迷。

台灣首次推理小說票選活動

這些年來，很高興可以凝聚了「一定數量」推理小說的愛好者，我們曾在二〇〇三年底至二〇〇四年初，舉辦了一次推理小說的活動：「2003台灣推理小說相關事項網路票選活動」。

當年的活動，雖然略嫌蹣跚與

草率，但回顧排行榜，卻一定程度反映了三年前的台灣推理小說的翻譯概況，只要是推理小說迷，閱讀這樣的紀錄，或許也會有和我一樣的反應：「啊！那陣子小知堂出版社很努力」、「遠流與臉譜出版社對於推理小說的翻譯出版一直很熱情」、「那時候皇冠出版社的島田莊司系列正要捲土重來咧」。

間隔幾年，每年都有同好建議繼續舉辦有趣的年度票選活動。

可是，一則找不到適當且具客觀效力的網路投票程式，二則是擬定辦法與書單可能面臨的問題，就算我是不甘寂寞的推理迷，也沒法子想出好方法。

直到有一天，我有點任性地、純趣味性地在留言版，提出了我個人二〇〇六年最喜歡的推理小說十本當作引子，詢問周遭的朋友當年每個人閱讀過且較喜歡的十本書單，很高興獲得了相當大的響應，因為沒有設定圈選書單，所以每人提出的書單部分，有重複、有落單者。很自然的，圈選只獲得一票的書單，相當相當的多（見blue的推理文學醫學院，網址如下http://www.blue-mysteryart.org/talk/title_show.asp?titleid=900），而在異中取同的前十名書單就如左所示。

如同活動開始並非想就二〇〇六年推理小說出版好壞做比較，純然是推理小說迷趣味性的考量，且因書單沒限制，所以每本書得票顯得很離散，但也因此顯示出個人閱讀口味取向的差異。

2003台灣推理小說相關事項網路票選活動結果

Blue mystery & infertility

首頁
推理文學院
推理醫學院
不孕症指南
婦產科指南
推理網站連結
醫學網站指南
醫學期刊摘要
不孕相關讀物
討論區

您認為今年度值得回味的推理小說（集）	網路票選得票數	推薦得票數	推薦加權分數	合計	結果
愚人之毒-今天-小酒井不木	6	2	4	10	
日本偵探小說選Ⅰ-小知堂-黑岩淚香,小酒井不木	0	1	2	2	
日本偵探小說選Ⅱ-小知堂-濱尾四郎	1	2	4	5	
日本偵探小說選Ⅲ-小知堂-甲賀三郎	1	1	2	3	
日本偵探小說選Ⅳ-小知堂-甲賀三郎	1	1	2	3	
三狂人-今天-大阪圭吉	27	8	16	43	9
世界偵探小說選Ⅰ-小知堂-安娜凱瑟琳格林等	5	2	4	9	
日本偵探小說選Ⅴ-小知堂-大阪圭吉	11	6	12	23	
占星術殺人魔法-皇冠-島田莊司	138	11	22	160	1
異邦騎士-皇冠-島田莊司	66	3	6	72	5
推理大師的惡夢-皇冠-綾辻行人	64	5	10	74	4
小丑的安魂曲-皇冠-綾辻行人	13	1	2	15	
神通小偵探全系列-東立-加藤元浩	16	1	2	18	
模仿犯-一方-宮部美幸	68	9	18	86	3
布朗神父的天真-小知堂-G・K・卻斯特頓	36	10	20	56	7
布朗神父的智慧-小知堂-G・K・卻斯特頓	5	4	8	13	
小城-臉譜-勞倫斯・卜洛克	20	2	4	24	
殺手-臉譜-勞倫斯・卜洛克	10	1	2	12	
女巫角-臉譜-約翰・狄克森・卡爾	22	1	2	24	
阿拉伯之夜謀殺案-臉譜-約翰・狄克森・卡爾	33	4	8	41	10
謀殺啓事-遠流-阿嘉莎・克莉絲蒂	50	2	4	54	8
一個都不留-遠流-阿嘉莎・克莉絲蒂	105	8	16	121	2
13個難題-遠流-阿嘉莎・克莉絲蒂	22	3	6	28	
人骨拼圖-皇冠-傑佛瑞・迪佛	53	5	10	63	6
九九神咒-遠流-安東尼・鮑查	23	1	2	25	
漫漫長眠-遠流-雷蒙・錢德勒	9	1	2	11	
貪婪之火-小知堂-麥可班恩	5	1	2	7	
神祕河流-書林-丹尼斯・勒翰	13	2	4	17	
瑞普利遊戲-時報-派翠西亞・海蜜斯	10	1	2	12	
鋼琴裡的愛情-推理雜誌229期-林斯諺 短篇	19	2	4	23	

2006年我們就是喜歡這10本排行榜

1. 嫌疑犯X的獻身	東野圭吾	獨步文化	25
2. 超・殺人事件	東野圭吾	獨步文化	15
3. 臨場	橫山秀夫	獨步文化	10
3. 剪刀男	殊能將之	獨步文化	10
5. 單戀	東野圭吾	獨步文化	9
6. 危險的童話	土屋隆夫	獨步文化	8
6. 三月的紅色深淵	恩田陸	小知堂出版	8
6. 耳語之人	約翰・狄克森・卡爾	臉譜出版	8
6. 守護者注視下	馬克・貝姆	遠流出版	8
10. 眩暈	島田莊司	皇冠出版	6
10. 登山者	橫山秀夫	獨步文化	6
10. 我殺了那個少女	原尞	尖端出版	6
10. 百舌吶喊的夜晚	逢坂剛	獨步文化	6

http://www.bluemysteryart.org/talk/title_show.asp?titleid=900

票選結果反映的現象

不過，從結果來看，參與這次活動的人，似乎就是在「推理留言版」出沒、載浮載沉的推理迷。我的解讀是，原來我的周遭始終充斥著日本推理小說死忠的擁護者，或許這就是「網路深度推理中毒者」的特殊偏好。

「網路上的推理迷，其實未必代表真正推理小說購買的市場」，從這個排行榜的結果來看，這句話更加讓人無法予以辯駁。因為如果你對於誠品、金石堂書店、博客來網路書店的排行榜也曾關心注目過，就知道其實在上述書店的暢銷排行榜上的推理懸疑類上榜書籍，似乎相當多都沒有進入我們的排行結果的前幾名當中，對此我並不意外，因為這一直都是台灣推理小說出版市場上有趣的現象。

此外，值得一提的是獨步出版社的成立，對於二○○六年推理小說出版上，扮演著相當重要的關鍵角色，也的確引領了網路上二○○六年推理小說討論的風潮。

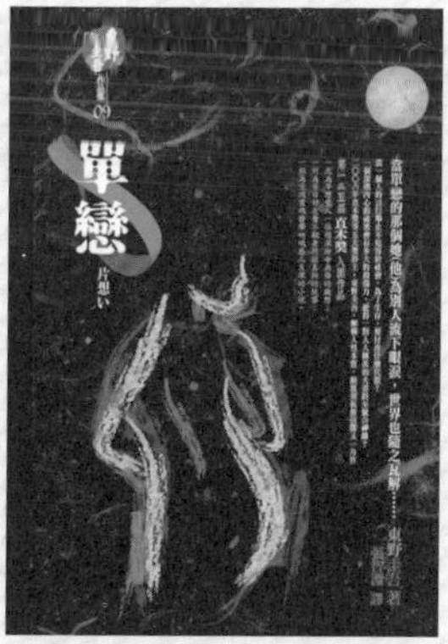

單戀
東野圭吾　著
獨步文化

臨場
橫山秀夫　著
獨步文化

嫌疑犯Ｘ的獻身
東野圭吾　著
獨步文化

危險的童話
土屋隆夫　著
獨步文化

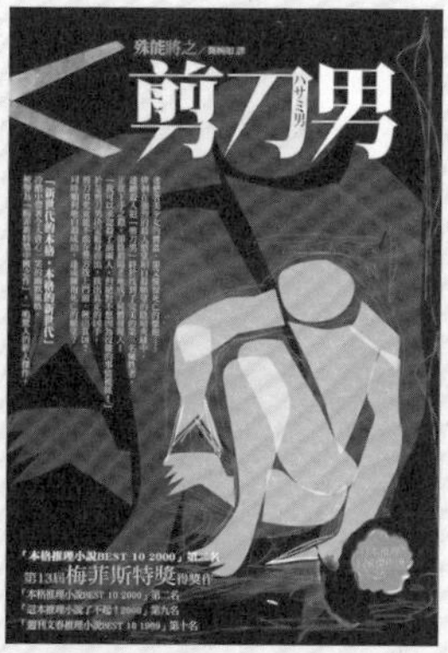

剪刀男
殊能將之　著
獨步文化

超・殺人事件
東野圭吾　著
獨步文化

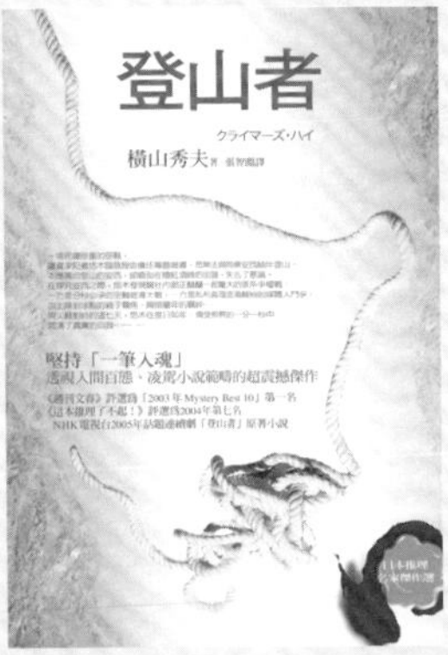

登山者
橫山秀夫　著
獨步文化

守護者注視下
馬克・貝姆　著
遠流出版

三月的紅色深淵
恩田陸　著
小知堂出版

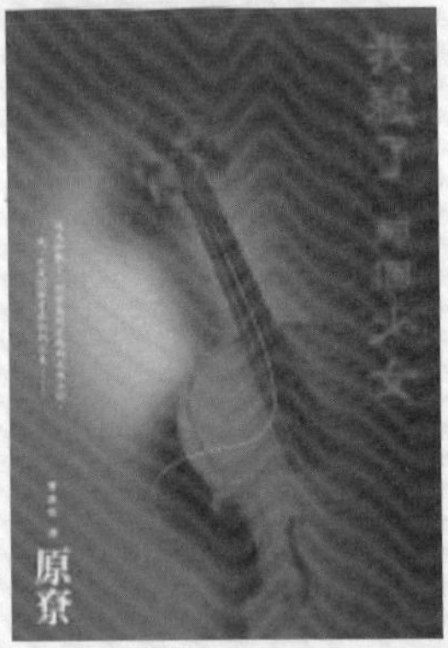

我殺了那個少女
原尞　著
尖端出版

眩暈
島田莊司　著
皇冠出版

耳語之人
約翰・狄克森・卡爾　著
臉譜出版

百舌吶喊的夜晚
逢坂剛　著
獨步文化

另外，東野圭吾席捲日本各大排行榜的傑作《嫌疑犯X的獻身》，果不其然地讓我們這群隔海閱讀的推理迷，同樣給予了相當大的肯定。

這或許意味著，日本推理小說的話題作品，在資訊流通的現代，不管好不好看，總是讓人期待出版社的引進，或許日本推理小說的背景或來頭也將成為翻譯出版的考量之一吧。

如果，你也是不甘寂寞的推理迷，對於純然基於趣味的票選也頗心動，也不想賦予票選結果太多的嚴肅意義；假若推理小說的閱讀，對於自己來說似乎變成一種習慣，那麼在台灣推理小說翻譯出版依舊蓬勃的環境下，如果屆時果真有「2007年我們就是喜歡這10本」的話動，到時也誠摯地歡迎您共同來參與。

獨步排行榜

獨步文化自從2006年八月成立至今，剛好屆滿一週年。值此之刻，獨步編輯室特別彙整從去年八月創社以來到現在的一年中，銷售成績最好的前十本書。從這個排行榜不僅可一窺台灣推理市場獨特的口味，也可作為還沒閱讀過這些作品的讀者一些參考。宮部美幸有四部作品上榜，內容涵蓋奇幻、推理，與時代小說系統作品，可見其國民作家全方位的書寫也同樣得到台灣讀者的喜愛。厚重而艱澀的京極夏彥作品《姑獲鳥之夏》與東野圭吾非常大衆口味的純愛推理小說《嫌疑犯X的獻身》分列一、二名，似乎可以看出台灣讀者推理閱讀已臻成熟，可以欣賞風格各自殊異的作品。

No.1 嫌疑犯X的獻身

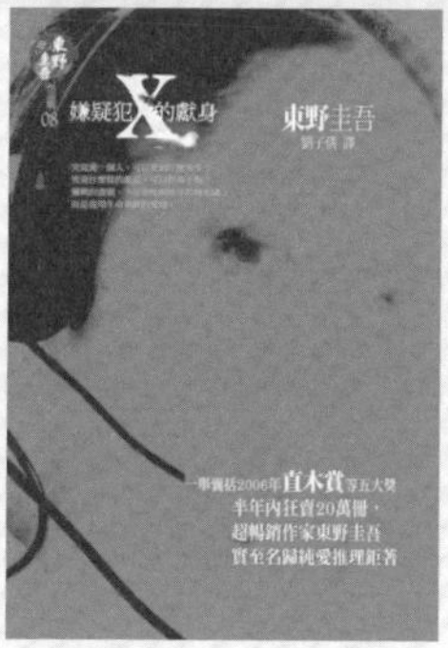

總是透過窗戶凝視著隔壁女子的孤獨數學天才，和女兒相依為命於都會一隅的寂寞女子，兩道孤寂的靈魂，因為一場偶發的犯罪交會，他決定獻出一切，只為帶給她永恆的幸福。

面對著這般義無反顧的犧牲，她又該如何做出人生最困難的抉擇？這段賭上生命的愛情之路盡頭，將會有著什麼等待著兩人？

No.2 姑獲鳥之夏

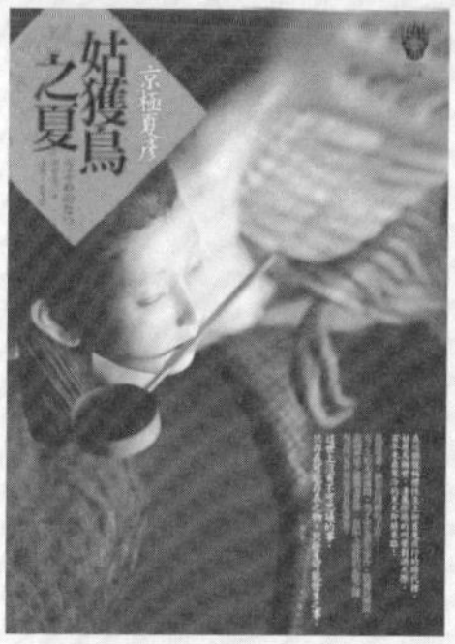

婦產科醫院久遠寺家族的女兒懷胎20個月始終無法生產，更詭異的是，她的丈夫在一年半前居然在宛如密室的房間裡，如煙一般消失得無影無蹤了……

作家關口巽拜訪他的好朋友京極堂，帶來這麼一個奇怪的故事，期望得到解答……

No.3 蒲生邸事件

一九九四年二月前往東京參加考試的尾崎孝史，住進一家名為「平河町一番飯店」的旅館。當天深夜，旅館突然發生火災，從房間內奪門而出的孝史，發現自己身陷火場。就在千鈞一髮之際，一名男子突然出現……。待孝史回過神，矗立在眼前的不是旅館，而是籠罩在雪光中的「蒲生邸」……

No.4 無止境的殺人

血肉模糊的屍體、出現在結婚典禮上寫著「我沒有忘記約定」的奇怪名片、不斷打到家裡來的無聲電話、一連串莫名、擔憂、失望、痛心、驚恐的情緒正在每個人心中激盪蔓延開來。錢包見證了這場無止境的殺人，它們有的為主人傷心，有的慶幸得到解脫，它們同時也見證了人性的貪惡與純良。

No.5 砂之器

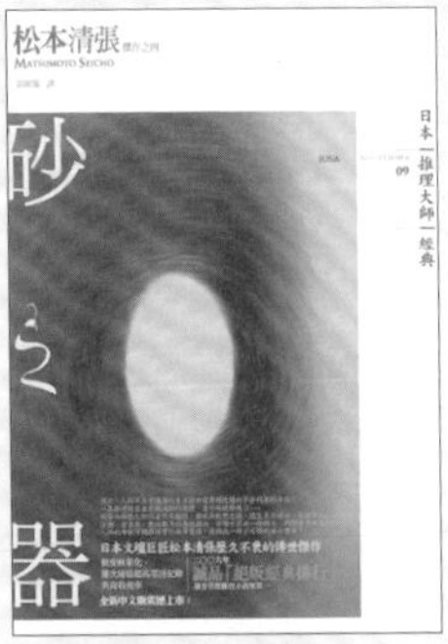

深夜，人跡罕至空蕩蕩的東京蒲田電車調度場內早發列車的車廂下，一具慘遭毀容並意圖滅跡的屍體，意外地被發現了……。刑警今西榮太郎頂著烈日豔陽、磨破無數雙皮鞋，遠至東北秋田、島根深山、大阪、京都、名古屋，歷經數月的奔波探訪，命案才露出一線曙光。揭開重重疑雲的同時，人性的卑微可憫與現實的無常悲涼，交織成一部不可解的宿命樂章！

No.6 夏天・煙火・我的屍體

那年夏天，我九歲——然後，我死了。

在煙火綻開的光芒之下、在激烈轟然的蟬鳴之中，幼小的凶手們圍繞著少女五月的屍體開始了一場童稚的殘酷冒險。

無邪的惡意，深沉的天真，孩子們究竟能夠多純真又多邪惡？

No.7 寂寞獵人

身為一家古樸小巧的舊書店店長，岩老爹與小稔因為書而與不同的人生故事相遇，在解開一個個謎團的同時，人性也一層層剝落。
一顆顆寂寞的心靈也許會受傷，但也可能被救贖。
「正因為如此，我們渴求人們。正因為如此，我們苦苦追求人與人之間的溫存。」
對照老街的溫暖與都市的冷漠，一本直擊人心最柔軟之處的短篇連作集。

No.8 謎詭－日本推理情報誌（創刊號）

・了解日本推理小說來龍去脈的百年歷史演變
・台灣重度推理迷精心推薦60本推理佳作
・成為推理迷不知不可的推理小常識
・日本十大名偵探私密大爆料
・日本推理界盛事八大獎項、三大排行榜
・貼近日本平成國民天后宮部美幸特輯
・動漫、電玩、影劇化再延伸的推理多面相

No.9 本所深川詭怪傳說

一名少女以單葉蘆葦為暗號，告知飢餓的少年，今晚可以拿到飯糰，不料卻被父親察覺……而某日父親於暗夜慘遭殺害……
獨自走夜路時，會有一盞燈籠不即不離地跟著，人稱「送行燈籠」，想讓這燈籠離去，就必須以飯糰或一隻草鞋酬謝，否則會被吃掉……
漁夫經過河渠時，若不理會岸涯小鬼「擱下……擱下」的叫喊，就會被盯上，當被盯上的人逃回家後，卻發現魚簍裡早已空無一物……

No.10 死神的精確度

這是圍繞在一名熱愛音樂的死神身邊的六個故事。
千葉是一名死神。酷酷的、不大理解人情事故、少根筋的死神。每當他出現，人間必定下雨。
他熱愛人類的音樂。當人類碰到他的手，除了昏倒還會折壽。另外，他會依工作內容變化外形與年紀。
他的工作是利用一個星期觀察、接觸特定的人類，最後再向高層提出報告，判斷觀察對象要「認可」（死亡OK）或「送行」（生）。今天，他又來人間執行任務……

日本推理最前線

★★★

☆直木獎特別報導

☆「新本格20年——編輯宇山日出臣的工作」紀念座談會雜感

文／張筱森

直木獎特別報導

第一三七屆直木獎入圍者名如下，有初次入圍的新秀，也有入圍多次的老將。

本屆得獎作品

松井今朝子的《吉原手引草》（幻冬舍）

本作以報導小說的手法，描述吉原首屈一指的花魁葛城突然消失蹤影，而透過和葛城有關眾人所說的話，逐漸拼湊出事情的真相，是本作為推理小說來看也極為出色的時代小說。

松井今朝子
《吉原手引草》

一九九七年以小說家身分出道，一九九八年以《仲藏狂亂》獲得第八屆時代小說大獎。此次是松井繼《歹路不可行》（二〇〇二年、第一二七屆）、《贗品》（二〇〇二年、第一二八屆）第三次入圍直木獎。

其他入圍書單

三田完
《俳風三麗花》

二〇〇〇年以《櫻川伊凡之戀》獲得第八十屆《ALL讀物》新人獎出道。

畠中惠
《就是這樣》

一九八八年以漫畫家身分出道，在二〇〇一年以《娑婆氣》獲得第十二屆日本奇幻小說大獎優秀獎後，正式以小說家身分出道。妖怪推理小說《娑婆氣》系列為其大受歡迎的代表作。

北村薰
《玻璃之天》

這是北村薰繼《Skip》、《Turn》、《說故事的女人們》、《祈福人偶》之後，第五次入圍直木獎。在此之前，北村以《夜之蟬》獲得一九九年第四十四屆日本推理作家協會獎（短篇部門）。

森見登美彥
《良宵苦短，少女，奮力向前走吧！》

一九七九年生，二〇〇三年以《太陽之塔》獲得第十五屆日本奇幻小說大獎出道。在入圍此次直木獎之前，本作已獲得第二十屆山本周五郎獎。

萬城目學
《鹿男與美麗的奈良》

一九七六年出生，以第四屆Boiled Eggs新人獎得獎作《鴨川小鬼》出道，大受好評。本作為其第二作。

櫻庭一樹
《赤朽葉家的傳說》

在入圍本屆直木獎之前，櫻庭已經以本作獲得第六十屆日本推理作家協會獎（長篇及連作短篇部門），同時入圍今年的吉川英治文學新人獎。

「新本格20年——編輯宇山日出臣的工作」紀念座談會雜感

文／張筱森

意義深遠的一年

一九八七年是日本推理小說史上重要的一年，在一九五七年松本清張寫出《點與線》之後，被壓得喘不過氣的本格推理小說終於藉由當時還是京都大學博士生的年輕作家綾辻行人的《殺人十角館》一吐怨氣，重新取得推理小說王者的位置。年輕作家力抗不友善的大環境，創造全新的潮流，聽起來的確相當振奮人心。只是仔細想想，出書這種事情也不是作家自己埋頭苦寫，作品就會自行從稿子變成單行本、變成文庫本(註一)出現在書店平台，然後讀者結帳帶走。

我曾經當過短暫的日本翻譯推理小說的編輯。翻譯作品編輯和自製書編輯（無論是漫畫、小說或商業書等）的工作內容要說像其實又不太像。最大的差異我想還是自製書編輯須直接面對作者和未成書的稿件，這樣兩人三腳的奮鬥過程，其中的艱辛困苦，恐怕真的不是我這種直接面對完成品譯稿的編輯所能想像。是的，講到這裡，諸位應該就知道本文想要談的重點了，那就是「日本推理小說的編輯」。

前文提到綾辻的作品創造了全新的潮流，但實際上就像是作家本人在二〇〇六年九月訪台時所說，當時的推理文壇對於《殺人十角館》的批評或讚美，他一點都不清楚，畢竟他一直住在和文壇中心有一段距離的京都。

《獻給虛無的供物》
小知堂出版
中井英夫

真正面對這些讚美、責難和批評的人，其實是本書的責任編輯宇山日出臣（本名秀雄）。宇山起初是講談社文藝圖書第三出版部（簡稱文三）的編輯，主導講談社Novels這條線的經營發展。宇山因為希望中井英夫的《獻給虛無的供物》這部傑作能夠發行文庫本讓更多人閱讀，毅然辭去了原先的工作，在一九七六年進入講談社。而由於中井本人對於出版文庫本興趣缺缺，宇山花了三年才說服作家點頭答應。

這一出版便影響深遠，座談會上有栖川有栖也談到若非有文庫本，當時還是窮學生的他，根本沒辦法看這部作品，說新本格派淵源於此書並不為過。同時，新本格派的另外一位推手──東京創元社前任會長戶川安宣，也是因為這本書才決定進入出版界。

獨具慧眼的編輯

數年後，綾辻的《追悼之島》（《殺人十角館》原名）透過代理公司送到了宇山手裡。在座談會上綾辻談到，當年不少出版社都拒絕了這部作品，現在來看雖有點事後諸葛，不過當時的編輯們應該悔不當初吧。宇山一看就非常喜愛此作，隨即聯絡代理人應允出版，是以，風起雲湧的新本格浪潮於焉展開。

雖然我很早就看推理小說，不過一直要到遇見綾辻的作品，才真正確定自己最喜愛的推理小說類型。只是回頭看看自己書櫃，卻驚覺為什麼有這麼多一九八七年之後出版的講談社Novels的作品？這麼說來，或許可以說我的閱讀傾向某種程度受到了宇山的影響？

二〇〇六年宇山因為肝硬化於六十二歲去世時，我上網一看，不光是作家、評論家，不少讀者也都陷入哀傷的情緒中。的確，對於我這一輩（青春期在一九八七年左右開始）的大多數推理小說讀者來說，經由宇山之手直接或間接來到這個世界的作家，幾乎就是閱讀經驗的中心，我們很難對宇山的離去無動於衷。

《殺人十角館》
皇冠出版
綾辻行人

抱著這樣的心情，在知道今年五月二十七日在東京將會舉辦一場由東雅夫（註二）主持，綾辻行人、有栖川有栖主講，懷念宇山的座談會的消息時，我沒有考慮太多，就報名參加了。

搭著長途巴士晃了將近六個鐘頭之後，我在五月二十七日來到位在東京神保町的東京古書會館。那天天氣陰沉，到了傍晚風勢轉強，讓人稍感涼意。進入會場之前，我去了附近的三省堂書店本店逛了一下，買了最近竄紅的萬城目學的作品。本來打算買他的出道作，結果一直到聽完座談會搭電車回住宿處時，才發現其實買錯作品，可見我的注意力完全被稍後的座談會所吸引。

作家與編輯的深刻情誼

當天的座談會一開始就有個令人驚訝的場面，當東雅夫正在談論自己和宇山的淵源時，一旁的綾辻突然掉下眼淚，引起會場一陣騷動。綾辻自嘲地說，他上次在人前掉淚是一九九九年獲得麻將名人的時候。在宇山葬禮上，宮部美幸曾哭著說道：「宇山先

註一：日本出版社推出單行本書籍後，有時會以相同內容推出小開本（約一〇．五×一五公分），稱為文庫本，價格較為低廉。
註二：東雅夫（一九五八年～），出生於神奈川縣，早稻田大學日本文學科畢業。日本怪談文學編輯、文藝評論家。

生就這麼走了，我們這些被留下來的人該怎麼辦？」看到綾辻的眼淚，我不禁深刻地體會到作家和編輯之間那種難以輕易切割開來的合作關係，以及千絲萬縷的複雜關係。

要成就一部傑作，出色的作家和優秀的編輯缺一不可，在艱辛的合作過程中，會產生遠比工作、友人，甚至比親人還要親密的情感，的確是再自然也不過的事情了。

由於當天座談會的參加讀者對於新本格派的起源和發展過程都知之甚詳，兩個半小時下來，與其說是談論宇山秀雄身為編輯者的功績，倒不如說是作家和編輯對於宇山秀雄這個人的回憶分享大會。

身為一名與日本推理界毫無淵源的旁觀讀者，讓我在此借用一位同事的感想，「就像是一場學生懷念老師的同學會」。當天除了主講者之外，作家京極夏彥（京極本人的確就如諸位在網路上可以找到的照片一樣，和服、黑色手套的打扮，十分搶眼）、竹本健治（竹本的《匣中的失樂》已經授權台灣出版社，請大家期待）、淺暮三文、喜國雅彥、國樹由香，評論家大森望以及數名講談社編輯，以及最重要的宇山夫人──宇山慶子，都出席了。

長達兩個半鐘頭的談話，令我印象最深刻的是主講者談到宇山身為編輯最優秀之處。「如果只是單純地找出作品的優缺點，就算是傻瓜也做得到。宇山先生最厲害的地方是能看出哪裡有趣，『只要有趣，就算有其他缺點都可以當作沒看見。』」（綾辻）。

「能夠一眼看出創作者的才能，並加以引導使作品具體化，從這點來看，宇山先生真的是非常厲害的編輯。」（東）

兩位作家的說法，讓我想起第二屆梅菲斯特獎的得獎者清涼院流水，當初整個編輯部都沒人支持清涼院得獎，唯獨宇山力排眾議讓清涼院出道。雖然至今，各界對於清涼院的評價仍舊兩極化，但無疑地，他的確讓推理小說呈現出另外一種有趣的面貌。

期待台灣國產推理優秀編輯

寫到這裡，我不禁想離題談一下台灣國產推理小說。從幾年前起，我就一直覺得日本推理小說能夠擁有現今的規模，絕對不光只是作家的功勞，編輯的存在、努力也該記上一筆。也因此，我相信台灣國產推理小說遲遲無法突破，絕對不光是創作者多不多或是水準好不好的問題，而是我們還缺少支撐類型小說的另外一根支柱「編輯」。

這場座談會讓我的想法更為堅定，沒有森下雨村不會有江戶川亂步、沒有宇山秀雄不會有綾辻行人，沒有戶川安宣不會有有栖川有栖。我也熱切地期待，台灣終將出現和作者一起，兩人三腳為台灣國產推理小說奮鬥的優秀編輯。

以上一段這樣慷慨激昂的句子結束文章，似乎怪怪的。由於座談會主辦單位規定不能拍照、不能錄音，所以很抱歉我無法完整地寫出那令參加者時而大笑、時而眼眶發熱的內容，只好以「雜感」為名，記錄我當下的心情和感想。

> 要成就一部傑作，
> 出色的作家和優秀的編輯缺一不可，
> 在艱辛的合作過程中，
> 會產生遠比工作、友人，
> 甚至比親人還要親密的情感，
> 的確是再自然不過的
> 事情了。

台灣第一家日本推理專業出版社
2006年八月初 隆重開幕！

獨步文化

陣容最強的日本推理專業出版

我們的創社宗旨

引介最好看的日本推理小說
編譯最流暢好讀的中文譯本
提供最新鮮的日本推理情報

我們的作家陣容史上無敵

重量級推理大師
橫溝正史、松本清張、土屋隆夫、
森村誠一、阿刀田高……

暢銷推理天王天后
宮部美幸、東野圭吾、恩田陸、
橫山秀夫、京極夏彥、桐野夏生……

新生代超矚目天才
伊坂幸太郎、乙一……

我們的出版均一時之選

本格推理、社會派推理
冷硬派推理、新本格推理……

專業嚴選・本本必讀

Mystery Website

中文推理網 Chinese Website

推理網站特搜 I

要蒐集最新的推理情報，無遠弗屆的網路當然是一大利器，以下介紹十五個中文相關人氣網站，除了了解最新出版資訊、觀看精闢的書評，更能結交同好、全方位充實推理知識，想當推理達人，趕緊按圖索驥吧！

文／寵物先生

謀殺專門店

http://www.ylib.com/murder/index.asp

本站為遠流謀殺專門店書系的官方網站。關於歐美作家與偵探的介紹相當齊全完備。主要討論區「推理擂台」堪稱歷史最為悠久、彙集推理迷最多的WEB形態討論區。台主為資深推理迷紗卡。

blue的推理文學醫學院

http://www.bluemysteryart.org/

作家藍霄的私人推理情報站。其中的「推理文學院」收錄許多歐美、日、台灣本土創作者資料，提供豐富的資訊來源。可藉由首頁的每日連結區，前往瀏覽當日發表於網路各處的推理好文，非常適合作為推理迷的入口網站。討論區的留言情況亦相當踴躍。

梅莫菲變論

http://777.spp.com.tw/

尖端出版社小說類的官方網站。涵蓋犯罪推理、奇幻、科幻、輕小說、青春小說與ＢＬ小說等等，範圍相當廣泛。除每月定期書訊，還有活動快訊與討論區，亦可在此訂閱尖端的各類小說電子報。

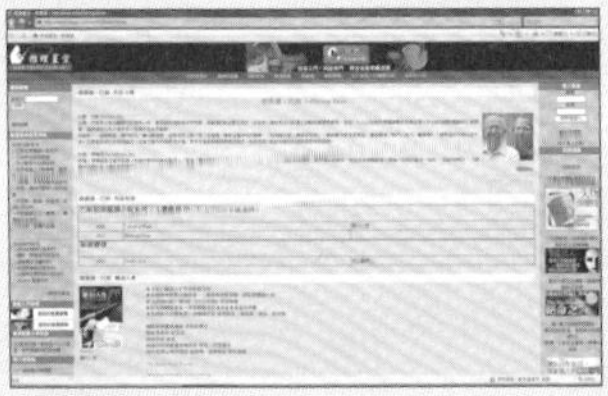

推理星空

http://www.faces.com.tw/

臉譜出版社官方網站。不用說，該出版社旗下的作家與偵探資料一應俱全。除出版社書訊外，臉譜電子報、導讀與推薦文也刊載於站上，應有盡有。還開設令推理迷相當感興趣的推理教室，討論區亦有相當規模。

博客來推理藏書閣【B.M.P】

http://www.books.com.tw/books/mystery/index.php

博客來是台灣頗具規模的網路書店，這裡可是它特別為推理迷開設的專區哦！裡面有即時的上架書訊與排行榜，還有整理最近發表的讀者評論連結。另外，也有由知名寫手陳國偉、冬陽、杜鵑窩人、余小芳等人撰寫專文的電子報。

獨步文化》bubu's blog

http://apexpress.blog66.fc2.com/

獨步出版社官方部落格。除了有每月定期的上架書訊外，也有不少知名寫手會在這裡發表推理好文，一般讀者更可利用回應文章的形式針對該議題進行討論。想找知名日本推理作家的資料嗎？來這裡就對了！

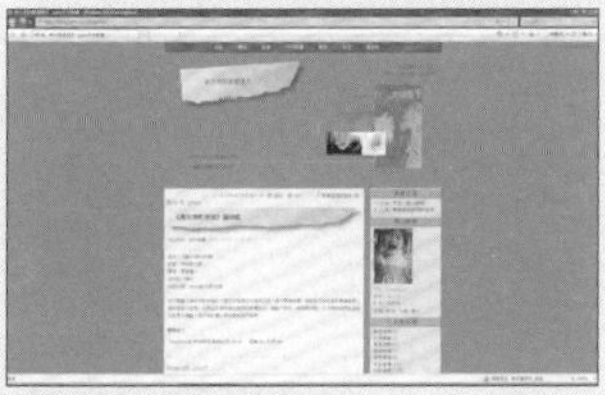

余小芳的推理隨文
http://blog.webs-tv.net/kingdom

推理迷余小芳的網誌。內容大多為國內推理出版作品的簡介、心得，數量多達百篇以上。站長本身亦為大學推理小說社團成員，對作品客觀的分析，可提供推理迷們閱讀的參考。

暗黑館的儲藏室
http://blog.roodo.com/ayatsujifan

推理迷小森的網誌，由站名可以略微窺知站長喜愛的作家。本誌內容多為日本推理小說的簡介與心得，特別是台灣尚未譯介的作品。

謎思推理報Mystery Express
http://mystery.webhop.net/

一群由大學生推理迷合力完成的電子報。內容相當豐富，有本土推理播報室、推理廚房、益智遊戲、偵探名人堂與極短篇的小說故事館，還有不定期的推理相關新聞。網頁目前計畫移轉至部落格形態，希望能帶來更方便的發表空間。

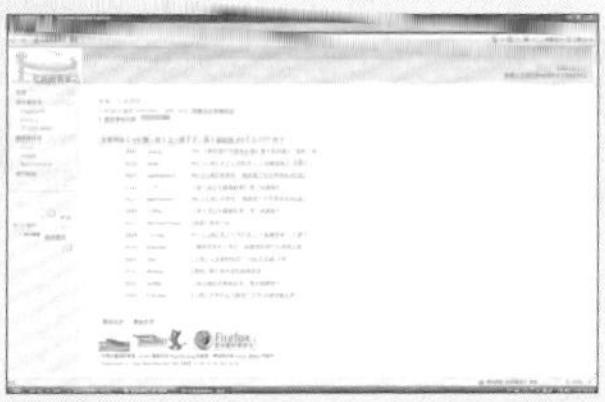

批踢踢實業坊偵探小說板(Web BBS)
http://www.ptt.cc/bbs/Detective/index.html

目前國內推理迷集結最多、發表最踴躍的推理小說討論專區。BBS由於介面簡單，成為台灣推理迷最早展開討論的媒介，不管是推理老鳥或新手都可在看板貼文、發表自己的看法。該看板除Web介面外，亦可用telnet登入ptt.cc後，輸入板名Detective進入。

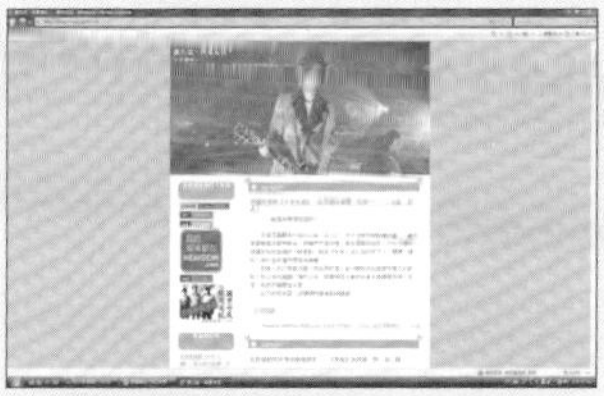

顏九笙。與書爲伍。
http://blog.roodo.com/Loti

推理迷顏九笙的網誌。內容綜合小說（包括推理、BL與其他各種類型）、音樂與心情散文。頻繁發表的文章內容不時流露出站長的特殊風格，值得一讀。

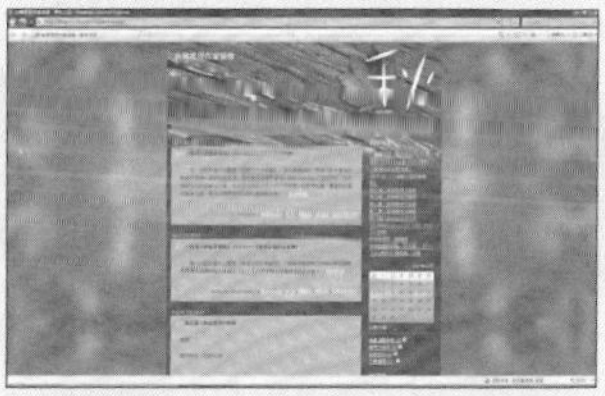

台灣推理作家協會
http://blog.roodo.com/taiwanmystery/

由台灣推理俱樂部（TDC）的官網「恐怖的人狼城」移轉文章的部落格。台灣推理俱樂部將改組成台灣推理作家協會（MWT），日後相關的活動文章會在此發表，同時該部落格也會成為MWT新的官方站台。

神祕聯盟
http://www.mysterybbs.com/

大陸相當優秀的推理論壇型網站，內容為推理相關的議題討論，其中不乏一些深度好文。想認識對岸的推理迷嗎？透過大陸推理迷們的討論，可以感受到兩岸對推理共同的熱情哦！

Go to the Moon
http://lunaj.blog13.fc2.com/

推理迷路那的網誌。站長本身閱讀的取向相當廣泛，對小說的內容也有其特殊的見解。與前述的余小芳相同，站長本身為大學推理小說社團成員。

推理評論場
http://city.udn.com/v1/blog/index.jsp?uid=wintersun

前推理編輯冬陽的個人部落格。想知道這個月有什麼新書會出版嗎？格主會定期張貼推理日誌，整理出最新的推理相關出版資訊。

Mystery Website

推理網站特搜II

要知道第一手日文推理出版訊息，作家動態、推理電影、電視劇、快來這十五個日本網站，包羅萬象的情報，絕對能滿足推理迷的需求！

日本推理網 Japanese Website

季刊島田莊司

http://www.harashobo.co.jp/online-shimada/index.html

島田莊司的官方網站。除了新書資訊，你還可在此看到他親自拍攝的照片與網路日記。是島田迷不可錯過的聖地！

日本推理作家協會

http://www.mystery.or.jp

集結了推理界作家、評論家、譯者、漫畫家等創作者，定期提供相關資訊，讀者在此有機會與作者交流喲。

大極宮

http://www.osawa-office.co.jp/

大澤在昌、京極夏彥、宮部美幸三位人氣作家的共同官網。除了作家簡介與近況介紹外，偶爾會舉辦一些有趣的小活動，是書迷必訪之處。

本格推理作家俱樂部

http://honkaku.com

會長北村薰，由各本格派推理名家組成，站上可看到本格推理大獎的各屆得獎情報以及線上會報等。

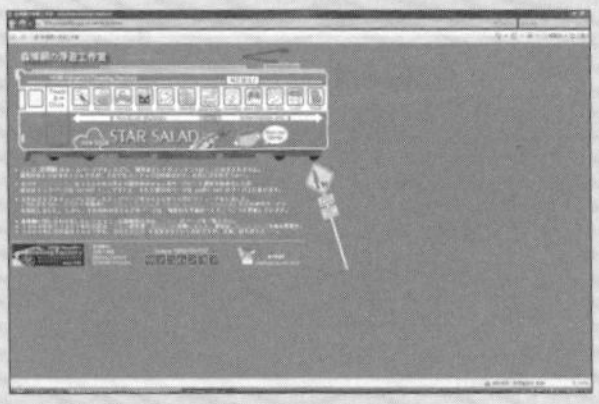

森博嗣的浮游工作室

http://www001.upp.so-net.ne.jp/mori/

作家森博嗣的官方網站，在此可見到這位相當多產的作家有趣的一面。除了作品介紹外，還展示自己製作的飛機、汽車及鐵路模型等收藏品。

東京創元社

http://www.tsogen.co.jp/np/index.do

介紹當月新書與焦點主打書，亦有電子報、推理專門誌介紹、新人獎訊息等情報。

私立本格推理小說：風讀人 Whodunit

http://www.cityfujisawa.ne.jp/~katsurou/katsu/katsu.html

有許多歐美古典推理作家的相關介紹。作者收藏的珍版書籍、雜誌、簽名極為豐富，可供推理迷一飽眼福。還針對《Queen's Quorum》這套珍貴的推理專門誌進行介紹。

橫溝正史Encyclopedia

http://homepage3.nifty.com/kakeya/ys_pedia/ys_pedia_index.html

專門研究橫溝正史作品的網站。有關橫溝的書誌與研究資料相當齊全，喜愛橫溝的偵探小說迷絕不可錯過！

「幻影城」與日本的偵探作家們

http://members.at.infoseek.co.jp/tanteisakka/

影響諸多日本推理作家的雜誌《幻影城》的研究專站。除了以五十音編排的推理相關索引外，還有近代的偵探小說年表與書誌資料。

UNCHARTED SPACE

http://www.h4.dion.ne.jp/~fukuda/

以日本國內推理小說為主。內有推理小說的內容介紹、書評，推理辭典等趣味企劃，並提供眾多推理作家的好站連結。

Ayalist

http://www.geocities.jp/y_ayatsuji/

綾辻行人書迷成立的應援站。有近況報告、作者檔案、作品介紹、活動報導等，有關綾辻行人的林林總總，應有盡有！

書櫥中的骸骨

http://www.green.dti.ne.jp/ed-fuji/

以歐美推理、怪奇翻譯小說為主。站長「藤原編輯室」為出版社特約編輯，本站主要介紹由他經手作品的簡介及新書介紹。

taipeimonochrome

http://blog.taipeimonochrome.ddo.jp/wp/markyu/

推理迷的部落格。站長以幾近「每日一書」的超高效率，介紹眾多推理好書，其中還有台灣的作品哦！

Aga-Search.Com

http://www.aga-search.com/

介紹各國推理作家及其筆下的名偵探。資料相當豐富，整理得很有系統，推理小說迷不能不去！

名偵探的事件簿

http://www.casebook.jp/index.html

站長CHARMY將名偵探們的大大小小事件整理成一覽表，一目了然。是偵探小說迷找書、交流的好園地。

2007年香港推理迷聚會紀實

文・攝影／Clain

我第一次參加推理迷聚會是西元兩千年，距離現在已經整整七年了。我記得非常清楚，那時去跟陌生人見面時的心情，有點忐忑有點興奮，現在，那些人都變成了我的好朋友。跟七年前一樣，今年七月的某一天，我站在香港銅鑼灣商務書店推理書區一隅，等者某個陌生人出現，用某種特殊的方法將我認出來。模糊的期待和不安，再次浮現。

大家說要為這次聚會製造的傳奇是，來的人都是俊男美女，好吸引更多香港推理迷來參加聚會。以上為俊男美女一覽圖，由左至右是：晴天、深藍、Clain、GFinger，以及森林。

夢幻的香港推理迷聚會

之所以會有這次聚會，其實主要是為了陪同詹宏志先生去香港進行兩場日本推理小說的座談。白天陪在出版界前輩的旁邊，看他回答媒體專訪以及座談時，有系統、有脈絡地講述、分析推理小說，不免覺得推理小說這文類實在有趣，可以正襟危坐地論起它的前世今生、血緣身分、甚至畫起跨國界、跨世紀的推理史，卻也可以輕鬆地單只對一本書、一個作家分享好惡。長達一兩個小時沒有達到共識，但大家卻都笑嘻嘻，好像走了一段漫長的路終於找到知音，連吵架都新鮮而甜蜜。

是的，我說的是夢幻的二〇〇七年香港推理迷聚會。

為什麼說它夢幻，因為從突發奇想，乃至敲定場地時間，都在極為匆促而不可預知的狀況下。聚會的契機源於一句戲言，南聚主辦人紗卡在網路上認真地籌劃聚會事宜，我脫口說：「你辦了南聚，那我也要辦港聚。」紗卡回我：「可能有點困難。」我其實覺得相當地困難，因為台灣推理迷第一次聚會時，出席的朋友早就在網路聊天室、網站討論區、ＢＢＳ等地方聊過許多次，大家幾乎都是在熟悉彼此，只差見個面的情況下浮出水面。但是香港推理迷們卻缺少這樣的討論網

是的，我說的是夢幻的二〇〇七年香港推理迷聚會。
為什麼說它夢幻，因為從突發奇想，乃至敲定場地時間，
都在極為匆促而不可預知的狀況下。

絡。在網路上邀集香港聚會，好像是在空谷中喊話，我以為傳回來的無非是自己的回音。臨行前諸事未定，也不清楚香港哪裡有合適的聚會場所。聚會時間更是挪移了好幾次，就在聚會當天中午，才約定好全部的細節。一個我生平參加過最神奇的聚會：這場聚會的參與者沒有彼此聯絡方式、全部都沒見過面、不知道會有幾個人來。

無所不聊的聚會・不可思議的邂逅

當天八點，我到了書店推理書區，等了好一陣子後有個學生模樣的人走過來相認，那是在香港唸了兩年書的中國學生GFinger，我們隨即聊起了推理小說在香港的狀況，以及中國大陸學校推理社團蓬勃的活動，最有趣的是GFinger因為熟稔中國推理社團，所以提到風行了好一陣子的「殺手遊戲」許多變形玩法，讓我聽得津津有味。過了不久，晴天和森林也來了。當場最驚訝的人是我——其實我整晚都很驚訝——香港推理迷聚會居然真的聚成了，而且包括後來加入的深藍，居然比我第一次參加的台灣推理迷聚會還多出一人。於是我整晚都在重複唸叨：「這真是太不可思議了。」

大家一落坐，便迫不及待地討論起這幾年出版的推理小說，從歐美到日本、從已作古的卡爾(Carr)到最近十年頭角崢嶸的乙一、台灣幾家大量出版推理作品的出版社、私自最喜愛的作家、獨步下半年的出版品、京極夏彥這麼厚的作品香港賣得起來真是奇蹟、香港推理讀者的喜好、大陸推理市場的發展……。三個小時內，話題無所不包，聊得實在非常愉快。在座的朋友都說，香港的推理讀者非常寂寞，旁邊沒有人可以相互討論，他們好羨慕台灣的讀者。我想起七年前，我那種沉默好久終於能拉著人一直聊個不停的興奮心情。

期待下一次的聚會

於是晴天和森林一直說要好好想辦法結合更多推理迷，讓這樣的聚會可以儘快舉辦，GFinger始終笑嘻嘻地，他想跟森林借幾本夢幻之書，只要等到下次聚會便可如願。夜裡十一點多，銅鑼灣還是好熱鬧，我們一起走在擁擠的路上，行經一家燒臘店時，森林可能突然想起來BUBU說我是貪吃鬼，盡責地問我知不知道那是什麼，我說知道啊，那一塊一塊的肉是叉燒，香港道地的飲食，台灣現在也尋常可見了。我想，台灣推理迷隨意號召便可實現的聚會，過不了多久也會在香港變成尋常之事。

這是個炎熱的夏天，夏天總是會發生奇妙的事，但是正如我鍾愛的舊書店老闆京極堂說的名句，這個世界上沒有什麼不可思議的事。

Clain

推理迷當中罕見的好吃懶做者。因為重視肉體食糧遠甚於精神食糧，偶爾會受到良心的譴責，只有在讀到京極夏彥、伊坂幸太郎、島田莊司和迪佛作品時，會釋放強烈的腦電波。生平講過最肉麻的話是：這一切都是為了跟京極夏彥相遇。

心戒

目前與文憑奮鬥中，只是看閒書的時間不成比例地高。唯一認真的收集是各國的明信片＋郵戳，喜歡看著認識的人和「朋友的朋友的朋友」來信，藉由文字的描述進行窮人家的環遊世界之旅。目前正煩惱如何募集到非洲或是兩極的郵戳。

閱讀沒有固定的類型，但因為約翰．哈威所以喜愛上推理類別卻是肯定的事實。

曲辰

目前就讀於中正大學台灣文學研究所碩士班，希望有朝一日台灣的推理小說能產出足夠寫一本論文的質量。

儘管一直對通俗文類有著強烈的愛好，卻把大部分的心思放在推理小說中，其餘方能顧到科幻奇幻愛情武俠等等。相信故事是一本小說的根本，所以相當在意作者的說故事方法，對於其背後的分類倒不甚注意。

曾寫過多名推理作家的說明性文字，如歌野晶午、有栖川有栖、森博嗣、勞倫斯．卜洛克、乙一等等。目前喜歡伊坂幸太郎、京極夏彥、乙一、勞倫斯．卜洛克、雷克斯．史陶特等等，隨時期待下一個列入名單的作者。

最後要強調，相信「喜歡」是件很私密的事情，但同時也希望大家能一起「喜歡」推理小說這個文類。

夜瞳

雜食性推理迷，嗜小說，其中推理佔了絕大部分，目前投身於喜愛的出版業奮發向上中。最近信奉的話語是史懷哲博士說的：「要讓生活脫離悲慘的方法有兩種，那就是貓和音樂。」

紗卡

已婚，育有二女，嗜讀各類小說，偏愛推理文學，最欣賞的推理小說作家是勞倫斯．卜洛克與東野圭吾。目前從事物理研究工作，正於南部某大學攻讀博士。平常喜歡與朋友分享推理小說的閱讀經驗，並於遠流推理擂台網站主持專欄。期許自己可以推廣推理小說，讓更多讀者願意投入閱讀，並因而刺激市場，使得更多國外的推理小說有中譯的機會，大家也有更多的優秀作品可以選擇。

夏空

人間／網際漂遊者。

推理閱讀為流盪時的深度興趣，闇黑網站是逍遙中的愜意經營。

寫手簡介

（按筆畫排列）

凌徹

一九七三年生，嗜讀各類推理小說以及評論，特別偏愛本格推理。

陳國偉

筆名遊唱。國立中正大學文學博士，現為國立中興大學台灣文學所助理教授。新世代小說家、推理評論家。曾獲中央日報文學獎、台灣文學營創作獎、嘉義市桃城文學獎、全國學生文學獎等，文類橫跨小說、散文與現代詩。著有短篇小說集《空間失控》（麥田）、學術論著《想像台灣：當代小說中的族群書寫》（五南），主編《小說今視界：台灣新世代小說讀本》（駱駝）、中正大學推理研究社社刊創刊號《血色の邏輯》。

文學評論橫跨純文學、推理、科幻等小說類型，推理部分曾擔任《謎詭：日本推理情報誌》的編輯企劃與選書，撰述東野圭吾、恩田陸、西澤保彥、原尞、有栖川有栖、篠田真由美、賈桂林·溫絲皮爾等作家的小說導讀、推薦與解說。目前於獨步文化bubu's blog撰寫【推理·換日線】專欄，並擔任博客來【推理藏書閣】「達人嚴選」書委員。

張筱森

推理小說愛好者。

不過最近的興趣竟有逐漸從閱讀小說，轉移到囤積小說的傾向，如何收納小說以及閱讀速度低落成了煩惱來源。

喜歡的推理作家名單時有變動，不過以下五人始終在先發名單內：江戶川亂步、橫溝正史、綾辻行人、殊能將之、乙一。

喜歡的名偵探名單亦時有變動，不過以下三人是永遠的最愛：御手洗潔、榎木津禮二郎、湯川學。

雖以日系推理小說為主要閱讀對象，但絕不錯過Margaret Miller、William Irish=Cornell Woolrich、Stanley Ellin的作品。

現於日本進修中。

路那

台灣大學台文所研究生，喜愛閱讀各類型的小說。

寵物先生

推理小說愛好者，兼大腦內的創作者。在著迷於日本推理的多采變化之後，也逐漸將觸角伸至歐美與本土的作品，最終的夢想是台灣的推理小說也能稱霸列強、一舉抗日。曾以短篇作品〈犯罪紅線〉獲第五屆人狼城推理文學獎首獎，另著有短篇〈名為殺意的觀察報告〉。

讀《謎詭 Vol.2》，好個天涯推理人

分享您的天涯推理書一本，獨步再送您隨行書一本！

即使人在旅行，仍有忍不住嗜書的時刻，
海角天涯都能讀推理，那您，
最想帶哪一本日本推理小說去旅行？

徵文活動

＊本活動將同步於獨步官方部落格上舉行＊
【活動時間】：即日起至2007年9月30日截止收件

【活動辦法】

您只需寫下：

1.若是您去旅行，您會帶哪一本日本推理小說隨行？

2.您選擇這本書的理由？請於100字內簡述。

請連同您的參賽資料，E-MAIL給獨步：cite_apexpress@hmg.com.tw即完成參賽。
我們將於截止收件後，公平抽出10位幸運讀者，致贈每位得獎者獨步出版品一本任選（限2007年9月底前出版）！

【回函形式】

郵件主旨：參加【讀《謎詭Vol.2》，好個天涯推理人】贈書活動
參賽者姓名：(請留真實姓名)
您的有效聯絡E-MAIL：
您的有效聯絡電話：
回答1：（書名）
回答2：（理由）

【贈獎方式】

得獎名單將於：2007年10月5日正式公佈於獨步官方部落格：
獨步文化》bubu's blog：http://apexpress.blog66.fc2.com
名單公佈後一週內，獨步將主動聯絡得獎者後續贈書事宜。

【注意事項】

1.獨步保有認定參賽者資格的權利。

2.參賽者請務必留下有效聯絡方式。若幸運中獎卻無法及時聯絡到本人，恕視同棄權。

獨步文化》bubu's blog
http://apexpress.blog66.fc2.com/

謎詭Vol.2——日本推理情報誌

編輯顧問／傅博、詹宏志、藍霄、凌徹、曲辰、陳國偉、夏空
總編輯／陳蕙慧
企劃／林毓瑜、戴偉傑
主編／關惜玉
編著／獨步文化編輯部
發行人／涂玉雲
法律顧問／中天國際法律事務所 周奇杉律師
出版社／獨步文化
城邦文化事業股份有限公司
100台北市中正區信義路二段二一三號十一樓 電話：(02) 2356-0933 傳眞：(02) 2351-9179、2351-6320

發行／英屬蓋曼群島商家庭傳媒股份有限公司城邦分公司
104台北市中山區民生東路二段一四一號二樓
網址：www.cite.com.tw
書虫客戶服務專線：(02) 25007718；25007719 二十四小時傳眞服務：(02) 25001990；25001991
讀者服務信箱 e-mail：service@readingclub.com.tw 劃撥帳號：19863813 戶名：書虫股份有限公司

香港發行所／城邦（香港）出版集團有限公司
香港灣仔軒尼詩道二三五號三樓 電話：(852) 25086231 傳眞：(852) 25789337 E-mail：hkcite@biznetvigator.com

馬新發行所／城邦（馬新）出版集團 【Cite(M)Sdn.Bhd.(458372U)】
11,Jalan 30D/146, Desa Tasik,
Sungai Besi,57000 Kuala Lumpur, Malaysia
電話：(603) 9056 3833 傳眞：(603) 9056 2833

封面設計／木子花 內頁書封攝影／葉蔭龍
內頁美術設計／HueChuang
印刷／中原造像股份有限公司
總經銷／大和書報圖書股份有限公司 電話：(02) 8990-2588；3990-2568 傳眞：(02) 2290-1658；2290-1628

二〇〇七年（民國九十六）八月初版 二〇〇七年（民國九十六）九月一版五刷 定價三〇〇元
著作權所有，翻印必究 ISBN 978-986-6954-72-6

國家圖書館出版品預行編目資料
謎詭：日本推理情報誌.第二集／
獨步文化編輯部編著／
.一.初版.一臺北市：獨步文化
城邦文化出版：家庭傳媒城邦分公司發行，
2007〔民96〕面 ； 公分.
ISBN 978-986-6954-72-6（平裝）
1.推理小說 2.文學評論 3.日本
861.57 96012827

獨步文化
APEX PRESS

廣告回函
北區郵政管理登記證
台北廣字第000791號
郵資已付・免貼郵票

104台北市信義路2段213號11樓
英屬蓋曼群島商家庭傳媒股份有限公司 城邦分公司
獨步文化出版 謎詭編輯小組

讀者回函卡

請沿虛線對折，謝謝！

請沿虛線裁下，填妥寄回，謝謝！

獨步文化
APEX PRESS

讀者回函卡

書號：1UX002	書名：謎詭 Vol.2	編碼：

讀者回函卡

謝謝您購買我們出版的書籍！請費心填寫此回函卡，我們將不定期寄上城邦集團最新的出版訊息。

姓名：　　　　　　性別：　　　　生日：　　　　　　聯絡電話：

E-mail：　　　　　　　　　　　　　　　　　　　　傳真：

地址：

您的職業：

□1 學生 □2. 軍公教 □3. 服務 □4 金融 □5. 製造 □6. 資訊 □7. 傳播

□8. 自由業 □9. 農漁牧 □10. 家管 □11. 退休 □12. 其他

您是從何種方式得知本書消息？

□ 1. 書店 □2. 網路 □3. 報紙 □4.廣播 □5. 雜誌 □6.電視 □7.親友推薦□ 8.其他

您喜歡哪些推理小說作家？

□1. 京極夏彥 □2. 松本清張 □3. 土屋隆夫 □4. 乙一 □5. 歌野晶午

□6. 宮部美幸 □7. 橫山秀夫 □8. 伊坂幸太郎 □9. 橫溝正史 □10. 東野圭吾

其他意見：